Ana Rosa Quintana

Sabor a hiel

Planeta Fábula

SABOR A HIEL

ANA ROSA QUINTANA

Planeta

Còrsega, 273-279, 08008 Barcelona (España)
Diseño de la cubierta: Compañía de Diseño
Ilustración de la cubierta: foto © Carles Fargas (foto autora © Teresa Peyrí)
Primera edición: abril de 2000
Segunda edición: abril de 2000
Tercera edición: mayo de 2000
Cuarta edición: mayo de 2000
Quinta edición: mayo de 2000
Depósito Legal: B. 22.308-2000
ISBN 84-08-03521-5
Composición: Víctor Igual, S. L.
Impresión: Hurope, S. L.
Encuadernación: Eurobinder, S. A.
Printed in Spain - Impreso en España

A todas las mujeres a quienes nunca enseñaron
a respetarse porque creían que no se lo merecían,
resignadas a que la vida es así, que lo hacen por sus hijos,
que no tienen adónde ir y que derrochan su vida,
su juventud, sus ilusiones, por no decir ¡basta ya!
A todas las mujeres valientes que contra todo
y contra todos pelearon por su dignidad.
A todas las Adrianas que nunca contarán su historia.
Y a los hombres que, en silencio,
también están enfermos de dependencia

AGRADECIMIENTOS

A todo el equipo de «Sabor a ti», por su ayuda.

A Sisita Milans del Bosch, Tito Basabilbaso, Benito y Lola Suárez, con quienes durante largas tertulias viajé dos décadas atrás.

A Marta Moriarty, que me animó desde la distancia y me puso el listón muy alto.

A las asociaciones de mujeres maltratadas que nos han abierto los ojos sobre esta realidad.

A mi confidente anónima, en quien está basada esta historia.

A mi madre, que con su confianza me da fuerzas para emprender cualquier proyecto.

A mi asesor fiscal, Luis Muñoz, por sus clases magistrales sobre el mundo del dinero.

A David Rojo, por las incontables horas que hemos trabajado en esta novela, por su meticulosa investigación y por todas las locuras que hemos quitado a la versión final del libro.

A mi padre, que me enseñó con su ejemplo
a respetar y respetarme.
A mi hijo Álvaro,
que todos los días me da una lección de tolerancia

1

La vida de Adriana habría sido distinta si aquel primer domingo de junio no hubiese ido al Retiro. Tampoco hubiera ocurrido el rosario de tragedias que sucedió más tarde de no haber seguido fiel al ancestral rito de visitar todos los meses su árbol favorito. Mientras rodeaba con sus brazos el grueso tronco del centenario castaño, Adriana observó ensimismada las anchas hojas. Las de las acacias, salpicando las aceras de Madrid, eran diminutas y ovaladas. Las de los pinos, largas y finas como agujas. Las de los plataneros recordaban a la parra. A ella le gustaban las brillantes hojas del castaño, lanceoladas, aserradas y grandes. De pequeña, cuando su tía Maite le inculcó la costumbre de abrazarse a los árboles, asegurando que transmiten su energía a aquellas personas dotadas de una sensibilidad especial, peregrinaba mensualmente hasta el parque, dejaba correr su imaginación y se apretaba con ternura contra la poderosa planta en una ceremonia telúrica, como si el viejo y rugoso castaño pudiera insuflarle arrojo y ardor.

Todavía recordaba su encuentro inicial con los castaños. Era una niña de ciudad, de las que identifican los cambios de estación con las vacaciones escolares pero crecen sin percibir las transformaciones de la naturaleza.

—No sabía que los erizos crecieran en los árboles —dijo sorprendida la primera vez, cuando apenas levantaba dos palmos del suelo.

Su tía Maite rió la ocurrencia mientras hacía caer los frutos en forma de zurrones espinosos con la ayuda de un palo.

—Son castañas.

Y para demostrárselo a su sobrina, rompió con un pedrusco la cáscara y extrajo con las yemas la simiente, todavía verde y diminuta.

—Ves. En unos meses tendrá el tamaño de una nuez y entonces haremos un magosto.

Adriana no sabía lo que era un magosto, ni que las castañas se asan en la brasa tras hacer un tajo en la corteza; pero no preguntó.

Echaba de menos a su tía Maite. La hermana de su padre le traía regalos de lugares lejanos y cuando los llevaba al colegio, los objetos despertaban tal curiosidad entre la chiquillería que siempre se formaban corrillos en el patio.

Era una época distinta y distante, en la que muchos padres protegían entre algodones a sus retoños. Fue por eso por lo que Adriana tardó en saber que no volvería a ver a su amada tía. Unas Navidades, convencida de que aparecería por la puerta como todos los años, preguntó por ella. Los mayores se miraron enigmáticamente y tras una pausa, que a ella le pareció eterna y en la que escuchó su propia respiración, alguien rompió el silencio.

—Ha emprendido el largo viaje.

—¿Y llegará a tiempo para la cena de Nochebuena?

—No. Tía Maite se ha ido muy lejos; a lo mejor no vuelve.

Fue una amiga de clase, algo mayor que ella, la que le tradujo la metáfora al cruel lenguaje cotidiano:

—Ha muerto; tu tía ha muerto.

—¿Y por qué lo sabes? —replicó Adriana más irritada que sorprendida.

La niña levantó al tiempo los hombros y las cejas.

—Fue lo mismo que me dijeron el verano pasado, cuando se mató mi hermano en la moto.

Adriana sintió que se le acumulaban las lágrimas detrás de los ojos y para no llorar tuvo que aspirar una bocanada de aire y soltarlo poco a poco por la nariz. Nadie ha hecho jamás tantas y tan deliciosas galletas de queso como la tía Maite. Eran chiquitas y largas, pasaba horas amasándolas, luego las horneaba a fuego lento. Cuando por fin estaban listas dejaba que ella las cubriera de azúcar. Quedaban tan bonitas que a Adriana le daba pena comérselas.

Levantaba la que le parecía menos lograda y, tras contemplarla con delectación unos segundos, se la llevaba a la boca. La ceremonia sólo se respetaba con las primeras galletas. A partir de la tercera de lo que se trataba era de engullirlas a toda prisa. No era tragona, pero en aquellos días ya lejanos era capaz de liquidar de una sentada una bandeja entera.

No había llorado al enterarse del fallecimiento de la tía Maite pero aquel primer domingo de junio, abrazada al castaño de sus sueños, ajena a las miradas de los curiosos e indiferente a las familias que paseaban por los jardines, sus ojos dejaron brotar unas lágrimas. Al día siguiente se examinaba de Literatura Inglesa, pero eso no había impedido su visita mensual al Retiro.

Su padre intentó que Adriana estudiara Derecho, con la evidente pero no confesada pretensión de que algún día se convirtiera en catedrática de Mercantil como él; pero la joven no sentía atracción hacia los textos jurídicos. Su pasión eran los viajes, el mundo ancho y ajeno, y eso la había empujado hacia los idiomas. Tenía un expediente académico tan brillante que hubiera podido ingresar en cualquier carrera o facultad, pero se había matriculado en Filología Inglesa. Cursaba primero, en la Universidad Complutense de Madrid. En alguna ocasión, con juvenil buen humor, había replicado en casa que estudiaba «frente al edificio de Derecho», dando a entender con cierta sorna que las querencias de su padre tan sólo habían errado por un centenar de metros.

No era una empollona de las que no disfrutan de la existencia y se vuelven insufribles, pero sabía ser responsable y se tomaba los estudios en serio. Había crecido en un ambiente culto, rodeada de libros, conferencias, profesores universitarios. Siempre había oído decir a su padre que los libros esenciales, los que daban bagaje cultural y claves para entender el resto, había que leerlos antes de cumplir los veinte años, cuando el tiempo todavía parece eterno y todo resulta posible en la vida. Leía mucho. También le encantaba el cine, bailar, salir con sus amigos y hacer deporte. Esto último sin frenesí, como un bello adorno, al igual que los aristócratas ingleses del siglo anterior.

Jugaba al tenis desde pequeña y nadaba como una sirena. Durante un tiempo practicó natación sincronizada y cada tarde pasaba horas sumergida en la piscina. Esto último era ya un simple recuerdo. Llegó un momento que no le compensó el sacrificio. La monotonía de los entrenamientos, el persistente olor a cloro y el desgaste físico se le hicieron insufribles en cuanto alcanzó la delicada edad del pavo y empezó a reparar en los chicos de waterpolo.

En invierno, esquiaba. Fiel a las costumbres de los adolescentes de su clase social, viajaba en grupo a alguna estación de montaña. Disfrutaba de la nieve, casi tanto como de las largas veladas ante la chimenea del albergue, cuando chicos y chicas tonteaban junto a la lumbre, después de una jornada agotadora, con los músculos doloridos y la risa a flor de labios.

Nunca se había planteado seriamente su futuro profesional. No tenía un objetivo definido, ni motivos serios de preocupación. Durante dieciocho años, los hitos de su vida habían venido rodados y se dejaba llevar. Al igual que el sol salía cada mañana y la lluvia caía del cielo, alimentaba la certeza de que encontraría un hombre maravilloso y formaría una familia feliz. No tenía prisa.

Aquel primer domingo de junio Adriana pensó, como tantas veces, que ella era guapa, tenía suerte y nada podía salirle mal. Se apretó contra la corteza del árbol. En aquel instante lo único relevante, aunque sonase infantil, era absorber la máxima cantidad posible de energía del castaño y contactar místicamente con su tía Maite, allá donde estuviera.

A Francisco le distrajo el ondulante caminar de la joven que iba delante de ellos y no escuchó la respuesta de Luis. Debería haber prestado atención a las palabras de su amigo, pero el impactante atractivo de la mujer se lo impidió. Se recogía el cabello cobrizo en un moño, que fijaba con una especie de lapicero. Vestía un holgado terno azul marino que difuminaba las curvas de su cuerpo pero acentuaba el misterio.

La chica marchaba con una gracia de gacela, con la espalda recta y la cabeza ligeramente ladeada. Daba la impresión de sentirse satisfecha de sí misma y, a juzgar por su compostura y por la forma de moverse, parecía acostumbrada a que la gente la mirara.

Francisco pensó que, con tal porte, sólo podía tener una cara bonita y, como iba alegre, se quedó mirando extasiado sus interminables piernas y el contoneo de sus caderas sin enterarse de las explicaciones de Luis.

—¿No te parece arriesgada esa operación?

—Bueno...

—¿Te parece o no te parece arriesgada?

Luis lo miró preocupado. Venían del hotel Ritz donde acababan de cerrar un trato con los representantes de un grupo de inversores alemanes. La negociación no había sido muy ardua, porque en reuniones anteriores habían limado asperezas, pero las cifras eran altísimas, casi mareantes. Una vez solventado el trámite, para aclararse la cabeza y de común acuerdo, habían decidido caminar hasta el Retiro y darle una vuelta más a los detalles. Luis insistía siempre que la clave de un buen negocio, la diferencia entre el éxito clamoroso y el fracaso rotundo, estribaba en los matices. Consideraba un pecado mortal la inveterada costumbre española de pasar por alto la letra pequeña y no quedaba satisfecho hasta que repasaba puntos y comas.

—¿Dónde tienes la cabeza?

Los dos amigos, vestidos de traje y engominados, destacaban en el ambiente festivo del parque como luciérnagas en la noche. Parecían los gallos del corral.

—¿Cómo?

—Te he hecho una pregunta.

—¿El qué?

Luis arrugó la frente y le miró de soslayo.

—Me siento como un tonto, hablando a solas.

Francisco no podía concentrarse en la conversación. Sólo veía los delicados hombros y los orgullosos andares de la pelirroja. Luis buscó con los ojos el punto hacia el que miraba su amigo y estiró los labios en una de esas sonrisas cómplices que intercambian los varones ante la presencia de una hembra de armas tomar.

—Ahora te entiendo.

—Perdona —musitó Francisco con un guiño.

La joven se detuvo en el estanque, cerca del alquiler de barcas, ante un puesto de helados. Estuvo allí unos segundos, como si dudara qué sabor elegir y luego, sin comprar nada, bajó por el paseo de la Argentina. Salió del parque del Retiro por el ancho portón que da al edificio anejo al Museo del Prado donde permanecía expuesto el *Guernica* de Picasso. Cruzó la calle Alfonso XII y enfiló hacia la plaza de la Lealtad.

Los dos hombres habían comenzado su caminata sin un destino fijo y, sin darse cuenta, la fueron siguiendo.

—Tú dirás hasta dónde vamos —comentó Luis, deseoso de poner fin al juego y de centrarse en lo que realmente le importaba.

—No sé.

—¿Hemos venido a hablar de negocios o de tías?

—De negocios —contestó Francisco, sin apartar sus penetrantes ojos de la muchacha, como si temiera que el hecho de perderla de vista un momento pudiera acarrearle una terrible desgracia.

—Pues entonces vamos a sentarnos en un sitio tranquilo y a dejarnos de tonterías.

—¿Hum...?

Francisco miró fugazmente a su amigo y apuró el paso para no perder a la chica. Justo en ese momento, al llegar al semáforo, la muchacha volvió la cabeza. Mucha gente siente una vibración extraña al ser observada desde atrás y ella adivinó que la seguían.

Francisco había acertado. A esa distancia no podía captar los detalles, pero le pareció maravillosa, de finos rasgos e inmensos ojos verdes. Ni el color ni el tamaño podían pasar desapercibidos porque la muchacha los escrutó casi con descaro. Primero a Luis que iba a la derecha. Después a Francisco, retadora, pidiendo explicaciones o como si quisiera advertirle de que no se acercara. O quizá invitándole a hacerlo.

Francisco vaciló. Uno se encuentra con tanta gente a lo largo del día que tiende a dar por supuesto que ya se ha visto a la persona situada enfrente. Casi todas las caras le resultaban conocidas, pero estaba seguro de que aquélla no la había visto antes. A él no podían olvidársele unos ojos así. Cuerpos esculturales, piernas largas y traseros respingones había muchos; pero no miradas como aquélla.

A su pesar, evocó sentimientos que había arrinconado en su corazón tiempo atrás. Hizo un esfuerzo para concentrarse en la conversación y evitó mirar a la muchacha cuando llegaron junto a ella. Al cambiar la luz, cuando se puso verde el recuadro de peatones, aceleró el andar. Tirando de Luis, se adelantó unos metros.

—La operación entraña ciertos peligros, pero los beneficios pueden ser espectaculares —aseguró, intentando reconducir la charla y centrarse en lo que les había llevado hasta allí.

—Yo también pienso que merece la pena, pero podemos darnos un batacazo.

—Siempre se ha dicho que quien quiera peces...

—Estoy de acuerdo en que hay que mojarse, pero no tengo gana alguna de pillar un resfriado.

—La fortuna ayuda a los osados.

—Sí, pero el riesgo es grande —insistió Luis.

—También te puede caer la lámpara encima, sentado en el salón de tu casa o te puedes romper la crisma en el baño si pisas el jabón. Quien no se arriesga en la vida, jamás tiene verdaderas satisfacciones.

Estuvo tentado de volverse, para mirar otra vez a la muchacha, pero se contuvo. Estaba seguro de que seguía tras ellos. Él también sentía un suave cosquilleo en la nuca.

Adriana contempló la espalda de aquel hombre. Los dos que la habían desnudado con los ojos en el semáforo tenían buena pinta, pero el de la izquierda le gustaba más. Era alto, de hombros anchos y cuello musculoso que sólo se adquiere frecuentando el gimnasio. No le había dado tiempo para comprobar su color de ojos, pero en el breve intercambio de miradas efectuado un poco antes se había dado cuenta de que estaba bronceado y no con el tono chocolate de la lámpara de rayos ultravioleta, sino con el color canela que se les pone a los que hacen mucho ejercicio, esquían, navegan a vela o pasan tiempo al aire libre. Tenía el cabello como la piel, trigueño, y Adriana pensó que le quedaría mejor si no se lo oscureciera con la gomina y lo llevara natural. Su acompañante, a pesar de vestir con elegancia, era de esas personas difíciles de recordar. Carecía de rasgos identificadores, salvo una incipiente alopecia que ya se había cebado en los laterales del cráneo.

Al llegar a la esquina, en lugar de seguir por la acera de Alfonso XII por la que iban ellos, la joven giró a la derecha y enfiló en dirección a la iglesia de Los Jerónimos. Francisco se dio cuenta y en vez de seguir hacia el Jardín Botánico, también trocó el rumbo.

—¿A ti te pasa algo? —inquirió Luis, a quien empezaban a incordiar los súbitos cambios de dirección y de velocidad de paso.

Francisco se volvió hacia él y abrió los brazos.

—¿Tienes algo importante que hacer ahora?

—Pues no, aunque...

Sin darle tiempo a concluir la frase, Francisco comenzó a caminar.

—Pues entonces ven conmingo.

—Pero ¿adónde?

—¡Dónde va a ser!

Señaló a la chica que se alejaba a una manzana de distancia.

—¡Hay veces en que parece que todavía tienes quince años!

Francisco carcajeó sincero. Le divertía el juego.

—¿Has visto alguna vez una cara como la de esa chavala?

Luis curvó escéptico los labios, antes de responder, irónico, que hasta entonces se había fijado en otras zonas de la anatomía, pero no precisamente en el rostro.

—Sólo la hemos visto de espaldas y podemos llevarnos un buen chasco.

—¡Qué chasco ni qué niño muerto! Es la mujer más hermosa que he visto en toda mi vida.

—Si tú lo dices.

Siguieron así un buen rato y cuando la joven atravesó la plaza de Neptuno y entró en una de las tiendas situadas al otro lado, permanecieron en la acera, como dos veteranos centinelas de guardia. Al ser domingo, los comercios cerraban, pero las pastelerías y los establecimientos de platos preparados y comidas de gourmet permanecían abiertos hasta pasadas las dos de la tarde.

—La verdad es que no está nada mal —convino Luis—, pero tengo cosas más importantes que hacer que perseguir chicas guapas por la calle.

—Espera un poco.

—Hemos perdido una hora y todavía no hemos resuelto nada.

—¡Espera hombre!

—Yo me voy. Si quieres, te vienes conmigo al despacho e intentamos zanjar de una vez lo de los alemanes o, si prefieres, quédate aquí y nos vemos esta noche, cuando te hayas cansado de hacer el mamarracho.

—No te pongas así, que no es para tanto.

—¿Cómo quieres que me ponga? A los cuarenta años no se puede ir por la vida como si uno estuviera todavía a mitad del bachillerato —protestó Luis.

—Tampoco vamos a empezar ahora a ir de viejos.

—Si yo no digo eso, pero esa chavala no debe tener ni dieciocho años —bromeó Luis, consciente de que no merecía la pena llevarse un berrinche— y en el caso improbable de que le hagas gracia, corres el riesgo de acabar en el juzgado acusado de perversión de menores.

En ese instante reapareció la chica en el umbral de la tienda y Francisco, inmune a los sesudos argumentos, a las sabias recomendaciones y a las chanzas de su amigo, salió tras ella. Trotó para acortar distancias.

—Vamos a decirle algo.

—Tú estás chiflado.

—¡Venga! No seas cenizo.

—¡Que no!

—¿Te da miedo?

—¡Pues claro que me da miedo! ¿No has visto la mirada que nos ha echado cuando se ha dado cuenta de que la estábamos esperando?

—¿Y?

—Que no ha sido precisamente amistosa y como no te andes con tiento te vas a ver en un buen lío. Peor que eso: me vas a meter a mí en uno.

—No exageres. ¡Vamos!

—Esa tía es capaz de ponerse a dar gritos. Ahora, por menos de nada, te acusan de acoso sexual.

La joven se paró súbitamente ante un escaparate y

Francisco, que avanzaba decidido hacia ella, se detuvo en seco, sin saber qué hacer.

—Y ahora ¿qué? —le increpó con sorna Luis, refocilándose en la confusión y el atontamiento de su amigo.

No le avergonzaba perseguir a una mujer por las calles de Madrid. Sin poseer las espaldas, rasgos agraciados y mata de pelo de Francisco, tenía a gala ser un maestro en el abordaje sentimental y cuando se ponía a la tarea no reparaba en sitios, ambientes, colores, edades o estructuras. Le daba igual una discoteca en semipenumbra como la de Mau-Mau, que la sala de espera de su dentista o la barra de un establecimiento de postín como Mallorca. El comportamiento de Francisco no le parecía incorrecto per se. Consideraba impropio de dos ejecutivos de su nivel andar zascandileando como jovenzuelos, sobre todo cuando pendía la compra de una empresa germana de componentes para tractores en la que arriesgaban decenas de millones. Máxime, siendo dos hombres hechos y derechos.

—Voy a decirle que la invitamos a una copa —aseguró Francisco, sacando fuerzas de flaqueza.

—Te mandará a hacer gárgaras.

—¿Te apuestas algo a que no?

—Lo que quieras.

—Si acepta, pagas tú las copas y tomas las de Villadiego inmediatamente.

—Vale.

Luis pensó que a su amigo le había dado una insolación. Las niñas bien, sobre todo con la clase de la que tenían delante, no aceptan invitaciones de extraños. Y menos si éstos les doblan la edad, por muy trajeados y atildados que vayan. Sabía por experiencia y tras llevarse su buena docena de cortes, que a una adolescente cualquier hombre por encima de los treinta años le parece un viejo, un *carroza* para utilizar el léxico al uso entre la gente de esas edades.

Francisco se acercó, aparentando una decisión que estaba lejos de sentir, y se fijó en que la muchacha sostenía un paquete envuelto en papel de seda. Probablemente contenía lo que había comprado en la tienda, porque le había parecido que no llevaba nada en las manos durante la larga caminata anterior.

—¡Hola! —saludó esbozando una sonrisa digna de premio de un concurso de dentífricos—. ¿Cómo estás?

La joven apenas se movió. Lo había visto aproximarse, en el reflejo de la luna del escaparate y se limitó a mirarlo con desdén.

—¿Cómo te llamas? —insistió Francisco.

Ni se inmutó. Siguió examinando la brillante cristalera, con la concentración de quien va a hacer un inventario, y cuando calculó que aquel moscón estaba ya suficientemente azorado, reemprendió la marcha.

—¿Qué ha dicho? —preguntó Francisco, volviéndose hacia Luis, que se desternillaba de risa a tres pasos de distancia.

—Decir no ha dicho nada, pero debe haber pensado que eres un viejo verde o que te falta un tornillo.

—Yo creo que no —replicó Francisco—. Me ha dado la impresión de que le he hecho gracia.

—Quien no se consuela es porque no quiere.

—De verdad. Ha estado a punto de reírse.

—Es posible, pero no de reírse contigo, sino de ti —se burló Luis—. Al grano: tenemos un negocio pendiente y si seguimos persiguiendo a una niña de COU vamos a echarlo a perder.

—La verdad es que algo de razón no te falta —concedió Francisco, simulando mirar con pena hacia el paseo del Prado, por donde se alejaba la muchacha.

La siguió con la vista, instándola sin palabras a que se volviera. Si gira la cabeza, se decía, es que la cosa no ha ido tan mal y hay posibilidades. «Mira para atrás —susurró un par de veces para sus adentros—, mira para atrás.» Había dado ya la batalla por perdida cuando observó con sorpresa que la chica se detenía y antes de cruzar el paso de cebra, sacudía la cabeza y miraba hacia él.

Francisco hizo un gesto con el brazo y se inclinó ligeramente, remedando una de esas versallescas reverencias que ejecutan los aristócratas de las películas de época. Adriana sonrió y siguió su camino.

—¡Vamos para allá!

—Que no hombre, que no. Ya está bien de tonterías.

—¡No seas soso!

—¡Ni soso ni leches!

—¡Venga hombre!

Sin encomendarse a Dios ni al diablo, Francisco se puso en marcha seguido por Luis, quien no paraba de rezongar.

—Yo me voy.

—Cinco minutos más y te prometo que dejo el asunto.

—¿Cinco minutos?

—Sí. Te lo prometo.

Tuvieron que hacer esfuerzos para no perderla entre el gentío que pululaba en los alrededores del Museo del Prado. La chica llegó hasta el final del edificio, viró a la izquierda por la acera contraria a la del Jardín Botánico y, sin previo aviso, se metió en un inmenso portal con paso de carruajes.

Francisco se detuvo, lanzó un suspiro y esbozó una sonrisa triunfal. No le había pasado por alto que la muchacha no pulsó timbre alguno. El portero uniformado le había franqueado la entrada sin aguardar siquiera a que llegara ante la reja de hierro forjado.

—¿Por qué estás tan contento? —preguntó Luis.

—Ahora ya sabemos dónde vive.

El resto sería coser y cantar.

—¿Cómo sabes que no ha venido a visitar a alguien?

—A su abuelita, no te jode, como Caperucita. El portero la conocía. Vive ahí.

—¿Y el piso?

—No seas cateto. Estos edificios no son de esos que están llenos de vecinos y apartamentos. En casas como ésa vive una familia por planta. Hasta es posible que toda la casa sea suya.

Francisco estaba fascinado ante la intensidad de su propia pasión. Nunca había sentido nada igual, pero tampoco había visto a ninguna mujer que se pareciera a aquella joven.

—Saldrá más tarde o más temprano. No tendrá más remedio que hacerlo.

Deshizo el nudo de la corbata de Gucci y la guardó en un bolsillo de la americana.

—¿Y te propones esperarla aquí? ¡Estás loco, Paco!

Luis sacudió la cabeza desalentado. No pensaba desperdiciar la mañana del domingo aguardando en la calle a una chica que no quería hablar con ellos, habiendo miles que estarían encantadas de mostrarles su gratitud y su cariño.

—No tengo la menor intención de estar plantado aquí todo el día, así que me voy...

—Allá tú. Casi es mejor así.

Francisco echó un prolongado vistazo al reloj, como si hubiera descubierto la picadura de un insecto en su muñeca.

—Se nos ha echado el tiempo encima y ya no merece la pena que vayamos al despacho. Pásate por allí, comprueba el fax y el contestador y vete hacia el restaurante.

Arrugó la frente como si se hubiera acordado de algo, y añadió:

—Olvídate del despacho. Mejor vete a José Luis y me esperas en la barra, tomando algo. No vaya a ser que esas dos con las que quedamos ayer se presenten puntuales.

—¿En qué estás pensando?

—En nada, pero imagina que tengo suerte y termino ligando. No me gustaría nada tener que andar escondiéndome.

—¿No se te ocurrirá dejarme plantado?

—No, por eso no te preocupes.

Luis asintió.

—¿Cuánto tiempo piensas quedarte aquí esperando como un tonto?

—No lo sé.

—Pues si tú no lo sabes, no sé quién lo va a saber.

Francisco sonrió.

—La suerte siempre llega a rachas. Cuando algo sale mal, todo sale mal y al revés —explicó, profesoral, Francisco—. Lo de los alemanes nos ha costado trabajo, porque llevamos unas semanas sin pegar ojo y con el alma en vilo, pero nos va a hacer ricos. Parecía imposible y si ha cuajado ha sido porque tenemos la fortuna de cara. Sería estúpido no aprovechar el momento.

—No te entiendo —mintió Luis.

—Pues está claro. Tengo la corazonada de que nada me puede salir mal estos días y estoy harto de trabajar. La casualidad ha querido que se haya cruzado en mi camino la mujer de mis sueños y no estoy dispuesto a dejarla escapar. No pienso moverme de aquí hasta que la pelirroja vuelva a salir por la puerta.

Francisco encendió un cigarrillo con aire satisfecho.

—¿Y cuando salga qué harás?

—Le diré que estoy loco por ella.

—Algo demente sí que estás —mascullò Luis, a quien tampoco le apetecía retornar al despacho y comenzaba a sentirse intrigado por saber cómo terminaría el acoso.

Estaba convencido de que no pasarían mucho rato haciendo guardia en la calle. Apenas quedaba una hora para el almuerzo y, por muy tozudo que fuera Francisco, en unos minutos se habría cansado de aquella chiquillada. Calculó que el enredo finalizaría antes de media hora.

A los diez minutos, el portero del inmueble abrió ampulosamente una de las pesadas hojas de hierro acristalado y apareció la muchacha.

—¡Ahí está! —musitó entusiasmado Francisco, quien unos segundos antes había anunciado que renunciaba a la caza—. ¡Es divina!

La imagen femenina, enmarcada por los bloques de mármol del portón, le recordó *El nacimiento de Venus*. A diferencia del cuadro no había en la escena concha marina, pero, como en la delicada pintura de Botticelli, la mujer que emergía del edificio era celestial.

—Pues al toro, hijo —masculló Luis con retranca.

Conocía a Francisco desde hacía años. Su rostro dibujó una maléfica sonrisa al evocar la cantidad de barrabasadas ejecutadas conjuntamente. Habían sido compañeros de colegio, amigos entrañables, socios inseparables y hasta camaradas de milicia. Cursaron el IMEC, aprovechando la ventaja de ser universitarios, y tuvieron la fortuna de ir juntos al campamento, a los cursos posteriores e incluso a las prácticas, ya con rango de alférez, en el Arma de Caballería y en El Goloso, entre carros blindados.

Habían compartido piso, juergas e incluso alguna chavala. Hasta habían copiado al alimón en la época de la universidad. Se conocían bien y confiaban ciegamente el uno en el otro. Tanto como para trampear cuando los negocios no eran boyantes. Se sentía unido a Francisco, como podía haberlo estado a un hermano, pero no dejaba de divertirle el que estuviera a punto de hacer uno de esos inocentes pero urticantes ridículos cuyo solo recuerdo sonroja al protagonista y alegra cualquier reunión empresarial.

La atractiva joven llevaba unos libros en una bolsa de bandolera. Se había soltado el cabello y aunque ello desdibujaba ligeramente el perfecto óvalo de su cara, Francisco pensó que todavía estaba más radiante.

—¿Vas o no?

—Sí, pero tampoco empujes —susurró Francisco iniciando la maniobra de acercamiento.

Cruzaron de acera, cortando en diagonal, con la intención de darse de bruces con ella cuando llegara a la esquina. La chica no se había dado cuenta de su presencia, pero no tardó en descubrirlos y adivinar sus intenciones. Si hubiera acelerado el paso, quizá habría pasado de largo antes de que los dos hombres tuvieran tiempo de atravesar la calzada. No lo hizo.

Intencionadamente, caminó despacio, regodeándose en su pequeño y secreto triunfo. Dejó margen para que Luis y Francisco se apostaran como dos buitres en el cruce y pasó junto a ellos con la cabeza erguida, el gesto indiferente y la vista perdida en lontananza, como si fueran transparentes.

Francisco la miró con una intensidad dolorosa, tratando en vano de llamar su atención. La otra táctica, la del asalto directo, no había funcionado.

Luis, en labores de apoyo y mucho menos preocupado del resultado que su atribulado amigo, hasta carraspeó. También sin resultados apreciables. Al ver que la chica pasaba de largo y, temeroso de que Francisco se empeñara en seguir con el estúpido jueguecito, cogió las riendas.

—¿Te apetece tomar algo con nosotros? —acompañó sus educadas palabras con un cómico gesto de súplica, juntando ambas manos a modo angelical—. Anda, no seas mala.

Divertida, la adolescente perfiló la boca con un remedo de sonrisa.

—¿De acuerdo? —insistió Luis, atisbando un resquicio de esperanza.

Ella negó con la cabeza.

Caminando a su lado y con Francisco unos pasos detrás como un perrillo, Luis continuó a la carga.

—Es domingo, mujer. Haz la obra buena del día.

—No —sacudió de nuevo la cabeza.

—¿Por qué? —insistió Luis.

En el fondo y a pesar de todo lo que le había dicho a Francisco sobre las adolescentes y los *carrozas,* estaba convencido de que se saldría con la suya. Deseaba poder jactarse luego ante su amigo. Cuando se es varón, atractivo y moderadamente machista, esas cosas tienen su importancia. Entendía las reticencias de la muchacha, pero sospechaba que no se mantendría reacia mucho tiempo, a menos que hubiera alguien esperándola o estuviera locamente enamorada de algún novio de su edad. Tanto Luis como Francisco eran casi cuarentones, pero cuidaban su aspecto, presumían de buena planta, sabían gastar el dinero y solían tener éxito con las chicas. Actuaban casi siempre en territorio favorable y con un tipo de mujer muy distinta de la que tenían delante, pero lo que funcionaba con una secretaria de dirección, con una azafata o con una divorciada aburrida, no tenía por qué fracasar con una estudiante.

—¿Por qué no te vienes a tomar el aperitivo con nosotros?

—Porque no —replicó sin molestarse en torcer la cabeza.

—No nos comemos a nadie.

—Eso salta a la vista —ironizó, veloz, la chica, con una acidez que los dejó perplejos.

Iban los tres juntos; ella en el centro, Luis a la izquierda y Francisco a la derecha. Caminaron en silencio una decena de metros.

Francisco, casi satisfecho de que Luis hubiera patinado, rompió el mutismo. Moduló la voz para que sonara profunda y entornó los ojos como un encantador de serpientes.

—Como te ha dicho Luis, somos buenos chicos.

Hizo una pausa, aprovechando que ella se había parado en el paso de cebra, esperando a que cambiase la luz del semáforo.

—Estábamos dando una vuelta, porque nos hemos pasado la mañana hablando de negocios y haciendo números y de repente, te hemos visto y nos has impresionado tanto que no nos ha quedado otro remedio que salir detrás de ti.

La joven sonrió. Menudos caraduras, aunque resultaban simpáticos. Y educados, lo que no se podía echar en saco roto teniendo en cuenta los tiempos que corrían. Comparados con sus compañeros de facultad, eran dos perfectos caballeros.

—¿Te puedo hacer una propuesta? —dijo Francisco, interponiéndose temerariamente en su camino.

—¿Cuál?

Un diminuto hueco se abrió en el muro de indiferencia con que se había rodeado hasta entonces y Francisco se lanzó a través de él. Percibía los estados de ánimo de otros seres humanos y adivinaba sus pensamientos. Gran observador, tenía instinto tanto en los negocios como en el amor, y poseía la habilidad de captar señales mínimas de un modo casi inconsciente. Todavía no sabía por dónde iba a salir aquella belleza, pero intuía que aceptaría la invitación.

—Seguro que tienes siempre una nube de moscones alrededor y que ahora mismo hay alguien maravilloso esperándote, pero no me puedes decir que no —insistió Francisco, juntando las manos con teatralidad.

Bajó la voz y se inclinó ligeramente, como si fuera a hacerle una confidencia y no quisiera que su amigo o cualquier otro pudiera oírla.

—Me harías muy feliz... Vente sólo a tomar el aperitivo.

Podían ser unos *buitres,* pero conocían los límites y sobre todo se comportaban de manera exquisita, con movimientos agradables y dulces palabras, lo que contribuyó a que Adriana no les soltara un bufido.

—De verdad que no puedo.

—Cinco minutos —insistió Francisco, levantando la mano con los dedos extendidos—. ¿Vale?

—No puedo —recalcó la chica con una sonrisa y echando a andar.

A mitad del paso de cebra, Francisco llamó su atención. Al volver la cabeza le preguntó:

—¿Y cuándo puedes?

—Cualquier día de éstos —rió ella.

—Por lo menos dame tu número de teléfono.

—En otra ocasión.

—¿Cómo te llamas?

Ella dudó unos segundos.

—Adriana.

—Yo Francisco y éste, Luis. —Se señaló a sí mismo y luego a su amigo—. ¿Te acordarás de nosotros?

—Adiós.

La joven enfiló la vista y aceleró el paso.

Esta vez, Francisco no la siguió. Ya habían desperdiciado demasiado tiempo. En el mundo de los altos negocios, los ejecutivos como ellos carecían de esas horas sin propósito concreto en las que puede florecer la fantasía. No estaban obsesionados con la laboriosidad, y por ello no consideraban un despilfarro imperdonable o una debilidad enamorarse o perder unas horas intentando ligar o charlando de insustancialidades, pero aquel día habían agotado con creces su cuota de diversión.

—Hay que salir pitando para el restaurante.

—¿Vamos en un coche o en los dos?

Francisco había dejado el BMW 635 en el aparcamiento de la Carrera de los Jerónimos, el que utilizaban regularmente los miembros del Congreso de los Diputados. El Lancia de Luis estaba justo enfrente del Ritz.

—Vamos en tu coche y después de comer me traes de vuelta y recojo el mío.

—Está bien.

Francisco permaneció pensativo mientras Luis conducía atento al boletín de las tres en Radio Nacional. Cuando estaban bajo la floreada marquesina del hotel, puso cara de arrobamiento y preguntó:

—¿Qué te parece?

—¿El qué? —Luis apagó la radio.

—¡Qué va a ser! La pelirroja.

Luis encogió los hombros con aire de suficiencia.

—Está bien, pero no es para morirse.

—¿Te fijaste en sus ojos?

Luis asintió. La belleza de la muchacha era innegable, pero a él le iba más otro tipo de mujer, más al estilo de las de los calendarios de *Sports Illustrated* o las modelos de los carteles promocionales de las agencias de viajes.

Francisco esperaba una respuesta que ratificase su opinión, y como ésta tardaba en llegar, se impacientó.

—¿Y...?

—Las he visto mejores.

—Venga ya...

Hizo un gesto despectivo y salió del coche rezongando como un viejo cura.

—¿Te ha dado fuerte? ¿Eh? —se burló Luis.

—Si tú lo dices.

—La verdad es que las prefiero así. —Hizo un expresivo gesto, blanqueando los ojos y ahuecando las manos frente al pecho.

Le gustaban las rubias de carnes esponjosas y la muchacha a la que habían cortejado esa mañana era pelirroja y espléndidamente delgada. La joven, de facciones suaves y alargadas y de labios carnosos, era dueña de un cuerpo duro y fibroso que sólo se consigue con ejercicio, suculentos solomillos, mucho yogur, buenos genes y varias generaciones de fortuna familiar. Pero Luis no estaba en condiciones de apreciar esas cualidades. No ocurría lo mismo con su amigo, aunque por razones bastante complejas.

A Francisco, la chica le recordaba vagamente a una estudiante gallega con la que había intimado apenas ingresar en la universidad. Por entonces su máxima aspiración era pasarlo bien con su todavía romántica mentalidad de lector de poemas de amor. Aunque obligó a su memoria a sepultar el apellido de la gallega, el *affaire* había dejado una honda traza en su espíritu. Quizá porque fue la primera mujer con la que retozó carnalmente, en una época en que la frase más celebrada de los colegios mayores era que el sexo no era pecado «sino milagro». Ella le plantó. Un buen día, sin previo aviso y sin motivo aparente, le comunicó que aquello no marchaba y sería conveniente para ambos dejar de verse un tiempo. La coruñesa reapareció el fin de semana siguiente en una fiesta de la tuna como novia formal de un alumno de la Escuela Diplomática, un estirado que alardeaba de descapotable y de practicar la hípica. Durante meses, Francisco continuó agasajándola infructuosamente, recorriendo melancólico las esquinas.

Aquella relación le marcó a fuego un agrio resentimiento. Las mujeres pasaron a ser objeto de placer, una mercancía de uso perecedero. Por eso no se había casado todavía a pesar de rondar los cuarenta. Creía en el matrimonio sólo como paso hacia la paternidad. La madre de sus hijos tenía que ser alguien especial, como una Virgen María libre de todo pecado, inocente, bella, dulce y sumisa.

Durante el almuerzo borró de su mente la imagen de la joven y se concentró en los papeles que Luis iba poniendo sobre la mesa. El éxito del trato con los alemanes dependía de los detalles, de cómo ajustaran los plazos y las garantías.

—Hay que incluir una cláusula estipulando que corren ellos con los gastos si se modifica la tasa de cambio.

—¿Te parece necesario? —inquirió Luis.

—Imprescindible. El dólar pegará un subidón en cuanto la Reserva Federal haga públicas las cifras del trimestre en Estados Unidos.

—¿Tú crees?

—Yo, el *Herald Tribune* y el *Wall Street Journal.*

Desde la infancia, Francisco había desarrollado la capacidad de ordenar su mente. Su considerable inteligencia atendía a un solo problema cada vez. Una hora antes, andaba como un bobo detrás de unas faldas. Ahora estaba centrado en el negocio. Podía abstraerse y marginar sus sentimientos, por fuertes e intensos que fueran, para concentrarse en lo que tenía delante.

Con esa marcial actitud y con su habitual brillantez, solventó las dudas de Luis y ajustó los flecos del contrato con los alemanes. De la muchacha no volvió a acordarse hasta que se bajó del coche de su amigo tres horas después, frente a los leones de las Cortes.

Podía haber salido del garaje subterráneo hacia la Puerta del Sol para girar a la derecha y tomar la Gran Vía, pero optó por el camino más largo. Viró hacia Neptuno, subió hacia el Retiro y, sin pensar por qué lo hacía, dio un rodeo para pasar frente a la valla del Jardín Botánico.

Aunque después recapacitaría mucho sobre ello y en ocasiones con amargura, en aquel momento pensó que era incuestionable el viejo adagio popular según el cual siempre es mejor tener suerte en la vida que ser inteligente. Si se hubiera dejado llevar por la razón, no habría hecho aquel extraño recorrido, pero se abandonó al instinto y la fortuna quiso que en el paseo del Prado, en un lateral del museo, atisbara con el rabillo del ojo una inconfundible y grácil silueta.

Pegó un frenazo y saltó del coche, sin preocuparse siquiera de cerrarlo con llave. La joven se sobresaltó, pero suavizó la expresión al reconocerlo.

—Mira quién está aquí —comentó risueña.

—Hola —dijo Francisco con la respiración acelerada—. Creí que te perdía.

—¡No me digas que...! ¿Has estado todo el rato esperándome?

Francisco dudó, buscando la respuesta más adecuada.

—No... ha sido casualidad —dijo compungido, tratando de parecer que encubría una mentira.

Ella respiró profusa y largamente, halagada por la perseverancia. Francisco sabía que la mejor táctica era mostrar interés al principio, para inmediatamente después parecer distante, despegado y dejarse querer.

—¿Qué quieres?

—Nada —balbuceó Francisco, acariciando con los ojos la suavidad de los brazos de la chica.

—Algo querrás; no hubieras esperado por nada. ¿Qué quieres?

El vestido no tenía mangas y dejaba ver la perfecta curvatura lateral de los senos.

—Hablar contigo.

—¿Y de qué quieres hablar? —inquirió ella, con la seguridad que da sentirse deseada.

—No sé, hablar...

Los ojos de la muchacha se iluminaron sonrientes bajo sus finas cejas. Enfrente tenía a un hombre alto y guapo y de indudable atractivo que le sacaba más de quince años, sudando como un adolescente y trabándose al hablar. La escena provocaría arritmias en el corazón de cualquier mujer.

—¿Tienes prisa? —preguntó ella.

Francisco se sentía cada vez más confuso. Había perdido la iniciativa y no estaba acostumbrado.

—Tengo que subir un momento. ¿Me esperas? ¿No te importa?

Francisco puso cara de mártir y abrió los brazos en cruz. Señaló el café situado en la siguiente manzana.

—¿Te espero allí?

—Vale, pero no me puedo entretener mucho. Estoy en plenos exámenes.

Por un momento, temió que la chica cambiara de opinión.

—No creo que con esa cara y ese cuerpo tengas muchos problemas con los estudios. Si yo fuera profesor tuyo te aprobaría con la única condición de que asistieras a clase. Y si te sentaras en primera fila, te pondría notable...

Se arrepintió inmediatamente de su zafiedad, pero comprobó con alivio que a Adriana no le había molestado su comentario machista.

—Y me imagino que para conseguir un sobresaliente, que es lo que suelo sacar, tendría que sentarme en tus rodillas y entonar lo que Marilyn Monroe le cantaba a Kennedy.

Era lista y reaccionaba con presteza.

—¿Y qué era lo que cantaba Marilyn?

—¿No te acuerdas de lo de «no hay nadie como papi»?

—Sí...

—Pues eso.

También era peligrosa. La sutil referencia a la diferencia de edad entre ellos ruborizó a Francisco, aunque el bronceado ocultó la súbita subida de sangre a las venas de los carrillos.

—Hay veces en que uno está más guapo callado —reflexionó bajando la vista, por lo que no pudo ver la dulce mirada con que ella le obsequió.

Adriana se colgó en bandolera la mochila de tela. Su estilo, calculadamente anárquico, resaltaba esa belleza salvaje y sensual que los estilistas de Hollywood lograban con las indias en las películas del Oeste.

—Espérame y bajo en seguida.

—¿No vives aquí?

Sonrió cautivadora, echando hacia atrás el cuello y dejando ver una dentadura inmaculada.

—No. Es la casa de una amiga. Me ha dejado unos apuntes. Los acabo de fotocopiar y estaba a punto de devolvérselos.

—¿Fotocopiarlos? ¿Un domingo?

No terminaba de creerse que no fuera su casa. Le parecía que la chica trataba de despistarlo por si era un pesado. Le hizo gracia el pensamiento, porque en realidad era un pesado.

—Hay una fotocopiadora en Alberto Aguilera que abre veinticuatro horas.

Francisco asintió. Hacía tantos años que había concluido los estudios, que había olvidado una de las prácticas más acendradas de los estudiantes. Para él, la fotocopiadora estaba en un rincón del pasillo de la oficina, y era algo que manejaba una secretaria o un recién licenciado en prácticas.

—¿No me irás a dejar plantado?

Adriana entornó los ojos reprobatoriamente.

—Si te he dicho que bajo, es que bajo.

—De acuerdo, de acuerdo —dijo él, alzando capitulante las manos.

Adriana se acercó al portal, cuya pesada verja se abrió como por encanto. Antes de desaparecer en la penumbra del interior, anunció:

—Tardo cinco minutos.

—Tarda todo lo que quieras.

Un cuarto de hora más tarde conversaban sentados a la sombra en uno de los veladores de mármol que el dueño del café había puesto en la acera. El día era canicular y se escuchaba intermitentemente el chirrido metálico de las chicharras abrasadas al sol en las copas de los árboles del Botánico.

Francisco pidió un café, muy corto y muy cargado. El profuso vino del almuerzo había embotado algo su cabeza. Le costó hacer confesar a Adriana que todavía no había comido y, tras mucho insistir, logró que ordenase un sándwich vegetal y un refresco de cola.

—¿Siempre haces este tipo de cosas? —preguntó Adriana, mordisqueando la corteza tostada del pan de molde.

—¿Qué cosas?

—Perseguir chicas por la calle, abordar desconocidas y apostarte como un lobo en las esquinas, aguardando a que Caperucita se descuide.

Mientras la esperaba, Francisco había recuperado su seguridad habitual y analizado la situación. Presentía que había logrado interesar a la muchacha. Como muchas otras chicas de buena familia, Adriana debía de estar un poco harta de sus padres, del agobio de la casa familiar y de las divertidas amigas de siempre. Por lo que había dicho, era una estudiante responsable y por la forma en que se movía no era una tonta fácil de engañar, pero él debía parecerle distinto, más sólido que sus compañeros habituales. Sobre todo más misterioso, educado y atractivo que los tipos que la rondarían en la facultad o que los hijos de las familias amigas con los que se entretendría en los veranos si, como todo indicaba, pasaba las vacaciones en Mallorca o Marbella.

Ir de duro no funcionaría, así que optó por hacerse el tierno. No quería correr riesgos porque la chica le deleitaba.

—No estoy muy seguro —contestó con aire absorto—, pero creo que esto es amor a primera vista.

De la risa, Adriana se atragantó y tuvo que dar un largo trago.

—Tienes más cara que espalda.

—Te hablo en serio. Esto es el genuino flechazo de Cupido.

—Buen Cupido estás tú hecho. ¿Te ha funcionado la táctica alguna vez?

—No te entiendo.

—¿Que si ligas mucho diciendo esas cursiladas?

Francisco ladeó la cabeza, como un perro agotado.

—Para ser honesto te debo confesar que no ligo nada. No me acuerdo ya, no sé cómo se hace.

—Ya —replicó, sardónica, ella—. Tú tienes más conchas que un galápago.

—No me vas a creer, pero te juro que me tienes loco desde que te vi.

Extendió el brazo y apoyó suavemente su mano sobre el dorso de la de ella. Adriana le dejó completar la maniobra y después, sin prisa, la retiró con naturalidad para coger el vaso y beber un sorbo.

Francisco, además de buen conversador, tenía la virtud de interesarse, o de simular que se interesaba, por todo lo que contaba su interlocutora. Al principio, deslavazadamente, contó fragmentos de su vida. Había hecho un máster en la London School of Economics y viajado por decenas de países como parte de su trabajo como consultor de empresas en crisis. Le bastó desgranar media docena de anécdotas para que ella se encontrase a gusto. Al principio, Adriana había mirado un par de veces el reloj, pero no volvió a hacerlo. A pesar de lo que había dicho de sus exámenes, no parecía tener prisa por marcharse.

—¿Cenamos esta noche?

Adriana pensó unos instantes y en seguida, como si hubiese recordado algo, meneó la cabeza.

—No puedo.

—Anímate. Te llevaré a un sitio precioso.

Francisco recibió la irónica sonrisilla de ella con el mismo aplomo con que sostenía su taza de café. Cumplidos los treinta y ocho años, con alguna arruga en el borde de los ojos y varias canas, ya no tenía una belleza adolescente, pero seguía siendo un hombre atractivo. De ojos grandes y azules, enmarcados en unas pestañas negras y largas, no había perdido pelo y rebosaba buena salud. Irradiaba cierto magnetismo, al que contribuían la firmeza de sus hombros, su enérgico apretón de manos, una sonrisa espontánea y el aire seguro, casi arrogante, con que se movía por el mundo.

—Con la cara de lista que tienes, no me puedo creer que vayas a necesitar muchas horas para preparar ese examen.

—Pues créetelo, porque es así.

Adriana se agitó en la silla, dando a entender que había llegado el momento de marcharse. Al observarla de cerca, Francisco se fijó en que apenas llevaba maquillaje. La pelirroja pertenecía a ese privilegiado grupo de mujeres a las que la naturaleza no pone obstáculos; las que sólo necesitan un tenue toque de lápiz de ojos, tienen la piel siempre impoluta y la cabellera lista en diez minutos, sólo con una ducha y un golpe de secador. En el despiadado mundillo donde se movía habitualmente Francisco había mujeres hermosas, pero jamás se había cruzado con un ser que aunara de tal forma la belleza suave, la elegancia innata y una forma de sonreír tan hechicera.

—Dame tu teléfono y te llamo más tarde, a ver si hay suerte y has acabado de estudiar.

Le tendió su pluma y Adriana garabateó distraída unos números en una esponjosa servilleta de papel. Sus dedos acariciaban la estilográfica.

—Aquí tienes, pero te advierto que hoy no puedo. Esta semana estoy de exámenes, pero a partir del viernes volaré libre como un pajarito.

—Te la regalo. —Francisco dobló el papel y lo guardó en el bolsillo interior de la chaqueta.

—¿El qué?

Francisco señaló la pluma.

—¡Oh! No puedo aceptar. Debe de ser carísima...

—Lo es.

—Y además no me conoces de nada...

—Es verdad.

—No estaría bien...

—Por favor —rogó, cogiéndole la mano—. Me haría muy feliz saber que tienes algo mío.

—Pero es que...

—Por favor.

Adriana sopesó la Mont Blanc con capuchón de plata de ley y cuerpo verde esmeralda.

—Acepto.

Y se levantó de golpe para estampar un sonoro beso en la mejilla de Francisco, que sintió el carrillo incendiarse bajo la presión de los carnosos labios de Adriana.

—¿Nos vamos? —dijo ella, aprovechando que estaba de pie.

Un muchacho rubio sentado a la mesa contigua aprovechó para comerse con la vista a Adriana. De los tobillos al cogote. Hasta se volvió para ver mejor. Francisco pensaba que no era pecado mirar admirativamente a una mujer guapa, pero consideró que el joven llevaba ya unos segundos más de los debidos dedicado a la tarea y lo fulminó con los ojos. No se consideraba celoso, pero le endemonió el descaro del rubio. Y lo peor era que sabía nítidamente el porqué.

—¿Conoces a ése de algo?

Adriana se volvió y negó con la cabeza.

—No te quita la vista de encima.

La joven sonrió satisfecha al comprobar el tipo de sentimientos que era capaz de despertar. Se colgó del brazo de Francisco, que dejó varios billetes en la mesa sin preocuparse de las vueltas.

—Será miope —comentó risueña mientras iniciaba la marcha para evitar un incidente.

Caminaron juntos hasta el portal y allí, ante la atenta mirada del uniformado conserje, se despidieron con un apretón de manos, que él alargó un dulce instante. Al arrancar el coche, Francisco agarró con fuerza el volante. Se sentía vivo, poseído por una felicidad efervescente. Puso a todo volumen una cinta de los Rolling Stones. Desde pequeño, el azar había estado de su lado y ahora sabía que por alguna razón el destino había colocado en su camino a aquella criatura extraordinaria. Mientras conducía cantaba junto a Mick Jagger el estribillo de *Satisfaction*.

Su satisfacción duraría poco, tan sólo unas horas, hasta que por la noche, cuando fue a llamar a Adriana para escuchar su voz, comprobó la imposibilidad de descifrar el teléfono en la tinta emborronada de la servilleta de papel. Maldijo su suerte. No sabía el apellido de la chica y ni siquiera le preguntó dónde vivía.

Si los hados querían ponérselo difícil, pensó, sería porque la recompensa merecía la pena.

2

El piloto trazó un círculo en el aire y despacio, casi en vertical, depositó el helicóptero sobre la cruz de cal pintada en el cuidado césped del inmenso jardín de Edgar Zoe. La finca, enclavada al norte de la ciudad colombiana de Medellín, se extendía por los cerros hasta donde alcanzaba la vista. Antes de que dejase de girar el rotor, agachándose para evitar las cortantes aspas, un sujeto armado con una pequeña Uzi israelí corrió hacia el aparato y abrió la portezuela.

Sin mediar palabra, el hombre acompañó al visitante hasta la pérgola donde, alineados como figurantes de una película de gángsters, esperaban media docena de individuos. Menos uno, el resto exhibía ostentosamente sus armas. De edades diferentes, todos, sin excepción, lucían ese tono oliva de la piel y el aire depredador que caracteriza a los tipos duros en América Latina.

—Bienvenido a Colombia.

Francisco, todavía ensordecido por el estruendo del motor, devolvió el saludo con una leve inclinación de cabeza.

—Muchas gracias.

No había duda de que el bajito mandaba en el grupo. Mientras los demás permanecían inmóviles como estatuas, el pequeño se adelantó un paso y estiró la mano.

—Juan Ramírez, para servirle.

—Encantado.

Le sorprendió la blandura del saludo, pero no le pasó desapercibido el fulgor de las pupilas del colombiano, que lucía un poblado bigote y disimulaba sus acerados ojos y sus escabrosas facciones con unas gafas redondas de intelectual.

Ramírez era el secretario personal de don Zoe, su hombre de confianza. Francisco se dejó guiar hasta la casa principal y por el camino atisbó a más hombres armados. Algunos sesteaban al sol, otros charlaban a la sombra de los tamarindos y un par de ellos paseaban acompañados de perros doberman. Por su actitud, supuso acertadamente que eran sólo la línea interior en el sistema de seguridad y que más allá, camuflados entre el follaje, habría más vigilantes protegiendo el perímetro.

En el umbral de la mansión, los guardaespaldas que acompañaban a Ramírez se detuvieron en seco. Al capo le gustaba rodearse de cierta intimidad y sólo permitía acceder a sus aposentos privados a sus colaboradores cercanos. Los de las armas eran simples empleados.

Entraron en la casa estilo colonial y, sin detenerse, cruzaron el vestíbulo hasta la parte trasera de la edificación dando a otro jardín de recreo. En la piscina, en forma de guitarra española, cuatro jovencitas jugaban en top-less al voleibol en el interior del agua. Las muchachas, sorprendidas por la presencia de un extraño, miraron de reojo, suspendiendo un momento sus cabriolas, pero no dijeron nada. Ramírez pasó a su lado ignorándolas, como lo haría ante un mueble o un adorno floral. Francisco tuvo la impresión de que las ninfas eran importadas. En Colombia, como en cualquier país latinoamericano, hay gente rubia y blanca como la nieve, pero el corte de alguna de las bellezas de la piscina se apartaba del patrón local. Recordaban, por las exageradas proporciones, las extensas melenas y los dorados tonos de piel, a las chicas de las páginas centrales de algunas revistas eróticas.

Edgar Zoe descansaba en el salón, una inmensa habitación con la pared del fondo acristalada. Vestido de golfista, se divertía ejercitando su *approach* con *sand* y enviando una bola tras otra al hueco de la chimenea. Llevaba bombachos a cuadros, calcetines anchos, zapatos de golf, camisa blanca, chaleco y, redondeando el peculiar atuendo, una gorra azul como las que regalan los fabricantes de automóviles, en la que en lugar de aparecer una marca de coches, estaba su nombre bordado con letras doradas.

Ramírez carraspeó, respetuoso, para llamar la atención de su jefe. Éste terminó el golpe, chasqueó la lengua satisfecho y se volvió. Tendió el hierro y la gorra a su subalterno y sonrió como un caimán.

—Bienvenido a Medellín —dijo estrujando la mano de Francisco.

El rostro de Edgar Zoe impactaba como la visión de un cuadro atormentado. Semejaba una de esas obras que pretenden ser arte y no son más que la confabulación de los trastornos psíquicos de un autor cargado de pastillas con la estupidez de unos críticos pretenciosos. La piel de la cara parecía confeccionada de retales y los ojos, pálidos y transparentes, no transmitían sentimiento alguno, como no fuera odio.

—¿Estará cansado?

—No —respondió, galante, Francisco—. El viaje desde Europa ha sido muy largo, pero dormí en el avión, y en el helicóptero no hemos tardado ni media hora. Bogotá está mucho más cerca de lo que pensaba.

—En cualquier caso —intervino Edgar Zoe—, si quiere bañarse o reposar antes de que entremos en materia, puede hacerlo.

Corpulento como un cetáceo, el capo excedía a cuanto Francisco había imaginado. Se preguntó si el cine copiaba la realidad o si más bien la configuraba. Le atemorizó el sonido del aire procedente de su laringe. La mayor parte de la gente concuerda con su voz, pero la de Zoe, fina, susurrante y metálica como el filo de un cuchillo, permanecía unos segundos en el aire como el eco en el interior de una cueva.

El secretario contemplaba a su jefe como el perro faldero que espera un trozo de carne o una rascada de cabeza.

—Aquí puede pedir lo que quiera —añadió Zoe, mirando por encima de su hombro en dirección a la puerta de la sala contigua, desde donde llegaban apagados los grititos de las chicas de la piscina—. *Cualquier* cosa.

Una chispa divertida brilló en los ojos del mafioso y Francisco asintió tratando de ser cortés.

—Se lo agradezco sinceramente, pero será mejor que

empecemos con los negocios y dejemos la fiesta para después.

—Lo mismo pienso yo —subrayó Edgar—. Mientras me cambio de ropa, que le saquen un refresco.

Hizo un gesto casi imperceptible a Ramírez, que se aproximó a él, y desde el umbral, antes de desaparecer, aclaró que tenían ya listos los documentos.

—Mi secretario es quien se encarga de los tecnicismos y formalidades, pero prefiero que me espere y que veamos juntos el contrato.

—Como usted quiera.

Al quedarse solo, Francisco optó por sentarse en uno de los anchos sillones de cuero, venciendo la tentación de curiosear. Aquel cuarto, la casa entera por lo que había visto, parecía sacada de un capítulo de telenovela de amor y lujo en California. Si la firma de alguno de los cuadros era auténtica, allí había decenas de millones de pesetas colgados en los muros. La dramática combinación era el resultado de una decoración elegida a base de golpe de talonario y superponiendo los peculiares gustos del anfitrión con las cambiantes directrices de diseñadores contrapuestos. Muebles de calidad, pero dispares, amparaban tallas antiguas y ocultaban tapices majestuosos y pieles salvajes. Reinaba el desorden, como si a mitad de la recreación de un ambiente clásico hubiera, irreflexivamente, saltado al estilo ultramoderno del metal cromado y las luces halógenas. El resultado producía dolor de estómago, sobre todo al intentar cuantificar la montaña de dinero enterrada entre aquellas cuatro paredes.

A pesar del potente y silencioso aire acondicionado, el sudor nervioso humedeció la camisa de Francisco. Envidió a las chicas de la piscina, pero se contentó con el vaso de té helado que le trajo un mayordomo. Pegado como una lapa al sillón, esperó el regreso de don Edgar Zoe y de Juan Ramírez.

En la oficina de Nueva York no le habían dado excesivos detalles sobre la operación, tan sólo que se trataba de un *supuesto* capo del narcotráfico —no se podía probar nada— interesado en invertir una gigantesca suma. El asunto olía apestosamente a lavado de dinero, pero todo era legal. O al menos ése era el objetivo.

Se trataba de comprar varias empresas textiles locales en quiebra y reflotarlas, estableciendo lazos con conocidas marcas de moda. Era un secreto a voces que casi toda la manufactura que se vendía en las lujosas tiendas de la Quinta Avenida neoyorquina, en la via del Corso romana, en la Faubourg St. Honoré parisina, en la calle Serrano de Madrid o en New Bond de Londres procedía de fábricas situadas en el Tercer Mundo, donde la mano de obra era barata y los sindicatos corrompidos apoyaban al empresario. En una economía global la clave reside en el etiquetado. El origen físico del producto carece de relevancia.

La consultora para la que trabajaba Francisco poseía una delegación en Colombia, pero don Edgar había insistido en que le enviasen a alguien de la oficina de España.

«Aquí nos fiamos únicamente de los paisanos, pero en un negocio de este tipo la imagen es esencial y necesitamos que la cara sea amable, por lo que sugiero que se seleccione una persona de absoluta confianza, que hable castellano y a ser posible que tenga pasaporte español», había dicho en un tono que no tenía nada de sugerencia.

Francisco dio las gracias al camarero vestido con guayabera blanca que le sirvió el *ice-tea* tamaño familiar y abrió el maletín de cuero tras poner la combinación en las ruedecillas centrales.

Revisaba la documentación cuando reapareció Ramírez. Sin pronunciar palabra, Francisco le entregó una copia del proyecto. El secretario leyó durante unos minutos, tras los que depositó el dossier sobre el cristal de la mesa, sostenida por cuatro gigantescos colmillos de elefante a modo de patas.

—Interesante... muy interesante —evaluó Ramírez entornando los ojos—. Veo que han solucionado todos los *problemas* que planteamos.

Francisco se aclaró la voz con un sorbo de té y explicó los tecnicismos y argucias legales empleadas.

—Para nosotros —continuó Ramírez— es esencial que la operación se ajuste a la ley. Se dicen muchas cosas por ahí, casi todas ellas falsas, y no queremos que las autoridades norteamericanas metan la nariz en esto, alegando cualquier irregularidad. No voy a negar que en el pasado no todo fue como debía, pero estamos empeñados en evitar errores.

—Entiendo perfectamente.

Francisco no quería conocer detalles que luego se pudieran volver contra él. Sabía que en situaciones como ésta cuanto menos supiera, mejor. Lo único que habían hecho los especialistas contables en Madrid era pasarle el entuerto a la central en Nueva York. Allí habían estudiado la legislación vigente en Estados Unidos, relativa a la importación de productos textiles. Como negocio era mucho menos lucrativo que despachar una avioneta cargada de droga hacia la costa de Florida o que refinar pasta de coca procedente del altiplano boliviano, pero de lo que se trataba era de blanquear capitales. A Edgar Zoe le sobraban los millones. Lo que necesitaba ahora era respetabilidad.

—No encuentro el epígrafe con la minuta de sus honorarios.

—Va en contrato separado —replicó, presto, Francisco.

Pasado el miedo de los primeros momentos, le emocionaba estar en Colombia y lidiar con semejantes personajes. Zoe y su cuadrilla de matones le recordaban a los *malos* de numerosas películas de acción.

Aun así, rezaba para que no le asignaran la ingrata tarea de pasar los seis meses siguientes mano a mano con aquellos sujetos, discutiendo entre pistolas al borde de la selva y haciendo malabarismos contables para reflotar y poner en marcha unas empresas *tapadera*.

Una labor así correspondía a un *junior executive* y él ya era *senior*. Cinco años antes no le hubiera importado, pero tal como le habían ido las cosas, dejaba el trópico y sus encantos para las vacaciones. Sobre todo tras el éxito con los alemanes del negocio de los componentes para tractores. Habían cerrado el trato en la mañana del lunes siguiente a su paseo por el Retiro y como bonificación habían recibido treinta millones de pesetas. Quince para él y otros quince para Luis.

En las semanas siguientes a esa operación intentó localizar a Adriana, sin fortuna. Una tarde se acercó de nuevo al Jardín Botánico y hasta preguntó al portero del inmueble con la esperanza de que le diera alguna pista de la pelirroja. El empleado, más desconfiado de lo normal, se limitó a negar cerrilmente. Ni siquiera aceptó el billete que intentó deslizar en su mano.

En la guía telefónica buscó la calle y el número. En esa dirección aparecían cuatro nombres y en ninguna de las casas le hicieron el mínimo caso. La perspectiva de ganar una pequeña fortuna en Colombia contribuyó a alejar a Adriana de su pensamiento.

Para perfilar la letra pequeña de los contratos, Luis y él tuvieron que encerrarse dos semanas con un equipo de abogados, contables y asesores fiscales. Parecía que el esfuerzo había merecido la pena.

—¿Todo bien?

La sibilina voz de Edgar Zoe actuó como un resorte y Francisco se puso en pie de un salto. El capo le miró, de forma penetrante, durante varios segundos. El traje veraniego de lino beige, a juego con camisa ocre y corbata moteada, disimulaba su tremendo estómago. El escaso pelo, mojado y peinado hacia atrás, dejaba al aire las sienes tostadas por el sol.

—¿Todo bien? —repitió, quitándose una mota imaginaria del bigotito recortado a ras del labio superior.

Francisco asintió desviando la mirada hacia Ramírez, quien esperó una indicación del jefe para comenzar a hablar.

—Mister Zoe —intervino el secretario—, he revisado los informes y todo está en regla. Incluso mejor de lo que esperábamos.

—Me alegro. No hay nada como tratar con profesionales.

Pulsó un botón y cinco segundos después, como surgido de la pared, apareció el camarero. Iba descalzo y no hacía el más mínimo ruido. Francisco observó su semblante, con arrugas que parecían cicatrices. Tuvo el pálpito de que el sirviente tenía otras funciones, además de pasearse con la bandeja de plata. Aunque quizá su calenturienta imaginación empezara a hacerle jugadas.

—¿Le gusta el ron?

—Sí —respondió Francisco.

No había probado bocado en todo el día y temía que el alcohol se le subiera a la cabeza, pero don Edgar no le dejaba opción. Negarse podría ser interpretado como una descortesía.

—Dile a las chicas que vengan y trae la caja de ajedrez.

El señor arqueó las cejas y el camarero desapareció, tan sigiloso como había llegado.

Un par de minutos después, por arte de magia, aparecieron en el centro de la mesa una docena de rayas de cocaína, todas homogéneas. Las nadadoras revoloteaban alrededor del invitado, como abejas laboriosas cortejando al zángano.

—¿Salsa, merengue, cumbia...? —preguntó solícito el patrón—. ¿Algo español para acordarse de la madre patria?

—Ya que estamos aquí —contestó Francisco—, lo adecuado sería música local.

Fue una explosión de movimiento y sonido. Alguien tendió a una de las jóvenes chillonas un tubito de oro que utilizó para esnifar la serpentina blanca. El caño pasó de mano en mano hasta llegar a las de Francisco, que se encontró con los ojos expectantes de Edgar Zoe. Un miedo cerval, como el de un venado ante las fauces del león, le hizo aspirar el polvo con inusitado ímpetu.

La droga penetró en su cerebro con la gélida precisión de un torno de dentista. La pureza de la cocaína superaba la que ocasionalmente Francisco consumía en España. Volvió a mirar al mafioso y esta vez ya no le pareció tan peligroso. Incluso se atrevió a guiñarle un ojo, cómplice, antes de abandonarse al placer entre los hinchados pechos desnudos de una de las rubias.

3

Agustina apareció en el salón familiar envuelta en el florido pareo que su hijo Francisco le había traído de regalo de Colombia. Las diminutas flores bordadas a mano, como una aura multicolor, aportaban algo de gracia a sus redondeces.

—Feliz cumpleaños, mamá. Estás preciosa.

Todos rieron cuando la homenajeada puso los brazos en jarras e, izándose sobre las puntas de los pies, imitó el caminar de las modelos en la pasarela.

Un vestido de hilo blanco, sobrio y holgado bajo el pareo, disimulaba sus redondeces. Agustina no era gorda, pero lustros atrás había dado por perdida la batalla cotidiana contra la báscula y, en lugar de someterse a las crueldades de la dieta, optaba por el camuflaje. Nunca usaba pantalones.

—Mamá, ¿por qué no abres el resto de regalos? —señaló Lorena, quien desde pequeña alimentaba una pizca de fraternal envidia por la aparente predilección profesada por sus padres hacia su hermano.

Con gesto teatral, destinado a captar la atención general, sujetó la caja con ambas manos y alargó los brazos.

Los dedos artríticos de Agustina tardaron en deshacer el nudo de la cinta y retirar el papel del paquete, del tamaño de una maleta mediana. Un atisbo de decepción arrugó su frente al descubrir el contenido.

—Una batidora...

—Picadora-trituradora-batidora —puntualizó Lorena con evidente satisfacción—. Lo último en electrodomésticos. Así podrás hacer sin esfuerzo esos dulces que tanto nos gustan cada vez que vengamos a verte.

La señora agradeció con un beso a su hija el robot de cocina y siguió desentrañando cajas y bolsas: unos guantes de cuero forrados de lana de borrego, de su marido Cecilio, y un bolso de Loewe, que había traído como presente Marta, la nueva acompañante de Francisco.

Agustina *sabía* que su único hijo varón había puesto el dinero del bolso, pero como las formas son importantes, incluso en la intimidad del hogar, contribuyó al paripé estampando dos besos en las maquilladas mejillas de Marta. Era la primera vez que la veía e intuía por experiencia que también sería la última. La madre denominaba con disgusto «asociadas» a las diferentes novietas que su hijo traía a casa en las reuniones familiares.

—Bueno, ya está bien de regalos; sentémonos a cenar.

—Todavía te falta esto, mamá.

Francisco agitó en el aire una bolsita de cuero, sujeta entre el índice y pulgar de la mano derecha.

—¿Qué es?

—Adivina.

—No seas malo.

Retiró la mano para mantener el costal fuera del alcance de su madre.

—Si lo aciertas, te lo doy antes de comer. Si no, tendrás que esperar a los postres.

—Dame una pista.

—Verde como la esperanza y colombiano de nacimiento.

Antes de que Agustina pudiera decir nada, Lorena se adelantó:

—¡Esmeraldas!

Había roto el encanto del momento, ampliamente compensado por la explosión de felicidad de la madre ante los hermosos pendientes.

—Son preciosos...

Celebraban el sesenta cumpleaños de doña Agustina. La familia al completo se había reunido en la vívida casona familiar de Benavente. El inmueble, impresionante a primera vista, se resentía del paso del tiempo a pesar de las numerosas reformas. El salón, calentado en parte por el ardor de los troncos en la chimenea, necesitaba estufas de butano junto a puertas y ventanas para igualar la temperatura en toda la habitación.

Lorena y su marido Ignacio habían viajado desde Vigo, donde dejaron a sus dos hijos con la abuela paterna. Francisco llegó acompañado de Marta, la nueva secretaria del Departamento de Estadística de su empresa; atrevimiento que tenía endemoniada a la dueña de la casa y había hecho torcer el gesto a la hija. Antes de pasar al salón y resolver el delicioso trámite de la apertura de regalos, las dos mujeres cumplieron con el enojoso ritual de hacer trizas a la intrusa. Una, por razones maternales e interés familiar, la otra, por mezquina envidia y un poco de estrechez; pero ambas coincidieron en que Francisco debía sentar la cabeza y que aquella chica, por muy emperifollada que fuera, no le convenía en absoluto.

De estatura escasa, nariz respingona y ojos melosos, Marta no era guapa pero sí voluptuosa. La costura de los ajustados tejanos de marca la hendía en dos, como una segunda piel sobre su firme trasero. Resultaba obvio que era plenamente consciente de su sensualidad. Francisco llevaba una semana liado con ella. Su hermana, aunque le veía encoñado, opinaba que no tardaría en desinflarse.

Imaginar a su único varón casado con aquella chica hizo perder el apetito a Agustina. Ella, que tanto apreciaba el foie, dejó la mitad de la tostada en el plato.

Para colmo, Cecilio Carazo, el habitualmente recatado jefe del clan, se volvía de continuo para inspeccionar la delantera de la secretaria. Agustina le hincó un puntapié de advertencia.

—¡Cecilio! ¿Quieres un poco más de foie?

—¿Cómo? Eh... Bueno.

—Ten cuidado que te va a sentar mal. —Mientras acercaba la fuente meneaba la cabeza cariacontecida, aderezando la maniobra con un comentario aparentemente inocente pero cargado de aviesas intenciones—. A tu edad, con lo gordo y cascado que estás, hay cosas de las que es mejor *prescindir*.

Don Cecilio, que hacía tiempo que ya no se enfadaba por fruslerías de esa naturaleza, entendió a la primera. Le colmaba de orgullo paterno que su heredero tuviera tan buena mano con las mujeres y era un convencido de que echar una cana al aire de mucho en mucho no era perjudicial para el matrimonio. Siempre y cuando el pecador fuera el hombre.

—Tienes razón, pero un día es un día; aunque sea para recordar viejos tiempos —ironizó tras intercambiar un gesto pícaro con su hijo.

Don Cecilio Carazo recaló en Benavente siendo un adolescente, enviado por su padre como aprendiz de jifero en el matadero municipal. Gran trabajador y con espíritu de sacrificio, se deslomó hasta ser matarife y conseguir abrir su propia charcutería. Pidió en matrimonio a Agustina, la hija del panadero, lo que favoreció una ampliación del negocio hacia la tienda de ultramarinos. Tenían desde bollos hasta salchichas de pollo, pasando por bacalao desalado, lejía y frutos secos.

En la época, el anticonceptivo ofendía el alma religiosa y hubieran concebido una recua de hijos si Agustina no hubiera parido a Francisco con dolores de por vida.

Primero llegó Lorena. Mediocre estudiante a quien sus padres imaginaban como futura opositora, se enamoró locamente del chulapo encargado de un taller mecánico local y colgó los libros de bachillerato para caer en los brazos sucios de aceite del joven. Hubo peleas, gritos y amenazas, porque Cecilio y Agustina la amamantaron para la Universidad de Salamanca, hacia una licenciatura y, sobre todo, una buena boda. Pero el corazón de la doncella no cedió.

Tras cascadas de lágrimas, los padres se resignaron. Ignacio no era mal chico. Había demostrado ser emprendedor y si a Lorena le gustaba, allá ella. Además, un retraso en el débito femenino mensual, anticipo de una sorpresa venidera, aceleró la decisión.

A las pocas semanas de la boda, una empresa de automóviles en expansión se fijó en Ignacio y le ofreció un puesto irrechazable. La joven pareja se trasladó a Vigo, donde Ignacio comenzó a trabajar como jefe de ventas del concesionario de la Ford.

Francisco secó las entrañas de su madre cuatro años después del nacimiento de Lorena. Un trasto de niño, más de una vez retornó a casa descalabrado o de la mano de un ceñudo guardia municipal. Su carácter impulsivo le podía.

Desde muy pequeño, supo distinguir entre la diversión y la devoción. Agraciado con una memoria privilegiada y listo como una centella, hincaba los codos cuando era necesario y destacó como una luminaria entre el rebaño de vagos, atontados y ganapanes de sus condiscípulos.

Cursó bachillerato en Benavente, en el colegio de los Agustinos con matrículas de honor y menciones repetidas en el cuadro de alumnos modelo; estudió Ciencias Económicas en la Universidad Pontificia de Salamanca con una nota media superior al notable, y al licenciarse, en lugar de caer en el error generalizado de buscar empleo y ganar apresuradamente un sueldecito, rogó a su padre que le costease un máster en Inglaterra en Dirección y Reflotación de Empresas en la London School of Economics.

A esas alturas, don Cecilio había dejado de ser el inflexible *pater familiae* de antaño y soñaba con un hijo ministro o político de renombre que legara el apellido Carazo a los libros de historia. La tienda de ultramarinos se había modernizado multiplicándose en una modesta pero fructífera cadena de pequeños supermercados de barrio en Benavente.

Cecilio, en más de una ocasión, ya muy lejana, había sacudido algún cinturonazo a Francisco o le había castigado encerrándolo en su cuarto para domeñar la fuerza de su carácter. A cambio no había regateado esfuerzos para proveerle de la mejor educación que el dinero pudiera pagar. Y los ansiados frutos estaban allí, frente a don Cecilio, en la mesa de cumpleaños de Agustina.

—Háblanos de Colombia —incitó el padre, atacando con denuedo la fuente de jamón de pata negra.

—Como país es precioso —contestó Francisco, tras tomarse un par de segundos para limpiarse los labios con la servilleta—. Te encantaría.

—¿Es tan peligroso como dicen?

—Delincuencia hay, y mucha. Dicen que por menos de nada te cortan el dedo para quitarte el anillo. A mí no me sucedió nada, pero la gente importante lleva guardaespaldas. A la puerta de los restaurantes hay *gorilas* y los hoteles tienen protección armada y arcos de detección de metales. Hasta apostan silenciosos vigilantes en todos los pisos. Muchas señoras han optado por dejar las joyas en casa y si salen a un restaurante van con bisutería o sin nada.

Agustina, consumidora impenitente de televisión, había visto recientemente un reportaje sobre los gamines, las bandas de niños que sobreviven como fieras en las calles de Bogotá y se empeñó en repetir lo que recordaba.

—En televisión dijeron que como las mujeres se ponen el reloj en la muñeca derecha —explicó Agustina—, los niños para robárselos, les pinchan el brazo izquierdo para que saquen la mano por la ventanilla del coche.

Lorena y Marta pusieron cara de espanto. Ignacio y don Cecilio sólo llegaron al asombro. Francisco se encogió de hombros.

—Ahora los coches van cerrados como mejillones y con el aire acondicionado a tope.

—Pues a pesar de eso, secuestran a mucha gente —porfió la madre—. Acordaos de aquel camarero español que fue con su mujer a adoptar un niño.

—Fue la guerrilla —puntualizó Francisco, antes de explicar que el secuestro, junto al tráfico de drogas, era la industria más boyante de Colombia.

Le encantaba sentirse el centro de las reuniones y, ante auditorio tan agradecido, se explayó desgranando detalles. Explicó que la verdadera paranoia de la gente bien de Colombia —nacionales o extranjeros— era que forajidos desalmados asaltasen sus casas, raptasen a uno de los miembros de la familia y exigieran rescate.

—Casi nadie se considera inmune y buena prueba de ello es el boom experimentado por las empresas de seguridad: cuatrocientos por ciento en los últimos cuatro años. Es muy frecuente que el chófer de un alto ejecutivo sea un individuo con experiencia militar y haya recibido un cursillo sobre técnicas antisecuestro.

Añadió que se había vuelto un hábito llamar por el teléfono móvil al domicilio propio para avisar de su llegada a los empleados y que algunos millonarios habían construido una habitación blindada en el interior de sus residencias, a semejanza de las embajadas estadounidenses, para atrincherarse con sus familias en caso de peligro.

—No hay mansión que no esté rodeada de una cerca electrificada, alambre de espino y cámaras de televisión en circuito cerrado. También es difícil encontrar la casa de un rico donde no paseen noche y día guardaespaldas armados y funcione un sistema de alarma.

—No me hace gracia que viajes allí —protestó Agustina—. Voy a llamar a tu jefe para que envíe a otro.

—Mamá, por favor —rió Francisco, cada vez más encantado de la expectación despertada por su reciente viaje—, hasta en Benavente te puede pasar de todo. Colombia, si tomas precauciones, conoces a gente y no haces bobadas, es un país muy seguro.

Para realzar el dramatismo, aseguró que los bandidos aceleraban siempre el cobro del rescate amputando al secuestrado una parte de su cuerpo y enviándola por correo a la familia.

—Algunas bandas menos organizadas hacen el llamado «secuestro expreso».

—¿Secuestro qué? —preguntó Lorena.

—Secuestro expreso: llevan a la víctima de cajero automático en cajero automático, atiborrándola de alcohol o drogas para enturbiar su memoria.

—¡Eso también ha pasado aquí! —barbotó don Cecilio.

—Aquí, no —le corrigió Agustina—. En Madrid es posible, pero en Benavente no ocurren esas cosas.

Francisco alzó la mano para que le prestasen atención.

—El método más curioso es el que llaman «virtual», donde el sexo juega el papel principal.

—¿En qué consiste? —inquirió interesado el padre.

—Es sencillo, pero muy ingenioso. Una mujer guapa y despampanante, cómplice de los malos, entretiene varias horas a la víctima a la salida del trabajo, acostándose con él si es necesario. El resto de la banda aprovecha el intervalo para sacar un par de millones a la asustada e ignorante familia. Llaman diciendo que sólo tienen una hora para pagar y cuando el tipo vuelve a casa, se encuentra con el pastel.

—¡Qué bueno! —bromeó don Cecilio—. Aunque la cana al aire sale un poco cara.

Agustina, achispada por el vino, le conminó en broma agitando la mano en el aire como si le fuera a dar unos azotes.

Todos rompieron a reír y brindaron deseándose mutuamente salud y felicidad. Luego la tertulia derivó hacia los hijos de Lorena, el negocio de coches de Ignacio, la vida en Vigo y lo que habían mejorado las carreteras a Galicia. También pasaron revista a otras familias de la localidad. A la hora del postre, casi en un aparte para no perturbar la conversación general, Francisco cambió de tercio y narró a su padre varios de los proyectos en los que estaba involucrada su consultora.

Con el rabillo del ojo observó a Lorena sonsacando a Marta. Su hermana mayor, maestra en el arte del interrogatorio discreto, además de una curiosa enfermiza, no se levantaría de la mesa hasta haber obtenido una idea cabal del tipo de relación que le unía con la secretaria.

Lorena, que tardó poco en confirmar sus sospechas, pensaba que con treinta y ocho años, Paco ya debería haberse comprometido. No podía ser el soltero de oro durante toda su vida. Ella se había casado muy joven, demasiado joven, tirando irreflexivamente por la borda la posibilidad de hacer una carrera y tener una vida profesional. Aunque no se arrepentía, pues dos hijos como soles la recompensaban afectivamente, creía que debía haber esperado algunos años a unir su vida a la de Ignacio o a la de otro hombre.

Antes de casarse de blanco, cuando su padre la presionaba inclemente y su madre la desvelaba cada noche con sombríos vaticinios sobre la caducidad de la pasión, se juró a sí misma ser eternamente feliz.

Fugaz fue el sueño. Del enamoramiento surgió el amor, del que brotó el cariño que fecundó el hábito. Bajo la carga de los retoños y el orgullo del macho, Ignacio se deslomaba de sol a sol para proveer a su familia. A los tres años, su marido entró en una fase de comedido distanciamiento. Ella no se extrañó, como si lo hubiera estado esperando, y se volcó en los niños y en la casa, como tantas otras a las que antes criticaba.

Fue Lorena quien, tras extraer toda la información útil de Marta, preparó el café en la cocina de carbón y se encargó de servirlo en los sofás junto a la chimenea.

—Solo y sin azúcar, ¿no?

—Sí, muy cortito —confirmó Francisco.

A su marido se lo sirvió en vaso grande, con leche y almibarado. De pequeña, Lorena cuidaba de su hermano, le ayudaba con los deberes y, de vez en cuando, a hurtadillas, dejaba caer unas gotitas de café en su vaso de leche, para que se sintiera mayor. Tres décadas habían transcurrido y el tiempo les había distanciado.

Vidas distintas, ambiciones diferentes, el mundo desde ópticas contrapuestas, pero el fraternal afecto permanecía. Lorena se negaba a admitirlo, pero en su fuero interno, en el centro de su corazón aparentemente tibio, Francisco encarnaba ahora el tipo de hombre que le hubiera gustado para ella, un triunfador irreverente capaz de provocar amor y odio a la vez.

Marta se excusó para visitar el lavabo y Lorena aprovechó para aproximarse a su hermano. Sentada en un brazo del sofá y rodeándolo con un brazo, le musitó al oído:

—¿De dónde la has sacado?

—Supongo que ya lo sabes —masculló Francisco—. En la mesa no has perdido puntada.

Lorena le sonrió afectuosa peinándole un mechón rebelde, como tantas veces había hecho en la infancia.

—Es educada y tiene buen tipo, pero no me gusta para ti.

—Es a mí a quien tiene que gustarle.

—Eso es verdad, pero mamá y yo pensamos que ya no tienes edad para hacer tonterías.

La susurrante charla le incomodaba, por lo que Francisco se escabulló. Simulando querer coñac, se alejó hacia la vitrina dejando a Lorena con la palabra en la boca. Si ella hubiera podido leer su mente, habría descubierto que los pensamientos de Francisco viajaban a doscientos kilómetros de distancia, al Retiro madrileño.

Los consejos no pedidos de su hermana le hicieron evocar a Adriana. El sopor del alcohol endulzaba la imagen del bello rostro enmarcado en una aura cobriza y dotado de brillantes ojos verdes. A pesar de los meses transcurridos desde aquella sofocante mañana de junio en que él y Luis se habían cruzado con la pelirroja, todavía recordaba el contacto de sus labios cuando le besó la mejilla agradeciéndole la estilográfica.

—¿No comes tarta, hijo?

Agustina había colocado un plato en una mesita cercana a Francisco y el trozo de pastel seguía intacto.

—¿Perdón?

Francisco reaccionó como si lo despertaran.

—¿No te gusta ?

La especialidad de Agustina, además de los guisos populares, cocidos o caldos, era la tarta de manzana. A diferencia de la de las reposterías, el grosor del hojaldre apenas levantaba un dedo, sobre el que se esparcía la capa de crema y los finos gajos de manzana.

—No tomo postre.

—¿Desde cuándo?

—A partir de cierta edad las calorías ya no se eliminan con tanta facilidad. Y menos las de los dulces.

—No digas tonterías —terció don Cecilio—. La tarta de manzana de tu madre no es un dulce, es una maravilla.

Francisco probó un trozo para complacer a su madre, aunque el recuerdo de Adriana había encogido su estómago eliminando la sensación de hambre.

4

El club de golf de Guadalmina resplandecía entre pieles bronceadas, pañuelos de Hermés, risas cantarinas, saludos educados e impecables blaisers azul marino, cuando el maestro de ceremonias golpeó dos veces el micrófono y pidió silencio. Iban a entregarse los premios a los ganadores del primer Máster Andalucía, un torneo de golf financiado por una conocida marca de aceite de oliva y con la participación de buen número de maestros y famosos. La modelo contratada para embellecer con su rostro el evento subió al estrado portando un gigantesco cheque de cartón. El presentador esperó un instante a que los fotógrafos de prensa y los cámaras de televisión ocuparan sus puestos para, a remedo de los Oscar y ayudado por música sinfónica, iniciar su discurso.

Tras el rigor de los aplausos corteses, los fogonazos de los flashes y las escuetas palabras del galardonado, la mayoría de los presentes retornó a la actividad principal: cazar al vuelo canapés en las bandejas, beber a pequeños sorbos y mirarse con disimulo unos a otros. Los golfistas de verdad discutían con calor sobre las alternativas del juego, debatían sobre los hoyos o trataban de extraer un consejo a alguno de los profesionales del hierro.

Los patrocinadores, conocedores de la importancia de la televisión, habían preparado varios premios menores para atraer a figuras de la farándula y del papel cuché. Hubo copa para el campeón de veteranos, para el mejor jugador infantil, para el equipo mixto más sobresaliente y hasta a la simpatía. La del golpe maestro recayó en un joven jugador danés desconocido en el circuito, tan rubio, atlético y proporcionado, que despertó miradas de admiración entre la concurrencia femenina. La guinda final, inesperada porque no figuraba en el programa, fue el trofeo a la Bella Golfista.

—Y la ganadora del premio a la jugadora más guapa y prometedora es... —anunció el presentador impostando la voz y tratando de hacerse oír entre el barullo general— ¡Adriana Mendoza!

Adriana, metida en una carpa de las más alejadas y envuelta en una animada conversación con su pandilla de amigos, no escuchó su nombre. Tampoco los que estaban con ella se enteraron de nada. Fue su hermano Jaime, el pequeño de la familia, quien llegó con la noticia. Tres veces repitió el nombre el presentador, la última con un rictus en la boca pensando que le aguaban el final de fiesta.

—¡Aquí! ¡Aquí! —jalearon los amigos de Adriana izándola en volandas hasta la tribuna.

Ascendió las escaleras eufórica, sonriendo a diestro y siniestro y tratando de acallar los ¡oeee, oé, oé! de sus amigos. La modelo le entregó la estatuilla de un golfista golpeando una aceituna junto a un cesto de acebuche con el nombre del patrocinador.

Adriana se limitó a dar las gracias, devolver un guiño a su madre y levantar la escultura a petición de los fotógrafos.

Su pandilla la recibió al pie del escenario con la algarada de una tropa tras el éxito de una incursión en tierras enemigas.

Gonzalo fue el primero en estrecharla entre sus brazos. Le estampó un fugaz beso en los labios. Adriana, a pesar de que ya no eran novios, no dijo nada. Cuando otro de la panda, que no se molestaba en disimular sus sentimientos hacia ella, intentó la misma jugada, Adriana tornó el cuello para recibir el impacto en la mejilla. Todo tenía su límite.

La estatuilla supuso un buen pretexto para retornar a la carpa y pedir botellas de cava. Estaban brindando cuando un representante de la organización solicitó a Adriana su presencia para completar el dossier de prensa con imágenes del grupo completo de ganadores. Los muchachos protestaron con esa energía que da la mezcla de euforia y alcohol, pero ella accedió gentilmente. Apenas había probado un sorbo. La sesión fotográfica iba a ser breve: unas pocas decenas de fotos en el escenario con el telón de fondo del cartel del torneo y los distintivos de los promotores. El efebo danés enlazó con su brazo los hombros de Adriana y compuso una sonrisa refulgente.

Mientras la luz de los flashes se estrellaba contra su iris, Adriana se sintió observada. No era la presencia del gentío, sino una sensación física, como si una mano misteriosa acariciase su piel.

El hombre se aproximó unos pasos, sin alterar el círculo entre el que conversaba su jefe. Al catedrático le irritaba ser interrumpido. Era él quien decidía cuándo y cómo hablaba con los demás. Tampoco le agradaban las señas. Había que colocarse en su campo visual y esperar.

Don Emilio hizo un gesto de asentimiento.

—Profesor, me gustaría presentarle a Francisco Carazo.

Esperó un instante a que escrutase al desconocido y añadió:

—Es consultor en Jakobson & Lorenz.

El catedrático de Derecho Mercantil de la Universidad de Sevilla no alargó la mano y Francisco permaneció con los brazos cruzados.

—¿En Jakobson? Muy interesante, muy interesante... —musitó don Emilio—. ¿Lleva mucho tiempo en la consultora?

—Cinco años.

—¿Y se mueve mucho?

—Bastante. La globalización de la economía mundial está unificando las tendencias mercantiles por lo que, salvando las peculiaridades de las legislaciones locales, el mundo es cada vez más pequeño. Acabo de regresar, bastante impresionado, de Colombia.

—Colombia es un caso peculiar. La combinación de una guerrilla asentada con unos narcotraficantes metidos a empresarios para blanquear grandes sumas de dinero puede acabar con el Estado. Será interesante ver qué ocurre en el futuro.

Francisco dio una versión un poco más optimista y aprovechó para subrayar su labor como especialista internacional en la reflotación de empresas en crisis. Este aspecto interesó a don Emilio, que le sometió a una batería de preguntas.

El catedrático, gran conocedor y erudito del entramado jurídico-empresarial de la Unión Europea, desconocía muchas cosas de América Latina. Haciendo un aparte para escapar del bullicio, se llevó a Francisco a un rincón y lo acaparó durante un buen rato.

Veinte minutos antes, Francisco desconocía la existencia de Emilio Mendoza. También ignoraba que Adriana, la hermosa pelirroja del Retiro que tantas ensoñaciones le había producido, estuviera tan cerca de él.

Francisco había acudido a la fiesta de Guadalmina acompañado por Luis, en cuya casa de Sotogrande pasaba el fin de semana. Lo hacían a menudo: subirse al coche y conducir de un tirón hasta el mar. Pisar la arena de la playa, escuchar el sonido del oleaje, aunque sólo fuera durante unas horas, les ayudaba a distanciarse del ajetreo de la capital y aligerar la mente de la presión del despacho. A pesar de que no habían participado en el torneo de golf, los dos amigos decidieron acudir a la verbena. Luis conocía a mucha gente en Marbella y siempre era agradable cambiar de aires.

Ajeno a la algarada de la tribuna, no escuchó la primera vez el nombre de la ganadora a la Bella Golfista. La segunda y tercera vez que el presentador pronunció Adriana Mendoza, su actividad neuronal permaneció estable, confundida quizá por el apellido. Pero cuando inundó sus ojos la imagen de la joven, radiante con su inconfundible cabellera cobriza, el paroxismo se apoderó de su ser.

A punto estuvo de precipitarse hacia el estrado. Luis, amarrándolo con fuerza del brazo, se lo impidió.

—¿Qué vas a hacer?

Francisco lo miró enajenado, incapaz de comprender por qué su amigo le retenía.

—¿No ves a sus amigos? A su lado pareces un abuelo. La vas a asustar y harás el ridículo.

—¡Déjame! ¡Es ella! ¿No lo entiendes?

A duras penas logró calmar a Francisco. Le obligó a volverse y dejar de mirar a la chica. Hablándole como a un encaprichado niño pequeño, Luis encarriló la situación.

Los Mendoza, le dijo, eran una de las familias andaluzas de toda la vida. Él no los conocía personalmente, pero estaba convencido de que no sería difícil que alguien les presentara al padre. Mientras Francisco esperaba apoyado en una de las barras de la carpa, Luis deambuló unos minutos hasta topar con un abogado antiguo amigo suyo que, además de dar clases de Civil en la Universidad de Sevilla, trabajaba en el despacho de Mendoza. Le explicó que Francisco, su socio, acababa de regresar de Colombia tras reflotar unas empresas textiles y tenía interés en conocer al catedrático de Derecho Mercantil.

Seguían los dos en una esquina, enfrascados en la conversación, cuando una elegante señora, envuelta en perfume Chanel n.º 5, increpó al catedrático.

—Emilio, seguro que estáis hablando de trabajo aquí escondidos, pero estamos en una fiesta y hay que divertirse.

El profesor aprovechó para presentar a su esposa.

—No es posible —dijo Francisco fingiendo sorpresa.

La señora de Mendoza arqueó las cejas reteniendo un instante la mano de su interlocutor.

—Hubiera jurado que era hermana de la joven que ganó un premio hace un rato. Son igual de guapas.

—Pues soy su madre —sonrió complacida e hinchándose como un pavo ante el halago—. Puede llamarme María Luisa.

—Encantado de conocerla, señora —saludó con una protocolaria reverencia—. Su hija es muy afortunada.

—Algún mérito tendré yo —intervino divertido don Emilio.

El catedrático aprovechó para contar una anécdota de Shaw: cuando una joven le propuso copular para engendrar un hijo bello como ella e inteligente como él, el escritor contestó: «Lo siento, señorita, pero lo más probable es que saliera feo como yo y tonto como usted.» Don Emilio matizó que Adriana había heredado la hermosura y la *inteligencia* de su madre.

Los tres regresaron al centro de la carpa y se unieron a un grupo más numeroso. Francisco se esforzó por agradar. Gran conversador, modulaba con maestría la voz y gesticulaba lo justo para atraer la atención sin resultar cargante. Se dio cuenta de que había encandilado al catedrático y de que la señora también lo miraba con buenos ojos.

—¿Le gustaría acompañarnos a cenar mañana? —inquirió Mendoza al despedirse.

—No quiero molestar...

—No es molestia —terció María Luisa—. Será una cena informal y nos encantaría contar con usted. Así podrán continuar la conversación donde les interrumpí antes.

Francisco compuso una mueca de disculpa. No quería parecer ansioso. En cuanto reiteraran la invitación, aceptaría.

—No insistas, María Luisa; seguro que Francisco tiene cosas más interesantes que hacer que pasar la noche con nosotros.

—¡No! ¡No! —se apresuró Francisco—. Todo lo contrario. Me encantaría ir a cenar a su casa.

El matrimonio Mendoza no podía imaginar cuán sincero era.

—Pues no se hable más. Le esperamos a las nueve —zanjó don Emilio entregándole una tarjeta de visita con la dirección.

—Será un placer.

—Es el chalet que está en la esquina. Se reconoce muy fácil por las dos palmeras del camino de entrada.

María Luisa, mientras estrechaba de nuevo su mano, le recordó que se trataba de una cena informal.

—Sin corbatas ni nada de eso, para que todo el mundo esté cómodo.

Francisco tuvo que morderse la lengua para no preguntar si Adriana también estaría presente.

El fuego crepitaba sobre la arena, arrancando chasquidos de los troncos secos. La mayor parte de la pandilla, arremolinada en torno a las llamas, charlaba o bebía. Habían bajado a la playa una caja de cerveza, otra de coca-colas y varias botellas de whisky, además de una nevera portátil repleta de cubitos de hielo. De noche la temperatura descendía ligeramente y la humedad que llegaba del mar incrementaba la sensación de frío. Algunos optaban por un jersey sobre los hombros, otros por bailar como derviches mahometanos, abrazándose al vecino.

Gonzalo, guitarra en mano, empezó cantando la historia del jinete que vaga solo en busca de su amada. Continuó amenizando con canciones de los Beatles, Víctor Jara, Eric Clapton, Los Secretos y los Rolling Stones. Los más enrollados coreaban el estribillo y los menos pensaban en las musarañas o se daban el lote. Alguien lió un porro que rodó de boca en boca. Adriana apuró dos caladas y lo pasó a Carlota.

—El danés estaba como un queso —dijo una.

—¡Bah! Todo fachada —cortó un chico barbilampiño y con pecas de acné—. Te digo yo que ese tío es homosexual.

—¡Envidia cochina! —cortó Carlota con una risa burlona—. Eso es lo que siempre decís los tíos. Además de guapo, tenía unos ojos preciosos.

—Para vosotras no representa más que una *amiguita* más... —insistió el de los granos.

—Pues no me importaría nada darle un meneo a esa amiguita.

—¡Qué bestia eres, Carlota! —intervino Adriana, a quien incomodaban las conversaciones procaces.

—Bestia, no; realista. Los hombres se pasan la vida haciendo comentarios sobre lo buena que está fulana o las tetas que tiene mengana y luego se escandalizan si nosotras nos atrevemos a decir lo mismo de un tío. A lo mejor era la arruga del pantalón, pero a mí me dio la impresión de que el danés gasta talla XL.

—¡Hala! —corearon varios.

—Y ya se sabe... caballo grande, ande o no ande.

Carlota era la mejor amiga de Adriana. Siendo más pequeñas, cuando todavía iban de uniforme al colegio de las monjas, se habían jurado una a otra que, al igual que Richard Gere, un día irían juntas al Tibet como prueba de su eterna amistad. La tierra de los lamas representaba el ideal de libertad, la espiritualidad suma, que supuestamente anhelaban dos almas inquietas como las de ellas. Obsesionadas por dar solemnidad al compromiso sellaron su promesa punzando la yema del dedo corazón y uniendo dos gotas de sangre, al estilo de las películas de vaqueros.

Carlota tenía el pelo castaño, la cara redonda, una leve tendencia a engordar y una lengua despiadada. Tras una etapa mística y algo ñoña había descubierto los placeres de la carne y profesaba un feminismo de asaltante de caminos. Desde su salida del colegio de monjas consideraba legítimo el asalto a cualquier fortaleza masculina. Le daba igual que fueran nacionales o extranjeros, con novia o sin ella, estudiosos o vagos redomados. Como requisitos exigía que fuesen atractivos y muy sexuales. Le chiflaba la juerga y sentirse deseada.

A diferencia de Adriana, quien era enamoradiza y se encandilaba hasta de su sombra, Carlota había aprendido a tomar distancia emocional con sus ligues. Al igual que los varones de la pandilla, ella también entendía que el amor y el placer no tenían por qué ir juntos. También era muy chismosa, lo que no dejaba de ser paradójico si se tenía en cuenta que ella, con su desenfadada conducta, sus premuras, sus acelerados achuchones y sus meteóricos ligues, representaba materia propicia para las moralistas de tres al cuarto.

Carlota poseía la virtud de caer bien y una habilidad inaudita para animar cualquier reunión. En palabras de algún amigo, era capaz de convertir un funeral en un carnaval y de que hasta el muerto sonriera. Eso salvo para las víctimas de sus sátiras, porque si en algo destacaba Carlota era en su maestría para sacar punta a cualquier cosa, su talento para precisar el punto débil y encontrar la frase exacta que dejaba a uno en ridículo.

Gonzalo dejó un instante la guitarra, cogió un botellín, lo destapó sin esfuerzo y bebió un largo trago de cerveza.

—Está un poco caliente.

—No hables de calores, que Carlota se puede dar por aludida —mascullo por el colmillo el del acné.

La muchacha esperó a que cesaran las carcajadas, para replicar.

—Sí hijo sí; pero me basta echarte un vistazo a la carita para quedarme como un témpano. Si te repartieran en pastillas, serías el remedio perfecto contra la lujuria.

No hay nada que solace más a un grupo de machos que asistir como espectadores a la lapidación de la masculinidad de uno de ellos.

El de la piel sebosa tragaba saliva buscando una frase hiriente. Gonzalo alzó las manos para apaciguar los ánimos.

—Tengamos la fiesta en paz. Cantemos una canción.

Se pasó la manga por la boca antes de reiniciar el canto. Adriana se daba cuenta de que no dejaba de mirarla. Hasta hacía dos semanas, había sido su primer y único amor. Salieron juntos dos años, desde que se conocieron al principio de un verano. Él era de Sevilla, hijo de una conocida familia de arquitectos. Y, aunque no se le podía considerar guapo, sí resultaba atractivo con su melódica voz, desbordante simpatía y arrolladora vitalidad.

Fue Carlota quien la animó para que saliera con él.

—A mí me encanta, así que si vas a pasar de él, dímelo.

—No sé. Está obsesionado.

—¿Por qué dices eso?

—Aprovecha cualquier excusa para intentar sobarme.

—Eso hacen todos.

—Ya, pero insiste en que seamos novios.

—Lo que quiere —sentenciaba Carlota— es acostarse contigo. El día menos pensado te da un susto.

El *susto* llegó al año siguiente, tras una prolongada noche de sevillanas y manzanilla en las casetas de la Feria de Abril y, en contra de lo que esperaba y de todas las venturas vaticinadas por Carlota, no le produjo ni frío ni calor.

Gonzalo, que llevaba largo tiempo preparando el asalto, actuó con una torpeza considerable. Contaba con mayor experiencia que ella en esas lides, porque Adriana no tenía ninguna, pero el asiento trasero del coche paterno no es precisamente un nido de amor. Para colmo, ambos iban cargados de alcohol, lo que Adriana no supo si calificar de suerte o de desgracia; simplemente se dejó llevar.

Repitieron media docena de veces, pero, aunque la cosa mejoró algo, el acto no encajaba en el ideal de Adriana. Ella buscaba amor, no sexo. Y los encontronazos con Gonzalo, que pasada la emoción del estreno sólo se preocupaba de él mismo y liquidaba el asunto en breves minutos, no coincidían con su novelesco concepto de lo que debía ser *hacer* el amor.

Carlota insistía en que el sexo era lo mejor que se había inventado desde la electricidad y le contaba sus numerosas experiencias con distintos chicos. Se lo había montado con la mayoría de los de la pandilla. Adriana no lo entendía. Para ella resultaba frustrante y había acabado por generar tantas discusiones con Gonzalo que terminaron por dejarlo. Él parecía emperrado con el tema y ella pasaba.

—Toca unas sevillanas, Gonzalo —sugirió alguien.

Las palmas batieron el aire y las chicas iniciaron el baile, cimbreando caderas, agitando circularmente traseros y moviendo piernas y brazos. Unas con duende y otras con desaliño.

Carlota y Adriana, frente a frente, clavadas las miradas, hacían los pasos aprendidos en la academia. Se rozaban y al final de la cuarta, sus cuerpos acababan estrechados. Los demás las rodearon para observarlas mientras Gonzalo rasgaba inspirado las seis cuerdas. Más palmas. Mucho ritmo. El alcohol había enrojecido las pupilas y excitado el ánimo. Algunas parejas desaparecieron en la oscuridad portando mantas.

Carlota agarró con una mano a su ligue de turno y con la otra lo que quedaba de una botella de whisky y también se esfumó. Adriana atizó las brasas y esperó a que Gonzalo volviera de las dunas con un tronco. Se habían quedados solos.

—Espero que no te molestara lo de antes...

—¿A qué te refieres? —Adriana sabía perfectamente de lo que hablaba.

—El beso.

—No tiene importancia.

—Para mí sí la tiene.

Gonzalo cogió una manta, enlazó con el brazo derecho a Adriana y tiró de una esquina para que les cubriera a ambos por encima de los hombros. Buscó con su mano izquierda las manos de Adriana. Ella le dejó hacer.

—Ya hemos hablado de esto, Gonzalo. Ahora ya sólo somos buenos amigos.

—Pero es que yo no quiero ser *sólo* amigo tuyo.

—Es lo que hay.

—No seas mala.

Se había ido animando y, como la mayoría de los hombres, pensaba que una vez que se ha acostado uno con una mujer, puede volver a hacerlo siempre. Despacio, deslizó su mano hacia arriba y buscó el escote de Adriana. Ella esperó unos segundos, dejándole que acariciara su pecho y de repente, como si hubiera pensado en otra cosa, se separó.

—Creo que me voy a casa —dijo irguiéndose.

—Es muy pronto todavía —protestó él, mirando desde abajo con ojos de cordero degollado.

—Son más de las tres y he quedado con mi hermano Jaime para jugar al tenis por la mañana.

—¿Qué prisa tienes?

—Ya te lo he dicho.

Gonzalo se levantó, se acercó a ella y la abrazó.

—¿Por qué no lo volvemos a intentar?

—¿El qué?

—Ya sabes...

—Porque no.

Él aspiró una gran bocanada y despacito liberó el aire, como si le doliera el estómago.

—Yo te quiero, Adriana.

Ella se encogió de hombros, como si no pudiera hacer nada frente a las fuerzas de la naturaleza.

—Yo también te tengo mucho cariño, Gonzalo.

Él agitó contrito la cabeza.

—No. No me entiendes —puntualizó con una seriedad funeraria—. No te estoy hablando de cariño. *Te quiero.* No es como a mi madre, ¿sabes?

—Es mejor que lo dejemos así.

Adriana se deshizo del abrazo y se sacudió de arena la ropa.

—Me voy a casa. Ya nos veremos.

Gonzalo la enlazó de nuevo con más fuerza e intentó besarla en la boca.

—¡Gonzalo! ¡Mira que te pones pesado!

—Anda, no seas tonta.

—No soy tonta.

—Pues entonces una estrecha.

—Tampoco y lo sabes.

En un esfuerzo, la izó y la tumbó sobre la manta. Para impedir que se levantara, se sentó encima de su estómago.

—Es que te quiero tanto —musitó besuqueando su boca.

Adriana estalló.

—¡Pues yo a ti no! Y como sigas así vas a acabar por darme asco. ¡Déjame! —gritó—. ¡Quiero levantarme!

5

Luis entró en el cuarto de Francisco y descorrió las cortinas.

—Han llamado de Madrid. Tienes que regresar de inmediato.

Francisco abrió los ojos y no pestañeó, como si llevara despierto un buen rato. Aún no habían dado las siete de la mañana y se había acostado tres horas antes. Por poco que hubiera dormido, le bastaban un café y un cuarto de hora para pasar del sopor más absoluto a la vigilia perfecta. Ducharse, afeitarse y vestirse rara vez le ocupaban más de quince minutos.

—¿Qué pasa?

Luis iba en calzoncillos y con una camiseta de deporte. Le había roto el sueño el campanilleo del teléfono de la mesilla de noche y le costó unos segundos comprender lo que le decían.

—Por lo visto, un grupo guerrillero ha entrado en la embajada dominicana en Bogotá y tiene secuestrados a un montón de diplomáticos.

Francisco nunca dormía con el reloj puesto y tuvo que incorporarse para comprobar la hora.

—Hay seis horas de diferencia con Colombia, así que allí debe ser la una de la madrugada. ¿Cuándo ocurrió eso?

—No lo sé. Lo único que me han dicho es que se celebraba una recepción y los tipos han retenido a los gerifaltes de la ciudad.

—Ya... —asintió Francisco—. ¿Y qué se supone que tengo que hacer yo?

—No lo sé.

Luis se sentó al borde de la cama.

—Temen que toda la operación de Edgar Zoe se vaya al garete —vocalizó—. Nos esperan en la oficina en Madrid.

—¿Para qué?

—Supongo que para estudiar la situación. Si declaran el estado de sitio o hay una matanza, no va a haber nadie con dos dedos de frente que quiera invertir un duro en Colombia. Todo el montaje con Edgar Zoe se basa en la idea de que la banca internacional acepta el juego.

Francisco se levantó hasta quedar sentado, apoyó la espalda en el cabecero, y cruzó los brazos.

—Nosotros no podemos hacer nada. La decisión está ahora en manos de los expertos en riesgos de los bancos con los que opera Zoe.

—En Madrid han insistido en que vayamos inmediatamente. Ya he reservado plaza en el avión que sale de Málaga a las diez. Así que despabílate que lo perdemos.

—Yo no voy.

Luis lo miró atónito y se restregó los ojos, todavía legañosos.

—Es el propio Jakobson, desde Nueva York, quien ha reclamado tu presencia. Quiere que vayas a Bogotá lo antes posible. Ya tienes billete de avión, reserva de hotel y todo.

—Que vaya otro.

Luis se rió por la comisura, haciendo un ruido apagado, como si tuviera tos.

Francisco se levantó envuelto en la sábana. Dormía siempre desnudo.

—¡No sabes la faena que es tenerme que ir ahora a Madrid!

—Cómo no lo voy a saber si anoche me estuviste dando el coñazo hasta las cuatro de la mañana.

Francisco resopló furioso.

—¡Me mato para conseguir que me inviten a cenar a su casa! ¡Te hago caso pensando que es mejor darle una sorpresa a Adriana! ¡Me hago ilusiones y... zas! ¡Jakobson y la guerrilla me chafan la fiesta!

—Ya habrá otras ocasiones.

—No de cenar en su casa, invitado por sus padres.

—Que sí, hombre, que sí. No pierdas la esperanza —se burló Luis.

—Lo tenía todo preparado, hasta lo que le iba a decir.

Francisco buscó la tarjeta de visita de Emilio Mendoza, la depositó en la palma de su mano derecha y encajó cinematográficamente la barbilla en la palma izquierda.

—Lo tenía a huevo.

Su socio elevó la vista al techo.

—Vístete rápido y cuando lleguemos a Málaga o a Madrid llamas al catedrático y disculpas tu asistencia. Seguro que te invitan para otra ocasión.

Francisco volvió a tumbarse en la cama. Se frotó unos segundos la frente como queriendo borrar un inexistente dolor de cabeza.

—No voy.

—No hagas el bobo.

—Me quedo. Por lo menos hasta después de la cena.

—Nadie le dice que no a Jakobson.

—No me importa.

—Piénsatelo.

—Ya me lo he pensado. Hasta después de la cena. Luego iré a Colombia o donde sea.

—Esa chica te va a costar el puesto.

—No creo. Ese tipo de secuestros suelen alargarse varios días, con lo que da igual que llegue hoy que mañana.

—Tú sabrás. Es tu cuello el que está en juego.

—Es mi futuro sentimental el que está en juego. Desde que conocimos a la hija de Mendoza en junio no he conseguido quitármela de la cabeza. Te parecerá increíble, pero estoy loco por ella.

—No sé si por ella, pero un poco loco sí que estás.

La anciana criada, ataviada con cofia, uniforme negro y delantal blanco, abrió la puerta del chalet de los Mendoza y esperó. Por el intercomunicador, había aleccionado al guarda para que estuviera atento y franquease el paso a cualquier vehículo que llegara ante el portón y le sorprendió comprobar que el invitado venía a pie. En las Lomas del Marbella Club había muchos que se rompían el alma trotando por los arcenes vestidos con la indumentaria del jogging, pero el automóvil era casi preceptivo por la noche.

—¿A quién debo anunciar? —inquirió la sirvienta.

—Déjelo, Ramona. Ya me ocupo yo.

La madre de Adriana cruzó la estancia procedente de la biblioteca. El vestido oscuro estilizaba su figura. Había tenido el mismo pelo cobrizo que su hija, pero ahora se veía obligada a hacer malabarismos de cosmética para mantener el color y disimular las canas.

Francisco la obsequió con dos docenas de rosas blancas. En la otra mano llevaba un paquete rectangular, envuelto en papel azul.

—Son preciosas. No tenías que haberte molestado.

Sostuvo el ramo un instante antes de entregárselo a Ramona, quien se alejó hacia la zona de servicio en busca de un jarrón apropiado.

—Es lo menos que podía hacer, señora Mendoza.

—María Luisa, por favor.

Caminaron de vuelta a la biblioteca donde el catedrático departía animadamente con un colega de la Universidad de Oxford. *La pastoral* amenizaba en esos momentos la estancia.

—¡Ah, Francisco! Me alegro de que haya podido venir. Le presento al profesor Robert Hooke.

Francisco estrechó la mano del británico iniciando una fluida conversación en inglés. Estaba en condiciones de imitar el amanerado acento de la clase alta británica, pero optó por hablar con naturalidad. De todas formas, para dejar patente su formación, marcó la pronunciación un par de veces y puso especial cuidado en que su léxico fuera *british* y no estadounidense.

—Le he traído esto —dijo Francisco, alargando el paquete a su anfitrión.

Don Emilio rasgó el envoltorio y sacó un libro.

—¡Qué sorpresa! No sabía que fuera aficionado a Karl Popper.

—Aficionado no soy, pero supuse que le gustaría.

—¿De dónde lo ha sacado? Porque aquí no hay librerías que tengan cosas así.

—Lo he comprado en una librería de bibliófilo de Málaga. Buscaba algún autor clásico cuando lo encontré casualmente en una de las estanterías.

Habían regresado al castellano por deferencia hacia María Luisa, que dominaba el francés pero no así la lengua anglosajona. Don Emilio se deshizo en elogios hacia la obra de Karl R. Popper, *Conjeturas y refutaciones. El desarrollo del conocimiento científico,* y reiteró sus alabanzas a Francisco.

—Ir hasta Málaga a comprarme un libro es halagador.

—Por la autopista no se tarda nada y he aprovechado que el amigo con quien estoy tenía que tomar el avión a Madrid.

—En cualquier caso, se lo agradezco mucho.

—Muy buena elección —alabó Robert—. Una verdadera joya.

Después de unas copas, varios aperitivos y una hora de charla, apareció Ramona para anunciar que la cena estaba servida. El pequeño grupo, al que se habían sumado un par de invitados más y el hijo quinceañero, avanzó al comedor.

Francisco todavía no había visto a Adriana y empezó a temer lo peor. La madre había hablado de una cena «informal», pero aquello era de una formalidad agobiante. Cabía la posibilidad de que la chica, para ahorrarse un tostón, se hubiera marchado de juerga con amigos de su edad.

Al entrar al comedor y ver que sobre la aparatosa mesa de madera de iroko había diez platos, se tranquilizó un poco. El alivio definitivo llegó al levantar la vista hacia la escalera y descubrir a Adriana en el rellano. Desde la biblioteca se oía el *Canon* de Pachelbel; música e imagen se fundieron en su memoria para siempre.

Como ocurría a menudo en los ágapes a los que se aconsejaba ir de sport, los hombres se habían presentado en mangas de camisa y con pantalones de lona, muy lejos de los encorbatados atuendos que lucían a diario. Las mujeres, por el contrario, iban cuidadosamente arregladas.

Adriana lucía una cabellera impecable y había seleccionado el atuendo para realzar todavía más su considerable atractivo. Vestía pantalones elásticos con un cinturón ancho y una camisa blanca de amplias solapas.

Francisco buscó sus ojos, tratando de adivinar si le había reconocido, pero ella miraba hacia otro lado. Probablemente no había reparado todavía en él.

La arrebatadora belleza de Adriana hacía que Francisco percibiera algo mágico en ella. Era medio niña, medio mujer, medio duende y medio sirena, capaz de expresar con sólo los rasgos de su rostro y la profunda mirada de sus increíbles ojos verdes toda la gama de emociones humanas.

—Adriana —llamó el catedrático—. Ven, hija; quiero presentarte a Francisco Carazo.

Ella lo miró por primera vez y estiró los labios en una sonrisa cómplice. Descendió pausada los tres últimos escalones y se aproximó con la mano tendida.

—Encantada...

Francisco sostuvo su mirada y alargó el apretón de manos más de lo debido.

—Felicidades, Adriana. Ya sé que ayer recibiste un trofeo de golf.

—¿Tú también eres golfero... quiero decir, golfista?

Ambos rieron sin que los demás cayeran en la cuenta de que aquello era algo más que un inocente intercambio de saludos.

Como solución de compromiso y tras enterarse de que el avión de Iberia con destino a Bogotá no partía de Barajas hasta las siete de la mañana del día siguiente, Francisco había acordado con la oficina de Madrid que Luis se encargase del papeleo; él iría directamente a Colombia, ahorrándose el trámite del despacho.

Apurando el tiempo, podría pasar la velada con los Mendoza, ver a Adriana y tender sus redes. Luego conduciría toda la noche. Si no tenía mala suerte o se dormía, en seis horas podría recorrer los seiscientos kilómetros que separaban Marbella de Madrid. Al amanecer estaría en el aeropuerto, donde debía esperarle Luis con la documentación pertinente.

Todo salió según lo previsto, aunque hubo alguna innovación. Francisco no abordó el avión destinado a Bogotá, sino que tomó el que salía hacia Nueva York. Había vislumbrado la oportunidad de sacar provecho de la crisis de Colombia y decidió lanzarse de cabeza y presentar en las oficinas centrales de Manhattan un arriesgado plan.

Durante las siete horas que duró la travesía aérea sobre el océano Atlántico, dormitando en uno de los ocho acolchados asientos de la cabina de primera, evocó muchas veces la cena con los Mendoza. No el exquisito salmorejo o las añadas del vino, sino el ambiente familiar, los gestos, las palabras.

Estaba satisfecho de su actuación. Se había desdoblado como el doctor Jeckyll y mister Hyde. Cuando asumía la personalidad del primero, participaba brillante en la conversación, mostrando una personalidad arrolladora. Cuando se convertía en el otro, memorizaba cada mueca, sonrisa, respiración de Adriana; cada célula.

Francisco no lo sabía, pero nadie pareció darse cuenta del sutil flirteo que mantuvieron él y la pelirroja toda la noche. Don Emilio quedó gratamente sorprendido ante sus conocimientos sobre el mercado latinoamericano; el profesor Hooke intercambió impresiones sobre la London School of Economics; la esposa de éste y María Luisa lo observaron con el arrobamiento con que se mira a un buen yerno; los otros invitados no pusieron mala cara; Jaime, el hermano adolescente de Adriana, disfrutó de una cena amena en familia; Gloria, la hermana intermedia, quedó embobada ante el aspecto de dandi del personaje; y Adriana...

Adriana había pasado la jornada en la playa de Las Cuchis con Carlota y otras amigas fantaseando sobre hombres. No era aficionada a las confidencias íntimas, pero todavía se sentía incómoda por lo ocurrido la noche anterior y reveló en voz alta que había discutido con Gonzalo y estaba harta de él.

Cuando Carlota le preguntó cuál era esta vez la razón, Adriana enhebró excusas sin fundamento y terminó confesando que Gonzalo la cargaba porque estaba obsesionado con el sexo.

—No piensa en otra cosa —explicó—. Comienza suave, haciéndose el tierno y lo único que busca es eso.

—Menuda novedad —apuntó una—. Todos lo están.

—Ya, pero si por lo menos fuera dulce...

—Mejor que sean dulces es que lo hagan bien —la cortó Carlota con una risotada.

Adriana no se dejó arredrar. Ya no se sentía atraída por Gonzalo. Hasta le chocaba lo colada que había estado por él hasta hacía muy poco tiempo. Le parecía imposible.

Una de las chicas, que había pasado más de una vez por la experiencia, le dio la clave.

—Suele pasar. Nosotras maduramos y ellos se quedan atrás.

El tono picante lo puso Carlota, más pragmática, que en lugar de escuchar y, creyendo que así ayudaba más a su amiga, abundó en comentarios sobre lo sencillo que resultaba *usar* a los hombres.

—Yo lo tengo muy claro. Si me gusta uno, me lo ligo y, cuando me canso, lo cambio por otro.

Adriana, en cierto sentido, envidiaba el descaro y el desenfado de Carlota. Ella se involucraba demasiado. Para intimar con un chico necesitaba tiempo y no lo hacía si su corazón no palpitaba con fuerza cada vez que lo avistaba.

Hasta los arrumacos le resultaban complejos. No era una cuestión moral, un acendrado sentido del pecado o mala conciencia, sino que se había criado en la certeza de que sólo había que hacer lo que realmente mereciera la pena.

Para temas mayores, como con Gonzalo, debía estar perdidamente enamorada. El sexo sin amor le parecía algo sucio, vacío. Pensaba que, aunque algo de experiencia venía bien, debía reservarse para el definitivo.

Le enorgullecía saber que su madre se había casado con su primer y único amor. Eran otras épocas, pero Adriana dotaba al amor de una carga simbólica y romántica, quizá heredada de los comentarios de su madre. María Luisa conoció a Emilio cuando él opositaba y ella estudiaba en las monjas. Seguían enamorados como el primer día y Adriana quería eso: alguien que cuidara de ella, la protegiera y mimara como a una muñeca de porcelana.

Carlota opinaba lo contrario. A los hombres había que tratarlos a palos; era la única manera de obtener respeto.

—Para descubrir un príncipe hay que besar muchos sapos y tirarlos de nuevo a la charca —explicaba festiva y con ánimo escandalizador—. ¿Si no experimentas, cómo puedes comparar y saber cuál es el bueno?

Añadía que probados tres, probados todos.

La noche de la cena, antes de bajar, pasó por el cuarto

de su hermano. Le revolvió el pelo engominado. Jaime saltó como un gato. Tenía dieciséis años cumplidos, pero se mantenía imberbe y con la voz aflautada. Su feminidad y sensibilidad la fascinaban.

—Vamos para abajo.

—Baja tú; yo ya he estado y no te puedes imaginar qué rollo. Son todos unos viejos.

—¿Quién está?

—El inglés, la cotorra de su mujer, los Duque y un tipo que no conozco.

Mientras descendía por la escalera de nogal, Adriana recapacitaba sobre su comportamiento con Gonzalo en la playa y tuvo una sombra de duda. Quizá había sido excesivamente dura. No lo había visto en todo el día. Él, que no perdonaba un día de sol y salía a hacer windsurf cuando casi nadie se atrevía, ni siquiera se había pasado por el chiringuito de Las Cuchis. Tampoco por el tenis.

Cuando su padre preguntó si conocía a Francisco Carazo, como paso previo a la presentación, fue cuando reparó en él. Los ojos le resultaron familiares y tras unos segundos de duda, lo reconoció; y eso que estaba algo cambiado.

No iba trajeado ni con gomina, como el domingo del Retiro. Tenía la piel del rostro curtida, de un moreno oscuro que sólo se consigue con mucho aire libre o bajo soles tropicales.

Su madre había anunciado que esa noche tendrían a cenar a un nuevo amigo de su padre, «un joven muy interesante e inteligente», pero Adriana ni podía imaginar de quién se trataba.

Le agradó que no intentara estamparle dos besos. Desde la infancia, cuando todo el mundo, amigos, conocidos, parientes y seres totalmente ajenos a su vida o su familia, la llamaban «rica» y la besuqueaban, se había convertido en una militante del apretón de manos.

Durante la cena, Adriana habló poco. Sólo cuando salió a colación el premio del día anterior, se permitió la licencia de reiterar que el trofeo que le hubiera gustado realmente era el correspondiente a una jugadora de golf.

—Todo se andará —aseveró su padre, quien no ocultaba que la tenía en un pedestal.

—Ha empezado a jugar hace muy poco tiempo —matizó la madre, que tenía un buen handicap, practicaba a diario tanto en el club Puerta de Hierro como en Guadalmina y era una de las jugadoras veteranas mejor clasificadas de la zona.

—He mejorado mucho.

—Pero te distraes demasiado —puntualizó la madre.

Era inevitable que se hablara de estudios y tuvo que explicar al profesor Hooke que, contraviniendo las indicaciones paternas, había marginado el Derecho y optado por Filología Inglesa.

—Ganarás menos dinero, pero disfrutarás más de los libros —profetizó el británico.

Adriana no se arrepentía de su elección. Le gustaba más el ambiente desenfadado e intelectual que se respiraba en los pasillos de su facultad que el tufillo a futuro opositor que emanaba del edificio vecino de Derecho.

El peso de la conversación terminó recayendo en Francisco en cuanto alguien comentó la noticia con que estaban abriendo desde esa mañana todos los informativos radiofónicos. Adriana se preguntaba cómo había llegado hasta allí. En el Retiro le pareció un hombre insistente, que no se daba por vencido. Ella le dio calabazas. Él le regaló una pluma de plata. Ella le concedió su nombre de pila y un teléfono inventado en una servilleta de papel. Él la había encontrado.

¿Casualidad? Adriana dedujo lo improbable del caso. Le halagó el pensar los esfuerzos, como caballero valiente de la Mesa Redonda, que Francisco habría tenido que hacer para dar con ella.

6

El ascensor se detuvo en la planta 74 del edificio Rochester en la Quinta Avenida, junto al Empire State Building. Samuel Jakobson atravesó raudo la diáfana recepción apoyándose en su inseparable bastón. Tenía una variada colección, incluidos varios de marfil y bastantes repujados en oro, pero casi siempre usaba uno muy gastado, de madera de ébano y con la empuñadura de plata.

El reloj de péndulo situado en el pasillo marcaba las seis y veinte de la mañana. Se había retrasado diez minutos y nadie se había acordado todavía de darle cuerda. Lo puso en hora. No se podía dejar nada en manos de subalternos.

Jakobson contestó con un gruñido al cantarín «buenos días» de su secretaria y se internó en su inmenso despacho. La habitación era más grande que muchos de los apartamentos de Manhattan y tenía vistas a Central Park. Al precio que se cotizaba el metro cuadrado habitable en el corazón de la Gran Manzana, la superficie contenida entre aquellos cuatro muros valía tanto como una mansión en California o Florida. Las paredes estaban cubiertas con paneles de caoba, madera antigua procedente del desguace de un viejo transatlántico, y sobre los tablones del suelo, de lado a lado, había alfombras. Unas afganas, otras persas, otras rusas, pero todas centenarias, tejidas a mano y hechas con fibras y tintes naturales.

Diez segundos después de su entrada en el despacho, el intervalo justo para que le diera tiempo a llegar a su mesa, quitarse el sombrero Stetson, dejar el cayado en la bastonera y repantigarse en su sillón giratorio, sonó el golpeteo de unos nudillos en la puerta. Richard, su asistente personal, asomó la cabeza por el vano.

—Buenos días, señor Jakobson. ¿Cómo está usted?

—Bien. Pase.

Richard era la única persona que no debía hacer anunciarse antes por la secretaria. Los demás, aunque fueran altos cargos, debían pedir audiencia. A Jakobson le gustaba enclaustrarse media hora, antes de que se incorporase el resto del personal, para leer los informes y los resúmenes de prensa saboreando café negro colombiano seleccionado grano a grano para él. Durante ese tiempo, lo necesitase o no, exigía que Richard permaneciera en el despacho, atento a la menor de sus sugerencias y listo para facilitar cualquier dato.

Después, como un clavo, se presentaba en la sala de juntas donde esperaba sentado y en silencio el resto del equipo directivo. El único que tenía licencia para hablar o llegar un poco más tarde era Karl Lorenz, el otro socio fundador.

Karl apenas se ocupaba del día a día de la compañía. A veces, incluso, no se ocupaba de casi nada porque vivía entre millones de dólares agobiado por dramas familiares. A diferencia de Samuel, solo y frugal como un ermitaño, Karl cargaba con una verdadera tribu. Lo que él denominaba eufemísticamente «mi familia», estaba compuesta por una esposa, tres ex esposas, cuatro hijos de variadas edades y dos nietos. Todos, independientemente de la edad o el sexo, parecían tener un solo objetivo en el mundo: sacarle dinero.

Karl Lorenz pasaba la mayor parte del tiempo en su residencia de Cape Cod, conectado por ordenador a la central, y sólo los grandes asuntos conseguían hacerle salir de su excelso retiro. La reasignación de las cuentas sudamericanas, prevista para ese día, no era uno de ellos.

A las ocho en punto, como todos los días de la semana excepto el domingo, que consideraba día sagrado y perdonaba a sus empleados la obligación de estar a pie de obra, Jakobson cerró la carpeta de informes, apuró el café de la taza de porcelana, observó un instante sus dominios más allá del ventanal y entró por una puerta lateral en la sala de juntas.

—Buenos días, señores. ¿Cuánto dinero hemos ganado hoy?

Siempre saludaba a sus subordinados con esa frase, que pronunciaba acentuando intencionalmente el «cuánto» y el «hoy». La frase carecía ya del afán atemorizador que había tenido en otros tiempos, pero persistía la costumbre del equipo de responder a coro y con una gran sonrisa:

—Más que ayer y menos que mañana.

Setenta y dos años. Ésa era la edad del organismo de Jakobson. Y aunque externamente los achaques habían mermado el caparazón, la mente seguía lúcida. En la compañía se rumoreaba con malicia que las neuronas del *Viejo Cocodrilo* se alimentaban de codicia. En Nueva York, donde lo único que contaba era hacerse rico y famoso, eso no era considerado un defecto.

Jakobson aparecía anualmente en las listas de revistas como *Esquire* o *People* como uno de los cien hombres más ricos del planeta. *Fortune,* mucho más profesional que sus competidoras, lo catalogaba siempre entre los cincuenta primeros y le había dedicado una *cover* en la que, entre otras cosas, se afirmaba que era uno de los principales contribuyentes a la causa del Partido Republicano, que había rechazado ofertas de tres presidentes para asumir una embajada y que sus tentáculos en las maltrechas economías de varios países subdesarrollados o en vías de desarrollo le facultaban para derribar gobiernos y cambiar presidentes. Jamás descansaba.

—¿Qué ocurre con Colombia?

Fue una pregunta lanzada al aire, sin destinatario, esperando que algún valiente se lanzara tras el cebo. En la mesa ovalada, cuatro hombres y dos mujeres sintieron escalofríos. El día anterior habían perdido varios millones de dólares en una operación mal planificada y pésimamente ejecutada. La avioneta en la que viajaba uno de los ejecutivos de la empresa, enviado para garantizar que los insurgentes desplegados en los montes cercanos a Barranquilla no atacaran ni el oleoducto ni las instalaciones petroleras de la región, había sido forzada por el mal tiempo a tomar tierra en la precaria pista de aterrizaje de una hacienda apartada. El infortunio había querido que el rancho funcionara como un centro de refinado de pasta de coca y que los maleantes se pusieran agresivos. Al principio, pensaron que el norteamericano era agente de la DEA. Se salvó porque llevaba dos maletines repletos de dólares. Le quitaron el dinero, el aeroplano y ahora exigían un rescate paquidérmico por el yanqui. En el comunicado que habían enviado por radio, advertían que en breves días mandarían por correo certificado el dedo índice de la mano derecha del desventurado, como prueba de que estaba en su poder. Luego, si en setenta y dos horas no recibían el dinero, comenzarían a cortar.

—Hemos tenido mala suerte...

El osado no pudo acabar la frase.

—¿Mala suerte? —gritó Jakobson—. Esta empresa es ajena a toda clase de azar. La suerte no tiene nada que ver. No confundas mala suerte con incompetencia.

El aludido palideció.

—Quiero resultados. ¡Y los quiero ya!

Hubo un largo silencio, que rompió el jefe directo del secuestrado.

—¿Y qué hacemos con el rescate?

—Nada —respondió Jakobson.

—Tiene mujer y un hijo... —El responsable detuvo su petición de clemencia y optó por otra vía—. Si lo matan y su familia entabla un proceso judicial nos puede salir más caro que el rescate.

Jakobson recapacitó unos segundos.

—Pagaremos, pero dentro de unos días, cuando se hayan ablandado. Nos saldrá mucho más barato.

—Pero lo mutilarán.

—Correremos ese riesgo.

Richard Magnebrant estudió a Francisco Carazo como un domador de circo miraría a un espectador que quisiera entrar en el foso de los leones.

—Quisiera ver a don Samuel —repitió Paco.

El asistente de Jakobson, incrédulo, esbozó una sonrisa lastimera antes de descolgar el teléfono y transmitir a la secretaria del magnate la insólita petición. Él no era tan estúpido como para ir personalmente, arriesgándose a recibir un bufido.

Para Francisco, aquél era un órdago a la grande; pero siempre había sido muy osado. Y muy ambicioso. Quería la cuenta sudamericana para él y no le importaba pisar cabezas, traicionar fidelidades o conspirar en la sombra. En cuestión de negocios no había amigos ni enemigos, sólo clientes.

Amaba la competición. Hacía hervir su sangre. Era un maestro en el trato con la gente, en la negociación y se mantenía siempre alerta en busca de miradas significativas, palabras de doble intención. A veces fingía caer embaucado para, de repente, derribar de un solo revés el tinglado y las argucias de sus rivales.

—Le recibirá ahora —informó el secretario, disimulando a duras penas la sorpresa que le producía la noticia.

El interior del santuario de Jakobson desconcertó a Francisco. Esperaba un despacho ultramoderno, con terminales de ordenador, pantallas de televisión gigante, luces halógenas y mucho metal cromado. Se encontró con una habitación insultantemente lujosa, pero decorada con inusual ascetismo. Las maderas eran nobles y las alfombras y los cuadros resultaban dignos de un museo, pero el butacón de cuero estaba desgastado por el uso y la papelera era de alambre y desmesurada.

Lo más curioso era que no había un tresillo reservado para visitas especiales. Ni siquiera una silla para el visitante. Jakobson recibía sentado y sus interlocutores permanecían de pie. Según contaban, al *Viejo Cocodrilo* no le gustaba perder tiempo con prolegómenos o circunloquios. Entendía que la gente tendía a ser más breve y directa cuando se la colocaba en una posición incómoda, que cuando se le permitía arrellanarse en un sillón y disfrutar de una taza de café.

A Francisco le chocó por inesperado el detalle de las sillas inexistentes. Buscó con los ojos y eso fue suficiente para que Jakobson adivinase el curso de sus pensamientos.

—¿Sorprendido?

—Mucho, señor.

Optaba por la sinceridad. Estaba ante un perro demasiado viejo para andar con triquiñuelas o jugar con la psicología.

Jakobson estudió con renovada atención a su interlocutor. Sabía quién era. De hecho, su enciclopédica memoria le permitía retener datos biográficos del centenar de consultores que trabajaban en la oficina de Nueva York y de muchos de los colaboradores desparramados por el mundo.

—El motivo de tu visita son los acontecimientos de Colombia. ¿Supongo?

Francisco asintió. Desconocía que ese variado y turbulento país de América del Sur, con costas al Atlántico y al Pacífico, que producía y exportaba la mayor parte de la cocaína que consumían los voraces drogadictos norteamericanos, estaba en el centro de las prioridades del magnate. Los prolegómenos habían llegado a su fin.

—Quiero que me asigne Sudamérica. Le he traído este informe.

Dio los dos pasos que le separaban de la mesa y depositó el dossier sobre el grueso tablero. Retrocedió a su puesto. Jakobson no cogió el documento. Tampoco hizo gesto alguno que permitiera elucubrar sobre lo que ocurría en su complicada cabeza. Se limitó a observar al joven osado, con parsimonia.

—Después leeré esos papeles.

Francisco asintió aliviado. El asunto parecía encarrilado. Le sorprendió que Jakobson señalara la puerta.

—Si le parece a usted bien, voy al hotel y espero allí.

No había reservado en sitio alguno, pero el Plaza estaba a dos pasos y el Pierre tampoco quedaba lejos. Incluso podía acercarse al Astoria.

—No vaya a ningún hotel. Si necesita ducharse o cambiarse de ropa, hágalo aquí. Mi secretaria le dirá ahora dónde está el Health Club. Allí puede reposar un poco. Esta tarde sale para Colombia.

Marta alzó los brazos agitándolos. El aeropuerto de Barajas estaba semidesierto y los pasajeros del vuelo 605 de Iberia procedentes de Bogotá eran los únicos de la sala de espera número 1 de la terminal A. El reloj digital del marcador electrónico de llegadas marcaba las 06.05.

Francisco divisó a la secretaria del Departamento de Estadística. Iba con un traje chaqueta, mucho más formal que en Benavente, el día del cumpleaños de su madre. La chica tenía mérito. Se había dado un madrugón de espanto. No entraba a la oficina hasta las nueve.

Cuando la había llamado desde Bogóta para comunicarle que al día siguiente estaría de vuelta, no imaginaba que Marta fuera a recogerlo tan temprano. Por cómo iba, tenía que haberse levantado a las cinco. Casi le dio pena. Para él, la secretaria era una chica fácil, una más de las muchas que había disfrutado, una herramienta para su libido. Se acordó de Adriana. Ésa era la diferencia, la pelirroja le gustaba de otra manera. Con ella sí estaba dispuesto a comprometerse.

No había informado a nadie de su vital escala en Nueva York, ni de lo que se traía entre manos. Cuando llegaron a la puerta de su casa, para decepción de Marta, no la invitó a subir. Le dio un beso rápido y le dijo que la vería en la oficina.

—Todavía hay tiempo, no son ni las ocho.

—Tengo que cambiarme, ducharme y todo eso.

—Te ducho yo —ronroneó ella.

—Ya me gustaría, pero todavía debo ordenar los papeles y un montón de cosas. Más tarde.

Cuando entró en la oficina, una hora y media después, no se extrañó al advertir el gesto adusto de Marta. Se había sentido rechazada y con razón. Era una pena, porque si se enfadaba mucho, no querría acostarse con él y en la cama era una delicia.

En un descanso entre reuniones sobre la crisis colombiana, Francisco encargó un espléndido ramo de rosas amarillas para Adriana. En la nota escribió: «Piénsame.» Nada más; sin firma.

Al día siguiente, ya más calmado, llamó a Marbella y preguntó por Adriana. No estaba en casa, pero al saber quién telefoneaba se puso su madre. María Luisa le dijo que a su hija le habían encantado las flores y le animó a darse una vuelta por la costa.

—Queda ya muy poco verano y es una pena desperdiciarlo.

Si no era un mensaje, lo parecía.

—Me temo que me resultará imposible. Acabo de regresar de viaje y tengo mucho trabajo.

Por el intercambio de las educadas frases, Francisco averiguó que la familia regresaba en unos días a su casa de Puerta de Hierro en Madrid.

Por la tarde volvió a telefonear y esta vez tuvo suerte. Fue la propia Adriana quien descolgó.

—Buenas noches, don Francisco.

El portero de Horcher, un tipo con hombros de descargador portuario y un mostacho digno de un sargento de lanceros bengalíes, se llevó la mano derecha al borde de la gorra del uniforme antes de coger las llaves del Alfa Romeo Julieta.

—¿Desea que se lo aparquemos dentro?

—Sí, por favor.

El bigotudo levantó el brazo para alertar a uno de los ayudantes, a la vez que mantenía abierta la puerta del restaurante. Paco cedió, caballeroso, el paso a Adriana, quien entró en el local con la tensión juvenil de quien piensa que todos estarán mirando.

—Buenas noches, señor Carazo.

—Buenas noches.

—¿Van a ser dos?

Francisco asintió, mirando alrededor a la busca de alguna cara conocida.

El maître aguardó unos segundos de cortesía e hizo un ademán.

—Su mesa está preparada... Si son tan amables de acompañarme.

A los tres pasos, el hombre se volvió ligeramente para aclarar que les había asignado la mesa «de siempre».

—Como le gusta la esquina, le he puesto allí; pero si prefiere o está más cómodo en otro sitio...

—Está bien así.

Adriana estaba fascinada; no por el lujo del restaurante, de un clasicismo sobrio, sino por la soltura con que se movía su acompañante. Daba la impresión de que lo conocía todo el mundo. Con sus padres había cenado en sitios lujosos, incluso en la Tour d'Argent, el restaurante más afamado de París; pero ir con alguien que actuaba y era recibido como si fuera el socio de honor del establecimiento, resultaba novedoso.

—¿Vienes mucho aquí?
—¿Por qué lo preguntas? —sonrió Francisco.
—Da la impresión de que te conocen.
—Antes venía más a menudo, pero últimamente vengo poco. Desde que decidí aprovechar los mediodías para hacer ejercicio, apenas piso estos restaurantes.
Se sentaron y el maître, antes de nada, inquirió si deseaban algún aperitivo.
—Para mí un jerez.
—¿Y la señorita?
Adriana dudó.
—No sé... una Coca-Cola.
—Tráiganos también un poco de agua —ordenó Francisco.
—¿Con gas o sin gas?
—Con gas y sin gas.
—¿San Pellegrino?
—Vichy.
—En seguida, señor Carazo.
Un camarero se acercó a la mesa agachándose junto a Adriana. Con delicadeza colocó un escabel bajo sus pies, estiró de un golpe seco la servilleta depositándola sobre las piernas y abrió el menú para ella. En su carta, como era preceptivo, no aparecían los precios.
—¿Te gusta el sitio? —preguntó Francisco, apresurándose a desplegar su servilleta para ahorrarse el número casi dieciochesco del empleado. Escrutó la carta de vinos.
—Me encanta —respondió ella, paseando la vista hacia los lados y añadiendo con una sonrisa maliciosa—: La gente es un poco mayor, pero me gustan estos sitios a los que vais los altos ejecutivos.
La carta, que servía de momentánea barrera entre la pareja, se abatió bruscamente.
—No me estarás llamando viejo —bromeó él.
—Nada más lejos de mi intención —se rió ella—, pero me da la impresión de que yo pego muy poco aquí.
—Tú pegas en cualquier sitio. Con esos ojos... —empezó Francisco, pero se interrumpió y retornó a la lista de vinos, dándose cuenta de que no era el momento de hacer comentarios de esa naturaleza—. ¿Prefieres Rioja o Ribera?
—Escoge tú.

—Pues entonces un tinto.

Hizo una seña al somelier y encargó un Bosconia del 68.

En la decoración del local predominaba la madera. Los manteles de hilo fino blanco caían hasta el suelo de madera. Las luces indirectas proyectaban una tenua luz sobre el local. A pesar de que el restaurante rebosaba de clientes, la sonoridad permanecía controlada, quizá porque la separación entre las mesas era más que considerable.

—¿Han elegido ya o prefieren oír las especialidades de la casa? —inquirió un segundo maître minutos después de haber servido el vino.

Francisco miró a Adriana y alzó las cejas expectante.

—¿Ya te has decidido?

—Tengo dudas.

—¿Por qué no nos sugiere algo? —decidió Francisco, girándose hacia el empleado.

El maître asintió.

—Señor Carazo, le propongo la perdiz a la presa y a la señorita una ensalada de bogavante con láminas de trufa.

Se miraron, dando la aprobación al unísono. El maître prosiguió.

—¿Después prefiere carne o pescado?

—Carne —se apresuró Adriana.

—Yo tomaré la perdiz y antes un consomé Farley.

El empleado hizo un leve gesto, como si aprobara los gustos de los clientes.

—¿Le apetece algo de caza o prefiere probar nuestra hamburguesa?

—Hamburguesa —volvió a adelantarse Adriana con gran alivio.

El maître asintió antes de marcharse raudo. Francisco se sentía con total control de la situación. Había planificado al detalle la velada. Acudió a recoger a Adriana a la casa de Puerta de Hierro con media hora de anticipación, por si las circunstancias le permitían conversar con los padres. Nunca dejaba nada al azar y para llevar adelante sus planes debía contar con el beneplácito de María Luisa y don Emilio.

El padre seguía en la Universidad de Sevilla, pero eso no le impidió que echase una larga parrafada con la madre. Mientras Adriana terminaba de arreglarse en su cuarto, Francisco y la dueña de la casa estuvieron un buen rato parlamentando en el salón.

Adriana tardó en bajar, se despidió de su madre con un beso en la mejilla y se fue hacia la puerta, como si quisiera salir cuanto antes. Se había pintado los labios y maquillado más que de costumbre, e inauguró su frasco de Cloé que había guardado como oro en paño desde que su madre se lo trajo de París.

—¿A qué hora tienes que estar de vuelta? —preguntó Francisco, mientras le abría galante la puerta del acompañante.

Adriana, que ya se había inclinado para entrar en el coche, fingió ofenderse.

—No tengo hora; puedo volver cuando quiera.

—¿Cómo que cuando quieras?

—Sí —replicó ella desafiante—. Cuando quiera. Soy mayor de edad, ¿sabes?

Él negó divertido con la cabeza.

—Pero supongo que tendrás que dar cuentas a tus padres.

—No para salir de noche. Si ya puedo votar, tener carnet de conducir y todo eso, lo lógico es que pueda decidir a qué hora me acuesto.

—De eso no me cabe la menor duda —concedió Francisco paseando sus ojos por los hombros desnudos y deteniéndose un instante en el escote—. Lo decía por si luego íbamos a Vanity.

A Adriana se le iluminó la cara. Francisco asintió. La mención del restringido club había causado el efecto ansiado. Estaba convencido de que, una vez atacada por el flanco de la edad, Adriana se comportaría como una mujercita.

No era fríamente calculador, pero incluso en su vida personal, hasta en lo más íntimo, Francisco siempre maniobraba. Jamás había topado con una mujer que le agradase tanto. Si había llegado el momento de sentar cabeza, lo mejor era hacerlo *a la manera española*, casándose con una moza de fortuna como decían los versos del genial Antonio Machado. No iba a encontrar una persona igual.

El camarero se acercó para servir un poco más de vino.

—No has bebido nada —comentó él.

—Mucho más de lo que debo —replicó ella.

Francisco levantó su copa en un amago de brindis y ambos bebieron al unísono.

—Está delicioso, pero creo que me estoy excediendo —dijo Adriana.

—Es muy suave y se pasa en seguida. ¿Qué te apetece de postre?

—¿Qué me aconsejas?

—El Baumkuchen, es maravilloso.

—Eso es mucho.

—Yo te ayudo.

Puso su mano encima de la de ella y le guiñó, seductor, un ojo.

A la entrada de la discoteca se repitió la escena del restaurante. A Adriana comenzaba a gustarle esa sensación de poder, de persona importante. El aparcacoches se hizo cargo del vehículo y el amenazador portero retiró el cordón saludando por su nombre a Francisco. Decenas de personas anónimas observaron con envidia a la pareja ascender los cuatro peldaños y perderse en el oscuro interior de la discoteca antes de que el gorila clausurara la entrada alegando que el local estaba lleno. Debían esperar a que saliera alguien para que los primeros de la cola pudieran entrar.

—¿Y ésos qué? —gritó alguien.

El grandullón ignoró la pregunta.

—Son *uveipé: very important people* —contestó el de al lado.

Así es como se sentía Adriana traspasando el nuevo control. Varias veces, con Carlota y algunos de la pandilla, había estado allí pero el ingreso siempre había sido una labor trabajosa, lenta y sometida al riesgo de ser rechazados. Con Francisco todo resultaba fácil. El mismo tipo que le había cerrado el paso en ocasiones anteriores, sonreía ahora con una exageración casi dolorosa y en lugar de levantar altivo la voz y la barbilla, bajaba el tono y la cerviz.

Saltó a la pista de baile de inmediato. El vino había excitado sus sentidos y se dejó inundar por el ritmo. Francisco puso un whisky con Coca-Cola en su mano. Luego otro. Y hasta un tercero. Era feliz. Con la pandilla, y eso que todos eran niños bien, criados entre algodones, había que calcular las copas, contar con la generosidad del relaciones públicas y hacer cuentas. Esto era distinto.

Francisco la sujetó por la cintura y la atrajo hacia sí. Pelvis con pelvis. Un instante. Lo suficiente para provocar sin excederse. Tenía mucha experiencia en cortejar mujeres. Pero Adriana no era una más. *Sabía* que la pelirroja era la definitiva. Desde el momento en que la vio en el Retiro había presentido el destino. Si las cosas salían como planeaba, se casarían y Adriana sería la madre de sus hijos.

Volvió a tomarla entre sus brazos y atravesaron enlazados la pista. Adriana lo miró dulcemente. Jamás había pasado una velada tan agradable. Le encantaba estar con él. Inteligente, guapo y simpático, Francisco bailaba de maravilla y tenía algo especial. Era experto en temas que ella jamás hubiera podido imaginar que existían y no se parecía en absoluto a los chicos con quienes se relacionaba. No era vacío y superficial como la gente de su edad; y lo conocían en todos los sitios.

En uno de los giros, el cuello de Adriana quedó al descubierto, demasiado tentador para un vampiro, y Francisco selló sus labios húmedos contra la blanca piel. Notó erizarse la dermis y se encontró con los ojos de ella. Era el momento. La besó. Auscultó con su lengua los recovecos de su boca. Ella se abandonó. No pudo evitarlo. Nadie hubiera podido.

La partitura escrita por Francisco para ser interpretada esa noche especial hacía que cada instrumento entrase sincronizadamente. Subía la música, variaban los ritmos y el director de orquesta se aprestaba a recoger las ovaciones.

Adriana se enamoró como se enamoran las mujeres inteligentes: como una idiota.

Por la tarde, atisbando a hurtadillas entre los visillos de una de las ventanas del primer piso de la mansión de Puerta de Hierro, había visto entrar a Francisco. Se fijó en su forma de caminar, con la espalda recta, marcial y acompasado, como si siguiera el redoble de un lejano tambor que sólo podía oír él.

«Este hombre se cree Dios», había pensado para sus adentros y hasta que no llevaban un buen rato en el coche y se aproximaron a Horcher no había cambiado de opinión.

Parte de la magia estribaba en lo que contaba, en sus experiencias en mundos desconocidos y lugares extraños. Parte era lo que callaba, lo que sugerían sus súbitos silencios. El resto fue el derroche de lujo, su aparente paciencia, su saber estar, la seguridad que irradiaba, su fuerza, la dulzura, la falta de prisa... Se enamoró de él.

Lo había intuido ya en el restaurante, mientras elegía el vino; lo presintió en la discoteca, bailando estrechados, y lo experimentó camino de vuelta a casa, cuando detuvo el coche en el arcén y se besaron y rozaron con furtiva desesperación.

Él parecía leer su mente. Instantes antes de que Adriana refrenara los avances eróticos de Francisco, éste se detenía. Se echaba hacia atrás y hablaba, en susurros, como quien sueña despierto.

—Hay una leyenda sobre un pájaro que canta sólo una vez en su vida —le decía Francisco entre beso y beso—, y lo hace más dulcemente que cualquier otra criatura sobre la faz de la tierra. Desde el momento en que abandona el nido, busca un árbol espinoso y no descansa hasta encontrarlo. Entonces, cantando entre las crueles ramas, se clava él mismo en la espina más larga y afilada. Y, al morir, envuelve su agonía en un canto más bello que el de la alondra y el del ruiseñor. Un canto superlativo, al precio de la existencia. Pero todo el mundo enmudece para escuchar y Dios sonríe en el cielo. Pues lo mejor se compra con grandes dolores... al menos, así dice la leyenda.

Dos días después, volvieron a salir juntos. Repitieron el fin de semana y después, casi a diario, se fueron encontrando. Los restaurantes, las discotecas, las bebidas y las músicas fueron distintos cada vez, pero los hechos sucedieron con pasmosa exactitud y mucha mayor intensidad. Por fin, cuando llevaban citándose casi un mes, también cambió el escenario en el que culminaron la velada. Esta vez no fue el reducido interior de un coche, testigo de premiosas apreturas y largos besos. En esta ocasión, sin decir palabra, sin necesidad de preguntar, sin exigir ni dudar, acabaron en el apartamento de Francisco.

De la pared del salón colgaba un viejo mapa. Sobre un trípode de madera reposaba un gastado Evangelio escrito con caracteres cirílicos y adornado con miniaturas doradas. También había cuadros, una chaise longue, una chimenea art decó y un ordenador portátil. Lo que más atrajo la atención de Adriana fue la ausencia total de cualquier rastro femenino, la opresiva masculinidad del apartamento.

—Se nota mucho que es una casa de soltero.

—¿De verdad?

Ella asintió. Él la sujetó cariñosamente por los hombros.

—¿Sabes una cosa? —preguntó Francisco con tramposa dulzura.

Su primera intención, al recogerla esa tarde en Puerta de Hierro, había sido ir a Chinchón o subir hasta El Escorial, pero en el último instante cambió de parecer. Le apetecía estar con ella y quizá había llegado el momento de apretar el acelerador.

—Te quiero —musitó él, apretándola con fuerza.

Estaban de pie, en la mitad del salón del apartamento, con las luces apagadas y Adriana se abrazaba a su pecho, indefensa y ansiosa. Nunca había pensado que pudiera llegar a enamorarse de alguien que casi le doblaba la edad, pero aquel hombre era distinto de todo lo que conocía. Más sofisticado, más sólido, más fiable y protector que cualquiera de los jóvenes de su pandilla de Madrid y Marbella, un ser capaz de recorrer cientos de kilómetros para verla unos instantes y de acariciarla durante horas, de salir a dar largos paseos y sentarse después frente a la chimenea o en la orilla de la playa; alguien de verdad, alguien que amaba hablar y sabía escuchar, alguien que la colocaba en un pedestal, la hacía arder de deseo, la adoraba y, a la vez, la hacía sentirse deseada.

Cayeron la cremallera y el cinturón; finalmente el vestido. Terminaron desnudos sobre la alfombra y se amaron sin palabras, sin pausas ni dudas. Al concluir, con la laxitud que produce la saciedad sexual, Franciso encendió un cigarrillo. Estaban tumbados boca arriba, sin ropa y él le pasó el pitillo.

—Eres muy bonita.

—Tú tampoco estás mal —rió ella.

—Es distinto —replicó él de forma enigmática y se incorporó un poco para besarla.

Ésa era otra de sus virtudes. En lugar de adoptar esa pose trascendental y dolorida que asumían muchos en el sexo, daba la impresión de que era algo normal. Sabía hacer fácil hasta lo más complicado.

Adriana era dueña del ombligo más perfecto que Francisco hubiera visto. Un pequeño punto hundido justo en la mitad de su vientre planísimo. La espalda, pecosa, y las caderas redondas y firmes. Tenía los hombros suavemente alzados, como una diosa. Sus piernas eran largas y doradas.

—¿Por qué has dicho que es distinto?

—Porque no está bien visto que un varón hable de belleza masculina. Todo lo más, para que no te tomen cambiada la matrícula, puedes decir que fulano o mengano está en forma, pero nada más.

—Pues estás en forma —bromeó—. ¡Y vaya forma!

Estaba alborozada y aturdida. Tenía el rostro y el pecho húmedos de sudor y a él le pareció la mujer más hermosa del universo. No era sólo la perfección de sus rasgos, era el deseo que sentía de tocarla y abrazarla. Emanaba de ella una especie de magia, una sensualidad que suscitaba el deseo de besarla hasta el fin de los tiempos.

A los dieciocho años los amores de un día son ya viejos. Y Adriana había experimentado tantas sensaciones esa noche que de golpe sintió en sus amores un agujero imposible de remendar. Francisco hundió su cabeza en el triángulo de sus piernas. Ella, inexperta, se abandonó al intenso placer, sólo roto momentáneamente cuando el semental la montó, cabalgándola adagio, andante, moderato, allegro, vuelta al adagio, un poco piano, de nuevo allegretto y presto, presto...

7

La boda se celebró en Los Jerónimos de Madrid. Adriana lucía un radiante vestido de raso color champán con incrustaciones de cristal en delicados diseños. Se movía con gracia exquisita, mantenía la cabeza erguida y llevaba el cabello sujeto por una diadema de brillantes, la misma que lucieron el día de sus respectivos casamientos su madre y su abuela, como un precioso amuleto de la suerte.

Un largo velo Chantilly se sujetaba al moño bajo que le había hecho Leonardo. Y en su dedo resplandecía el diamante pera de cinco kilates montado en oro amarillo que Francisco había elegido en la joyería Suárez como regalo de pedida.

Adriana entró del brazo de su padre. El catedrático paseaba henchido de orgullo. El papel de madrina correspondió a Agustina, la madre de Paco, ataviada con un caro traje de costura, excesivamente pretencioso. Entre los asistentes se agrupaban juristas de renombre, algún que otro político, compañeros de oficina de Francisco liderados por su amigo Luis, Carlota y el resto de la pandilla, incluido un Gonzalo casi grogui, los hermanos pequeños de Adriana, Gloria y Jaime, la hermana de Paco, Lorena y su marido Ignacio, y una retahíla de compromisos por ambas ramas.

Jakobson había excusado su presencia mediante un telegrama al que iba adjuntado un giro postal por valor de cinco millones de pesetas. El *Viejo Cocodrilo* no era proclive a los sentimentalismos y consideró que el regalo era una bonificación, un pequeño adelanto sobre los incentivos que cobraría su audaz representante en América Latina.

Guapos y distinguidos hubo en ambos bandos, pero había cierto contraste entre el aire elegante y estilizado que despedían en conjunto los invitados por parte de la familia de la novia y el perfume un poco pretencioso y ramplón que emanaba de varios de los aportados por los Carazo.

Como en la mayoría de las bodas, a pesar de que su función primordial es acercar a las nuevas familias, cada tribu se encargaba de los suyos. Cada una, también, criticaba a escondidas a la otra.

Los asistentes contemplaron emocionados cómo don Emilio entregaba a Adriana al pie del altar. Los contrayentes se miraron radiantes de felicidad. A la salida de la iglesia había cientos de personas congregadas para verlos. La familia y los amigos arrojaron montones de pétalos de rosas. Hubo también, para disgusto de María Luisa, unos cuantos llegados de Benavente que lanzaron puñados de arroz. Alguna dejó escurrir una lágrima poco convincente, y todos sonrieron con ternura al paso de los recién casados.

—¡Qué buena pareja hacen!

—Tendrán unos hijos preciosos.

—Ella está guapísima.

—¡Vaya suerte que tienes, Francisco!

—¡Que seáis muy felices!

—Gracias, gracias, gracias...

La pareja desapareció en el interior de un Rolls Royce y los invitados se dirigieron sin prisa y a pie hacia el hotel Ritz. A la entrada del comedor, Luis abrazó a su amigo, le dio unas palmadas en la espalda y musitó en su oído:

—El criminal siempre regresa al lugar del crimen.

Era una referencia al sitio donde apenas medio año antes se habían reunido con los alemanes y en cuyas inmediaciones habían topado con Adriana. Se rieron al alimón.

—Tienes razón —festejó Francisco—, pero no fue aquí donde la encontré, sino en el Retiro.

Fue el día más feliz de la vida de Adriana y los fotógrafos recogieron en película centenares de emotivos momentos.

De madrugada, los ya marido y mujer, subieron en ascensor a la suite nupcial del hotel.

—¿Quién era ese con quien bailabas tanto?

Adriana se descalzó antes de contestar. Los pies, algo inflamados, le empezaban a doler. Desde hacía quince minutos, el cansancio se había apoderado de ella.

—Nadie.

—¡Cómo que nadie! —Francisco agarró con violencia su brazo obligándola a volverse y darle la cara. El aliento le apestaba a alcohol—. ¡Cómo que nadie!

—Nadie que tenga importancia —respondió Adriana librándose del cepo.

—Por eso bailabas tanto con él. Todo el mundo se ha dado cuenta.

—No seas paranoico...

Si se hubiera vuelto, le habría horrorizado el rictus de su flamante marido. Francisco apretó los dientes y la miró con rabia. También con deseo, pero sin una pizca de la ternura que había derrochado los meses precedentes.

Adriana no llegó a quitarse el traje de novia. No como le hubiera gustado. Francisco la empujó con fuerza contra la cama.

—Espera, cariño. Espera.

Francisco, ajeno a los ruegos, le arrancó la ropa. Rompió corchetes, desgajó sedas y rasgó cierres. Se desabrochó el pantalón y con la ropa interior en los tobillos, intentó consumar la primera noche de la luna de miel. Ella sintió la desnudez masculina restregándose contra sus muslos, mientras dos manos ansiosas abrían el camino.

—Cariño, por favor; me estás haciendo daño.

—Y más que te voy a hacer como no te calles, puta.

Adriana no reconoció la voz. Había sonado ronca y distante, como procedente de un mundo lejano. Le pareció un extraño, alguien a quien no conocía. Dudó por un instante de la realidad. ¿Era éste el mismo hombre que durante las últimas semanas le había hecho el amor de la manera más dulce y cariñosa imaginable? ¿El mismo galán educado y cortés que la había seducido a ella y a sus padres?

Escuchaba sus grotescos gemidos golpearle el lateral de la cara como ráfagas de viento helado. Cada acometida era una punzada. Finalmente la presión cedió y una humedad untosa descendió de su entrepierna. Comenzó a sollozar, no por el dolor o la pena, sino por la gigantesca incoherencia de la que había sido testigo. Había bebido también, ni la décima parte que él, pero los efluvios del alcohol y la precipitación de los hechos le impedían discernir con exactitud lo que sentía.

Francisco fue tambaleándose hasta el cuarto de baño, orinó sin molestarse en cerrar la puerta, terminó de desvestirse en el camino de vuelta, sembrando de ropa la habitación, y cayó derrengado sobre la cama matrimonial.

Adriana esperó a que la respiración del hombre adquiriera la pesadez y el ritmo monótono que caracteriza el sueño para levantarse al baño. Se encerró dentro a oscuras, percibiendo el frío de los baldosines y sintiéndose desvalida.

No encendió la luz. No se atrevía a enfrentarse a sí misma en el espejo, a mirarse a la cara y reflexionar sobre lo ocurrido. Lloró hasta agotar existencias, hasta que los ojos se negaron a producir más lágrimas. Luego estrenó el precioso camisón que le había regalado el mismo hombre que momentos antes la había ultrajado. Y se acostó junto a él. Estaba agotada, pero tardó en conciliar el sueño en el primer día de su nueva vida.

La isla de Cozumel, en la costa caribe de México, les recibió con el mejor de sus soles. Vivieron una luna de miel de cuento infantil. Dos semanas inolvidables en un paraíso terrenal donde el entorno satisfacía sus apetencias. Largos paseos por la playa, interminables cenas a la luz de las velas, bailes románticos bajo las estrellas, excursiones mágicas hasta las ruinas mayas de Tulum, en el litoral del continente, y una paz de espíritu que hacía desear a Adriana no regresar a Madrid.

Francisco colmaba cada instante de Adriana, anteponiéndose a sus deseos. La acompañaba a las tiendas más selectas y le compraba más vestidos de los que ella necesitaba o quería. No pasaba un día sin que desapareciera un instante y regresara con la sonrisa pintada en los labios y un regalo en las manos.

Unas veces fue una joya de plata, otras una gema, otras un echarpe, otras... Era como una eterna Navidad y Adriana se sentía abrumada por la generosidad y el amor que Francisco le demostraba sin cesar. Nadie se acordó ni tampoco hizo referencia alguna a aquella primera noche en el hotel. Se convirtió en un mal sueño y hasta ella llegó a pensar, en su inmensa ingenuidad, que no había ocurrido, que las cosas habían sido distintas o menos duras de lo que repetían sus neuronas.

—A veces me da miedo esa forma convulsiva de quererme —le dijo una noche, ya sentados a cenar y después de que en el camino hacia el restaurante él se hubiera empeñado en pararse ante una joyería y regalarle un collar que ella había alabado.

—¿Por qué dices eso?

—No sé. Antes parecías más calmado, más tranquilo.

Francisco tomó un sorbo y chasqueó la lengua.

—¿Te gustaría que pasara?

—No he dicho eso.

—Yo nunca pasaré de ti —afirmó convencido—. Me importas demasiado.

Bebía constantemente, pero no se emborrachaba. Todo lo más, perdía un poco de velocidad en la expresión verbal y sus ojos adquirían un brillo que a ella se le antojaba sentimental y a algunos de los que le conocían de antes les parecía siniestro. Cuando Francisco se excedía con el alcohol se volvía más inquieto, levemente intolerante.

—Tenemos que serenarnos; ir un poco más despacio.

—¿Lo dices por la cama?

Ella soltó una alegre carcajada.

—¡No! En eso no.

—¿Entonces en qué?

—Yo soy muy romántica, pero sé que el matrimonio no puede ser una eterna luna de miel —afirmó Adriana sonriendo—. Voy a echar en falta todo esto cuando volvamos a Madrid.

—No tiene por qué ser diferente.

—Lo suele ser —porfió ella, con un sentido común y una clarividencia que parecían más propios de él.

—No entre tú y yo. Nosotros no somos como los demás —sentenció Francisco.

Apuró su copa de un trago, cogió la botella como si fuera a estrellarla contra el suelo y sirvió más vino. Puso atención en que el nivel de ambas copas fuera exactamente el mismo y después, con delicadeza, propuso un brindis.

—Para que seamos siempre tan felices como ahora.

—Por nosotros.

—Para que nos sigamos queriendo igual —insistió él.

—Eso —corroboró ella—. Para que nos sigamos queriendo igual.

—Para que toda nuestra vida sepa a luna de miel.

Adriana se mojó los labios. Todavía estaba más sensual que cuando la conoció. Con la tez morena, le resplandecían las mejillas y sus ojos verdes brillaban como nunca.

Fueron unos días intensos. En todos los sentidos. Fornicaban en el jardín, en el dormitorio caribeño, en la playa privada del hotel; se besaban en cualquier sitio y a cualquier hora. Adriana estaba loca por él y él estaba loco por ella.

Eran una pareja perfecta y en el vestíbulo del Camino Real, la gente los miraba casi con envidia. Lo mismo ocurría en los restaurantes, en la calle. Él, un hombre atractivo y seductor con un buen trabajo y mejor disponibilidad económica; ella, una adolescente madura y divina. Irradiaban felicidad y frescura por todos los poros.

Tras la luna de miel se instalaron en La Moraleja, a las afueras de Madrid. El chalet de dos plantas, enclavado en la zona aledaña al golf, había pertenecido a un arquitecto célebre por sus diseños modernistas y sus proyectos faraónicos. Rodeado de un alto muro, en medio de un vasto jardín, contaba con piscina climatizada y con un pequeño invernadero.

Durante meses, Adriana lo decoró a su gusto, con la ayuda de su madre y de Carlota. Francisco le puso una tarjeta de crédito a su nombre, autorizándola a gastar lo que se le antojara. Estaba frecuentemente de viaje, en Nueva York y Sudamérica, pero hablaban a diario, varias veces. Él tenía a gala y lo proclamaba a los cuatro vientos, que desde el día de la boda no había transcurrido una jornada en la que no la hubiera telefoneado al menos cuatro veces. Según él, era un signo inequícovo de su inmenso amor.

Él comenzaba siempre con un neutro «hola» y después preguntaba cómo se encontraba, lo que hacía, dónde pensaba ir o dónde había estado, quién la había ido a ver, si le echaba en falta, si le quería. Después colgaba el auricular y lo que Adriana no sabía, porque no podía saberlo, era que solía quedarse un rato mirando fascinado hacia el aparato, como si pudiera decirle cosas o sacarle información.

Tenían a su servicio a una pareja de brasileños. El carioca hacía de mayordomo y jardinero. La mulata cocinaba, limpiaba y servía la mesa con una profesionalidad encomiable. Habían trabajado en la residencia del embajador francés y conocían el oficio. Eran discretos, educados y trabajadores. Tenían además la ventaja de la edad. Llevaban muchos años haciendo el mismo trabajo y estaban orgullosos de su labor.

Carlota solía quedarse a dormir con ella los fines de semana en que Francisco no regresaba. Seguían siendo compañeras de universidad y cuando estaban solas les costaba recordar que una de ellas había modificado radicalmente su estatus y que oficialmente había puesto punto y aparte a la época deliciosa de los juegos.

A Adriana le encantaba la casa. Fue una revelación. Le producía placer volver de clase y en lugar de toparse con su madre, entrar en su propio domicilio, pedir un zumo o una Coca-Cola, tumbarse en el sofá del salón a descansar, estudiar o leer.

Seguía presente en su alma el legado emocional de su tía Maite, aquella extraordinaria mujer que había inculcado en su corazón el amor a la naturaleza, la que sostenía que los árboles pueden transmitir su energía vital a quien los quiere.

Adriana no tenía tiempo ni energías para cuidar el jardín, pero convirtió el invernadero en un bello, exquisito y perfecto juguete. Le gustaba aspirar el perfume de las flores y escuchar el zumbido de las abejas.

Los días que hacía frío o cuando anochecía, sobre todo si sabía que Francisco volvería muy tarde o no retornaría porque estaba en tierra extraña, se refugiaba en la biblioteca y encendía la chimenea. Conservaban los muebles que Francisco tenía en su apartamento de soltero y ella acostumbraba a echarse sobre la piel de potro que cubría la chaise longue, mirar el fuego y dejar volar la mente.

Desde la boda, sus calificaciones académicas habían caído en picado. Le daba igual. Tenía un marido que la quería, una casa propia digna de un millonario y pronto, si

Dios quería, un hijo. Era feliz, aunque pasaba muchos días sola.

Cerró los ojos y no se percató de que Lourenço acababa de entrar en la estancia. Le oyó carraspear y abrió los ojos. Para ser un hombre tan mayor y corpulento se movía con gracia felina. Se encontraba a un metro del escritorio, enfundado en su frac y su pantalón rayado, y llevaba cuello de pajarita y la camisa perfectamente almidonada; sostenía una bandeja de plata con una sola taza de cacao. Adriana había comprado aquel juego de porcelana con su madre en una tienda de Serrano y le tenía un cariño especial. Era blanco con alguna que otra florecita azul aquí y allí puesta como al azar.

Mientras Lourenço depositaba la taza sobre una mesita junto con una de las servilletas de hilo blanco que ella había comprado en Cozumel, hechas a mano, vio que también había traído unos pastelitos. Normalmente no hubiera cedido a la tentación, pero ¿por qué no?

Sonrió a Lourenço y el mayordomo hizo una reverencia retirándose tan sigilosamente como había llegado.

Adriana miró a su alrededor y contempló el panorama: las estanterías llenas de libros antiguos y nuevos, los jarrones de fina porcelana, las tallas supuestamente antiguas, las preciosas alfombras —una Aubusson en apagados tonos rosas y azules con florecillas y la rusa de Bujara, roja y sobria como los nómadas tayikos que las tejían a mano—, el mobiliario tan cuidadosamente elegido, las piezas de plata, los candelabros, la valiosa araña de cristal francés del pasillo y el comedor con la mesa inglesa y las sillas estilo Chippendale.

Era una casa que todos los días la llenaba de placer no sólo por la belleza de sus tesosos, sino por lo mucho que ofrecía para el futuro. Todos los objetos le parecían valiosos, no tanto por lo que habían costado o su rareza, sino porque todos y cada uno eran un símbolo de su felicidad y de las recompensas que llevaban aparejadas.

Frente a la chimenea de mármol rosa, había colocado dos delicados sillones. Le gustaba mezclar y no consideraba que fuera un crimen alternar lo moderno con lo antiguo. La clave residía en que todo fuera hermoso. Su madre había sido educada en Francia y ella estaba prendada de

Shakespeare. Colgaba de la pared un lienzo al óleo, regalo de boda del profesor Robert Hooke, que representaba una extraña escena de caza, con muchos caballos, perros y jinetes y un solo zorro asustado, que intentaba escabullirse por el extremo inferior del cuadro. Esa pintura la desazonaba. Le daba pena el pobre animal, porque el artista había dispuesto las figuras y el paisaje de tal manera, que el raposo no parecía capaz de escapar. Estaba irremisiblemente condenado.

Una pequeña, pero coqueta escalera conducía al piso superior. Allí, el dormitorio matrimonial estaba decorado con espejos y sedas blancas como las de sus fantasías cinematográficas. El cubrecama era de zorro gris. La chimenea, de jaspe veteado, exactamente igual que la del vestidor donde las paredes estaban llenas de espejos. El cuarto de baño era todo de travertino. La sala contigua acogía un gabinete que Francisco utilizaba por las noches cuando necesitaba ultimar un trabajo, revisar un informe o escribir notas.

Las habitaciones de servicio, el espacio reservado al fiel Lourenço y a su hacendosa mujer, quedaban detrás de la cocina, en la planta baja. También contaban con un enorme garaje subterráneo, con capacidad para cuatro coches. La piscina, de buen tamaño, disponía de una caseta de piedra, que podía servir de cenador veraniego y tenía en la parte de atrás un vestuario.

Aquella mansión, todavía más grande y lujosa que el primoroso chalet de Puerta de Hierro que había sido su hogar infantil, se convirtió en el reino de Adriana. Allí era donde ella tenía su nuevo mundo. No se daba cuenta, porque entonces era difícil presentirlo, de que aquellas paredes podrían convertirse en barreras más crueles que los muros de una prisión, que la verja del jardín podía transformarse en algo más inhóspito que los barrotes de una celda y que alguien querría enclaustrarla en una cárcel de oro.

Francisco salió de la piscina, se envolvió en una toalla y ordenó a Lourenço que le trajera un whisky.

—¿Quieres uno? —preguntó a Adriana, que tiritaba levemente.

Se había levantado un poco de brisa y al salir del agua la sensación era desapacible.

—Prefiero una limonada natural —contestó ella mirándole a los ojos llena de amor.

—¡Puff! —exclamó Francisco haciendo una mueca de asco—. Yo no tomaría un brebaje así ni aunque me lo recetara el médico.

—Pues tiene vitaminas y es muy sano.

—Palma uno igual, se cuide o no, así que a disfrutar que se acaba el mundo.

Adriana se rió y poco después regresaron a la casa tomados de la mano para hacer perezosamente el amor antes de meterse en la bañera y vestirse para la noche.

Era una vida idílica y la pelirroja, a pesar de las dudas formuladas durante la luna de miel en Cozumel, cuando el incidente de la noche de bodas todavía reverberaba en su cerebro, empezaba a soñar con que aquello durara eternamente.

La ilusión estaba sacudida por repentinos ataques de angustia. La simple posibilidad de perder lo que tenía, le causaba dolor. Desde niña, cuando era demasiado feliz, se le instalaba un nudo en el estómago, un miedo inexplicable.

Por la noche salieron a cenar al 31 y en el restaurante, después de encargar el vino —en esta ocasión un Borgoña memorable—, Francisco le entregó una sofisticada bolsita.

—¡Santo cielo...!

—¡Virgen Santísima! —se burló cariñosamente él.

Le encantaba sorprenderla.

—Es para celebrar la fecha.

—Pero...

—Hoy se cumplen exactamente ciento veinte días de nuestra boda y he pensado que este detallito te gustaría —dijo Francisco entregándole una caja de Bulgari que contenía una gargantilla de oro amarillo.

Hacía cuatro meses que se habían casado, los más felices en la vida de ambos. No había en su horizonte ni la menor nube de inquietud. Francisco le abrochó la joya e hicieron el amor con la mirada, mientras Adriana descalzaba su pie y lo depositaba suavemente entre las piernas de Francisco. Siguieron la velada en Mau-Mau, para rememorar sus primeros encuentros, bailando sin cesar.

Al retornar a la mesa tras una de aquellas sesiones de salto, giro y contorsión, Adriana se sintió fatigada. Llevaban varios días trasnochando, pero no creía que ése fuera el motivo. Quizá había bebido o comido algo que no le había sentado bien.

—Me gustaría irme ya a casa.

—¿Te encuentras mal?

—No, pero estoy agotada.

—Como quieras.

Esa noche no hicieron el amor antes de dormir. Cuando él se acercó, abrazándola por detrás, ella le pidió suavemente que se quedara así, pegado a ella y cuidándola, pero nada más.

Él se sintió contrariado, como si le hubieran negado algo y se volvió hacia su lado como un niño caprichoso. No estaba acostumbrado a que le llevaran la contraria y le importaba un comino que ella hubiera dicho que no se encontraba bien.

Tras intentar dormirse sin conseguirlo, se levantó del lecho y bajó al salón. Hurgó en las botellas y se tomó la última de las muchas copas de la noche. Cuando regresó al dormitorio, Adriana dormía plácidamente.

Estuvo observándola un rato en la penumbra y después, indiferente a todo, se quitó el pantalón del pijama, tiró de las sábanas, se montó encima de ella y la penetró sin mediar ni un beso, ni una caricia. Adriana protestó casi llorando, pero él perseveró con furia, casi como la noche del hotel. Le tapó la boca con la mano y siguió hasta saciarse. Después, con desprecio, se dio media vuelta y empezó a roncar.

8

El bedel abrió la puerta, metió la cabeza por el hueco y anunció con voz de barítono:

—¡Es la hora!

El profesor esperó a que volviera a cerrar y advirtió por enésima vez a los alumnos que no dejaran las lecturas obligatorias para el final.

—Llevamos un ritmo rápido y no me voy a detener en los textos. En todo momento, daré por hecho que ustedes están familiarizados con cada una de las obras.

Oteó hacia el final del aula, por si había alguna objeción, y prosiguió.

—Mañana hablaremos del extraordinario momento en que Shakespeare inventa a Falstaff y si es posible que tuviera en mente a Chaucer, en especial a la comadre de Bath. Pueden irse.

Las últimas palabras del profesor quedaron ahogadas por el murmullo de los discípulos cerrando carpetas y abandonando los bancos en dirección al bar. Tenían quince minutos hasta la siguiente clase y la mayoría aprovechaba para tomar el primer café de la mañana.

—Me fascina Hamlet —comenzó Carlota mientras pedía dos con leche al camarero de la barra—. Esos monólogos me ponen la carne de gallina.

Estiró el brazo para alcanzar el botecito de sacarina y dejó caer dos píldoras en cada vaso. Adriana removió mecánicamente la cucharilla.

—¿Te pasa algo? Desde que entramos en clase a las ocho y media has estado callada. No tienes buena cara.

Adriana se tocó el rostro, estirando las cejas con los dedos corazón.

—No he dormido bien —mintió.

No estaba dispuesta a confiar a nadie la acuciante idea que rebotaba dentro de su cráneo: «Mi marido me violó anoche.»

Lo peor no era eso. Podría haber añadido que llovía sobre mojado, porque la había forzado ya la noche de bodas. El patético colofón, lo que le venía a los labios, era que para colmo todo iba bien, o parecía ir bien. Tendría que haber dicho «soy muy feliz».

—Seguro que te has pasado toda la noche follando y esta mañana se te han pegado las sábanas —comentó Carlota, procaz y directa como siempre.

—No seas bruta.

—Yo no soy bruta, soy sincera —puntualizó Carlota—. Llamo a las cosas por su nombre.

—Yo también —se justificó tímidamente Adriana.

—Tú no —corrigió su amiga—. Siempre andas con paños calientes y rodeos. Hay que ver lo mojigata que parecías hace unos meses, cuando te escandalizabas sólo de pensar que el pobre de Gonzalo andaba todo el día caliente. Seguro que has cambiado mucho.

—Un poco. Por cierto, ¿qué ha sido de Gonzalo?

—Se ha echado novia. ¿Lo sabías?

—No tenía ni idea. ¿Novia formal o un ligue?

—No sé. Yo no la conozco, pero por lo que me han dicho es una compañera de Arquitectura, sevillana como él. Andan por ahí muy amartelados.

—Seguro que ése se casa pronto. En cuanto termine.

—No sé —resopló Carlota—. A mí me da que Gonzalo sigue colado por ti.

—Ya se le habrá pasado.

—No creo. Cuanto peor tratas a un tío, más te busca y sufre por tu amor.

—Y al revés —apuntilló Adriana.

—Es verdad. Si se dan cuenta de que te dominan, son capaces de amargarte la existencia y te tratan como un trapo o, lo que es peor, como si fueras de su propiedad.

Adriana intentó cambiar de tema, sacando a colación el complicado trabajo de historia de la literatura que les acababan de encargar, pero Carlota no cejó. Barruntaba algo y era de las que no soltaba presa.

—A ti te pasa algo y no me lo quieres contar.

Había sido la primera sorprendida cuando su amiga anunció que se casaba. Todas veían como meta, o al menos como etapa ineludible, el matrimonio; pero lo consideraban algo lejano. Fue un choque que Adriana decidiera desposarse antes de concluir la carrera.

—No quiero ser agorera, pero me da muy mala espina lo tuyo.

—¿Por qué dices eso? —protestó Adriana con voz afectada, como si se fuera a echar a llorar.

—Dios quiera que te salga bien, pero tengo la impresión de que será complicado.

Francisco tenía algo que no le inspiraba confianza. Bajo esa apariencia modélica, Carlota vislumbraba algo demoníaco. Ella conocía a muchos hombres y si de algo estaba segura es de que no existe el varón perfecto, ese *príncipe azul* que pintan los cuentos, sale en las películas de amor y alimenta tantos sueños.

—A lo mejor estoy metiendo la pata, pero me va a dar un infarto si no lo suelto —advirtió Carlota con prudencia—. La primera vez que os vi juntos a ti y a Francisco, me recordasteis a Carolina de Mónaco y a Philippe Junot y tuve un mal presagio. Fíjate cómo salió el pavo ese.

No se atrevió a añadir que Francisco le parecía un farsante o algo peor, porque temía que sus palabras pudieran ser malinterpretadas. Quién era ella para chafar las ilusiones de su amiga del alma con hipótesis descabelladas. A Carlota no le gustaba Francisco y tenía la sensación de que el sentimiento era recíproco. A Francisco tampoco le agradaba ella. Seguro. Esas vibraciones se notaban.

—¿Te pasa algo o no?

—No es nada, en serio. He dormido mal y eso es todo.

«Ay, si tú supieras —pensaba Adriana—; si pudiera contarte la verdad.»

—Entonces, ¿sigue en pie lo del fin de semana?

—Pues claro. Paco se va de viaje el jueves y no vuelve hasta el martes. ¿Por qué no te vienes mañana a dormir a casa?

—¿Te apetece?

—A mí mucho... Podríamos hacer una fiesta el sábado.

—Estaría fenomenal —exclamó Carlota—. Hace un poco de frío para bañarse, pero seguro que acabamos todos en la piscina.

Adriana imaginó la escena y sonrió por primera vez esa mañana. Carlota era ocurrente y divertida. Con amigas así daba gusto. Sintió hasta un poco de nostalgia de su vida de soltera. Echaba en falta la libertad de esa etapa.

—Entonces quedamos seguro.

—Sí.

—Te quiero mucho, Carlota.

No iba a dejar que la violencia nocturna la amargara. Francisco era un hombre pasional y tenía mucho carácter, pero sobre todo la quería con locura. Quizá lo juzgaba con excesiva severidad. Todo no estaba perdido. A lo mejor era sólo un problema pasajero. Ocurría en todas las parejas. Había vivido mucho y pasado demasiados avatares para comportarse como uno del montón. Trabajaba como un poseso y si bebía se ponía pesado, pero no era malo. Lo sucedido, tanto el día anterior como la noche de bodas, tenía un culpable: el alcohol. Seguramente se había pasado de copas y por eso hizo lo que hizo. No tenía importancia. Todos los matrimonios tenían algún que otro problema y pasaban por crisis. Ellos no iban a ser diferentes.

—Venga, que llegamos tarde a la próxima clase —dijo Adriana con renovada confianza—. Después, a la hora de comer, hacemos la lista de invitados de la fiesta.

Francisco regresó radiante de su viaje por Sudamérica. Hacía tiempo que había logrado ganarse la confianza de Jakobson, pero necesitaba solidificar su posición en la empresa. Los sustanciosos tratos cerrados en la última gira allanaban el camino. En la oficina neoyorquina se rumoreaba que sería ascendido en breve. Para alguien de origen europeo y partiendo de abajo era una carrera meteórica.

—¿Te encuentras bien, cariño?

Habían ido a un restaurante italiano porque él pensó que a Adriana le apetecería darse un garbeo después de casi una semana de reclusión doméstica. Le chocó verla con la cara tan larga. Era raro que le pasara algo desapercibido y le pareció que estaba desusadamente triste.

—Perfectamente.

—Pues tienes un gesto raro. ¿De verdad que estás bien?

—Perfectamente.

Adriana era de poca comida, pero ese día apenas probó bocado. Tampoco tocó el alcohol y a las once empezó a bostezar. Con disimulo, sin llegar a abrir la boca y haciendo pantalla con la mano para que no se notara. No solía ocurrirle con frecuencia. En general, era incansable. Como los niños pequeños que se resisten panza arriba a subir a la cama, ella era de las que no hallaba nunca la hora de acostarse y cerrar una velada divertida.

—¿Nos vamos a quedar mucho aquí?

—¿A cuento de qué viene eso?

Adriana alzó los hombros y curvó los labios.

—Estoy un poco cansada y me apetece irme a casa.

—¿Tan pronto?

—Sí.

—No hemos pedido ni el postre.

—No me apetece nada más.

Francisco la observó con atención de coleccionista filatélico, tratando de descubrir una mancha, una hendidura, un roce o lo que fuera que le aclarara el origen de aquello. Al ver que ella eludía sus ojos, se dio por satisfecho.

—En fin, qué se le va a hacer. La luna de miel ha terminado —dijo Francisco simulando entristecerse—. Empiezo a aburrirte.

—No, qué tontería. Lo siento, cariño... es que...

—Lo sé, no te preocupes. No hace falta que te justifiques.

Francisco bromeó sobre el tema mientras regresaban a casa y, cuando, tras ducharse y cepillarse los dientes en el cuarto de baño, regresó al dormitorio, la encontró profundamente dormida.

Adriana ocupaba el lado derecho de la cama matrimonial. Encogida sobre sí misma, en posición fetal, se había enfundado en un precioso camisón de seda rosa. Francisco había dado por supuesto que harían el amor y dudó unos instantes. Al final, decidió que era mejor no incomodarla.

A la mañana siguiente comprendió que a su esposa le pasaba algo extraño. Adriana se despertó e, inmediatamente después de desayunar, dijo con voz ahogada que se encontraba mal.

—Me duele la cabeza y tengo revuelto el estómago. Creo que me voy a acostar un poco.

Era la primera vez que se ponía enferma y Francisco se inquietó muchísimo.

—Voy a llamar al médico.

—No hace falta.

—Claro que hace falta. Puede ser algo grave.

—Por el amor de Dios... —protestó ella—, será un simple resfriado.

—¿Tienes por ahí la agenda con los números del médico?

—Estará abajo, pero no hace falta. No puedes hacer venir a un médico hasta aquí sólo por una bobada.

—Tienes mala cara.

—Estoy bien —porfió Adriana—. Creo que ya se me ha pasado.

No era cierto. Francisco no necesitaba un título de doctor en medicina para darse cuenta.

—Debes estar fatal —aseguró—. Se te ha puesto la cara de color verde. Ahora mismo te subes al dormitorio y esperas a que venga el médico.

Sin embargo, cuando llegó el doctor, éste no vio ninguna razón para que la señora de Carazo permaneciera en la cama, a menos que pretendiera pasarse ocho meses acostada. Según sus cálculos, el niño nacería en mayo.

Francisco, quien había tenido la deferencia de llamar a la consultora y anunciar su retraso porque deseaba quedarse en casa hasta saber el estado de salud de su esposa, sintió que le desbordaba la emoción.

—¿Un niño? ¡Un niño!

—Bueno; un niño o una niña —aclaró el médico.

—Da igual —le cortó el futuro padre—: ¡Voy a tener un hijo!

—Vamos a tener —completó la frase Adriana, sin dejar de sonreír.

En cuanto el médico se hubo marchado, Francisco corrió junto a su mujer y le suplicó que le dijera qué necesitaba o quería o qué podía hacer él para alegrarle la vida. Adriana estaba demasiado sorprendida por la noticia de su embarazo para pensar en otras cosas, pero se alegró de la emocional reacción de su marido.

Pasadas las náuseas de los primeros meses, Adriana se encontraba muy bien y sólo se quejaba de parecer un globo a punto de despegar.

—Si me colgaran una barquilla de los tacones me podrían alquilar para hacer vuelos turísticos sobre el Palacio de Oriente y el Madrid de los Austrias —le dijo un día a Carlota.

Su amiga se había quedado pasmada con el repentino embarazo de Adriana. Todavía no había cumplido los veinte años y estaban a tres meses del final del curso. Pero se la veía tan feliz que en cierta medida la envidió.

Francisco se las arregló para reservar con enorme antelación una habitación en el Ruber Internacional y estuvo varios días asesorándose, obsesionado con la idea de que asistiera al parto el ginecólogo más reputado de Madrid.

—Sólo quiero lo mejor para mi mujer y mi hijo —insistía.

Una prueba evidente de lo que le preocupaba el futuro fue que prohibió tajantemente a Adriana volver a encender un cigarrillo, le compró varios libros sobre dietética maternal y no volvió a permitir que probara una gota de alcohol. Ni siquiera la autorizó a que levantase una copa de cava y brindara con el resto de la familia en las dicharacheras y alborotadas cenas de Navidad.

Él siguió a lo suyo. Rara vez se emborrachaba, al menos no al modo tradicional. No vomitaba, ni se caía al suelo o daba tumbos. Tampoco perdía la lucidez, pero era capaz de echarse al coleto media docena de gin-tonics en una tarde. Eso cuando estaba con sus amigos o entre colegas. Cuando salía junto a su mujer, las ocasionales noches que lo hicieron durante el embarazo, cambiaba al whisky y liquidaba con facilidad media botella.

Adriana no quería regañarle. En privado, alguna vez le había comentado algo. En público, ni se le pasaba por la cabeza. Había sombras y zonas grises sobre las que prefería no recapacitar, pero se autoconvenció de que era bueno con ella, que sus obsesiones y su tono mandón no eran otra cosa que una manifestación de amor y no podía reprenderle por esa tontería.

Francisco la estrechaba en sus brazos y la besaba con frecuencia. Con mayor cuidado que antes, como si temiera romper algo frágil, pero aparentemente con la misma pasión de siempre. Según proclamaba, la quería más que nunca.

Al llegar al sexto mes de embarazo, sin darle importancia, el ginecólogo comunicó a Adriana que no convenía que volvieran a hacer el amor. Bastó la prohibición para que Francisco tuviera reacciones insólitas. Le acariciaba su vientre noche tras noche y de repente, sin venir a cuento, anunciaba que se moría de ganas.

—Esto es inaguantable —se quejó una tarde mientras se levantaba para tomarse un bourbon—. Yo ya no lo soporto más. Si hasta me duelen los huevos.

Faltaban tres días para el alumbramiento, pero el médico les advirtió que podría producirse un retraso de semanas. Los primogénitos siempre llegaban con retraso.

—Lo siento, cariño —le dijo Adriana con aire cansado—, pero prometo resarcirte con creces en cuanto pase esto.

—¿Y qué me vas a hacer como compensación? —inquirió él, lascivo y algo subido de tono.

—Lo que tú quieras.

—¿Lo prometes?

—Lo prometo —respondió ella—, pero no tengo ganas de hablar de eso ahora. Es lo que menos me apetece.

El menor movimiento la fatigaba. Se sintió obligada a dar una explicación, para que sus últimas palabras no sonaran despectivas.

—Me canso demasiado y tengo la cabeza en otro sitio. ¿Lo entiendes, cariño?

—Sí. Claro que lo entiendo.

No era así. En el fondo, en lo más profundo de su endurecida alma, él era más importante que cualquier otra cosa y le daban igual las cuitas, achaques, padecimientos o melindres de los demás. Incluidos los de Adriana. Sus ojos brillantes delataban el exceso de alcohol.

—No hace falta que hagamos el amor —sugirió acercándose al cabecero de la cama—. Hay otras cosas...

Adriana subió el edredón hasta el pecho con ambas manos. Fue una reacción espontánea, como la del que se encoge al escuchar la explosión de una bomba. A él no le gustó.

—Cariño, de verdad, me encuentro mal...

—Pero si no tienes que hacer nada especial. Déjame a mí todo el trabajo.

—Paco, por favor...

—Venga —ordenó él, con la voz más dura y aferrándola por la nuca.

—No. No puedo y no quiero. No me obligues. No me apetece.

—Eres mi mujer y estás obligada a hacer ciertas cosas, pero no esto —sonrió entrecerrando los ojos y empujando hacia abajo—; esto lo haces porque me quieres, ¿no es así?, ¿no me quieres?

—Claro que te quiero —gimió Adriana cerrando los ojos y notando en los labios el desagradable y premonitorio cosquilleo producido por el vello púbico de su marido.

Por la noche Adriana se sintió muy fatigada y no quiso cenar. Al día siguiente se acostó a las cuatro de la tarde y, a las dos de la madrugada aún seguía en el lecho, con los ojos abiertos como platos, las almohadas apelotonadas junto al cabecero y recostada para poder respirar.

—¿Cómo estás cariño? —preguntó Francisco.

Adriana sacudió la cabeza. Le dolía la espalda y sentía náuseas desde hacía varias horas. Y, encima, estaba algo resfriada.

—Creo que ya nada me puede ayudar a dormir.

Había una cosa que tal vez sí, comentó Francisco con picardía al cabo de un instante.

—Cuando nazca el niño creo que no podré mantener las manos apartadas de ti más de una hora.

El sexo con su marido había sido maravilloso desde la primera vez, salvo un par de ocasiones que se negaba a recordar. Y aunque en alguna ocasión le había hecho daño forzando las posturas u obligándola a hacer cosas sin que le apetecieran, ella dudaba que hubiera otra pareja en el mundo que disfrutara tanto de sus cuerpos.

Francisco vio una sombra de tristeza en el rostro de su mujer mientras se inclinaba para besarla antes de apagar la luz. Justo en aquel momento, Adriana lanzó un agudo grito. Francisco se volvió sobresaltado y vio una mueca de dolor en el rostro de Adriana.

—¿Qué ha sido eso?

—No estoy segura.

Adriana había leído libros e incontables artículos sobre la gestación pero no sabía a ciencia cierta de qué forma se iniciaba el parto. Se había hartado de escuchar anécdotas sobre «falsas alarmas». También sobre alumbramientos precipitados, en un taxi o en un ascensor. Incluso se había reído oyendo chascarrillos sobre maridos aterrorizados o paralizados por la responsabilidad. Carlota contaba en su repertorio con una docena de chistes sobre parejas en trance y los que no eran brutales o demasiado ordinarios, resultaban desternillantes.

No sabía a qué atenerse. Podía ser una falsa alarma, pero la punzada fue fuerte. No exageró la nota, pero su sufrimiento debía ser evidente porque Francisco decidió dejar la luz encendida para ver si se repetía el aviso.

Cuando al cabo de veinte minutos se dispuso a apagar la luz, Adriana profirió otro grito. Esta vez se retorció en la cama. Tenía el rostro bañado en sudor.

—Creo que deberíamos llamar al médico. Me parece que el niño está en camino —afirmó Francisco.

El corazón le palpitaba y tenía las palmas de las manos pegajosas. Adriana notó que palidecía y que la frente se le perlaba con diminutas gotas de sudor.

—Viéndote desde aquí, da la impresión de que eres tú el que va a dar a luz —bromeó ella, sacando la voz y el humor de lo más hondo de sus entrañas.

—Voy a pedir que manden una ambulancia y salimos para la clínica.

—No seas tonto, cariño. Estoy bien...

—¿Cómo vas a estar bien si ya has salido de cuentas?

—Salgo dentro de tres días y el médico ha dicho que seguramente se retrasará. Procuremos calmarnos y esperemos a mañana.

Francisco agitó la cabeza pesaroso.

—Como tú quieras. ¿Apago la luz?

Adriana asintió con la cabeza.

Él se tendió cuidadosamente a su lado como si temiera que el más simple movimiento de la cama la hiciera estallar y tener el niño de golpe. Estuvieron así más de una hora, sin hablar, sin moverse, sin alterar el ritmo de la respiración, con la vana esperanza de que el otro se durmiera o creyendo que estaba dormido.

Se conmovieron de repente, cuando ella se aferró al brazo de él y oprimió con fuerza. Había perdido el resuello.

—Francisco...

El hombre permaneció tendido, sin saber todavía qué hacer. Pasaron la noche así, de sobresalto en sobresalto y sin pegar ojo. A las siete de la mañana, a Francisco ya no le cupo la menor duda. Había llegado la hora y le daba igual lo que dijeran sobre las falsas alarmas.

Los dolores, en oleadas cada vez más intensas, se producían cada cinco minutos, con pasmosa regularidad. Adriana hacía un esfuerzo sobrehumano por no gritar, pero ya no ocultaba su sufrimiento. Salió del dormitorio y llamó al médico, quien preguntó si disponía de automóvil y le sugirió que la trasladara él mismo y la ingresara de inmediato en el hospital.

—Seguramente todavía tardará un poco —aseguró tranquilizador el ginecólogo—, pero es mejor prevenir.

—Eso pienso yo.

—Pues llévela a la clínica. Yo llamo ahora mismo para que tengan todo listo.

—¿Puede recetarle algo para el dolor? —preguntó Francisco, harto de ver sufrir a Adriana tantas horas.

—No se preocupe. Tranquilícese y llévela al hospital cuanto antes.

—Estaremos allí en diez minutos.

—Tampoco corra. Hay tiempo de sobra y siempre es menos grave perder un minuto en la vida, que perder la vida en un minuto.

El médico se carcajeó de su propio chiste, que no hizo gracia alguna a Francisco.

El doctor no tenía intención alguna de trasladarse al hospital antes de una hora. La llamada de socorro de Francisco le había sorprendido en pijama y dormido como un tronco. Se iba a duchar y afeitar; después desayunaría y leería el periódico. Conocía su especialidad, se había curtido en cientos de partos, había hecho frente a los mismos problemas muchas veces y sabía lo bastante como para suponer que Adriana no daría a luz hasta al cabo de unas horas, incluso un día.

No había razón para darse prisa por muy asustado que estuviera el padre primerizo.

Al regresar al dormitorio, Francisco encontró a Adriana tendida en medio de un charco en el suelo de mármol del cuarto de baño. Tenía tal expresión de angustia y de dolor en el rostro, que se asustó.

—Acabo de romper aguas —musitó ella con la voz más ronca que de costumbre.

—Oh, Dios mío, voy a pedir una ambulancia.

—Ni se te ocurra —contestó Adriana—. Estoy bien.

—¿Pero cómo dices que estás bien? ¡Estás fatal!

—Que no. Ya sabía que ocurriría esto y no es nada del otro mundo.

A Francisco le chocó que estuviera tan entera. A él le daba la impresión de que estaba a punto de desangrarse. Sentía las piernas flojas, como si fueran de mermelada, y se tuvo que apoyar en el quicio de la puerta para no desplomarse.

—¿Qué ha dicho el médico? —preguntó Adriana, incorporándose sin ayuda.

—Que te lleve en seguida al hospital.

—Muy bien. —Adriana lo miró a los ojos—. Me siento fatal.

Caminó cojeando hacia el dormitorio y al llegar frente al espejo, se miró. No le gustó la imagen, pero decidió sobreponerse.

—¿Qué me pongo?

—¡Por Dios bendito! —barbotó él—. ¡Cualquier cosa!

—Aconséjame.

—¡Date prisa! ¡Coño!

Adriana cerró los ojos y se apretó el vientre.

—Mi madre solía decirnos cuando éramos niños que nos cambiásemos siempre de ropa interior, por si nos pasaba algo y nos tenían que llevar a un hospital. Yo quiero ir impecable. ¿Qué me pongo?

—No sé. Una bata, lo que sea.

—No seas ridículo.

—No soy ridículo, pero tampoco vas a un baile. Te van a quitar la ropa en cuanto llegues.

Adriana dejó de prestarle atención y rehizo trabajosamente el camino hasta el cuarto de baño.

—Ayúdame; quiero ducharme.

—Tú estás loca.

La ayudó a entrar en la pileta y se volvió al dormitorio, para preparar a toda prisa un maletín con lo imprescindible. Más tarde, la sostuvo cuidadosamente mientras bajaban la escalera. Hubiera querido tomarla en brazos, pero ella se empeñó en caminar. Al cabo de diez minutos ya estaba acomodada en el aparatoso todoterreno familiar, con una manta de viaje sobre las rodillas.

Francisco condujo con prudencia, detuvo el vehículo frente a la entrada del hospital y la ayudó a bajar, sin esperar a que saliera el personal de servicio. La sentaron en el acto en una silla de ruedas y se la llevaron.

Antes de salir de casa, aconsejado por Adriana, había telefoneado a los padres de ésta y María Luisa y Emilio no tardaron en aparecer. La madre se hizo cargo, inmediatamente, de su hija. Dejaron a los hombres en el vestíbulo y desaparecieron por el ascensor escoltadas por dos solícitas enfermeras.

Adriana lo había dejado bien claro, no quería que su marido presenciara el parto. Podía más su coquetería que el hecho de compartir algo tan mágico como el nacimiento de un hijo.

Francisco pasó dieciocho horas aguardando en el pasillo. Su suegro, tras las primeras tres horas de guardia, se esfumó como un fantasma. No soportaba la idea de estar allí, plantado como una estatua y sabiendo que su hija sufría a unos metros de distancia. Decidió esperar en casa a que le avisaran.

El doctor Quintero llegó pasadas las once de la mañana, fresco y perfumado como si fuera a una recepción. Al mediodía se volvió a ir y no retornó hasta medianoche, cuando uno de sus ayudantes le notificó por el teléfono móvil que se acercaba el momento de la verdad.

A las dos y media de la madrugada, Francisco le vio

cruzar tras las cristaleras con el gorro y la bata verde todavía puestos y hacerle una seña para que se aproximara. El médico llevaba la máscara de seda antiséptica colgada del cuello.

—¡Enhorabuena, tiene usted un precioso hijo varón!

Le tendió la mano, con una luminosa sonrisa, y Francisco tardó en responder. Estaba aturdido, como si hubiera olvidado el motivo de su presencia en aquel lugar, después de tantas horas de paseos locos por los pasillos y tantas cajetillas de cigarrillos.

—Pesa cuatro kilos y medio y su esposa se encuentra perfectamente.

—¿Puedo verla?

—Un poco más tarde. Cuando se le pase el efecto de la anestesia.

—¿Pero está bien?

—Está perfectamente y se ha portado maravillosamente. Esa mujercita es una valiente.

—¿Y el niño?

—Grandísimo y muy guapo.

Francisco había escuchado muchas veces que los recién nacidos eran feos y no se parecían a nadie, pero se sintió alborozado. Se le relajó todo el cuerpo al pensar que la angustia había terminado y que Adriana y el niño estaban bien.

Cuando ya estaba allí don Emilio y María Luisa había salido un par de veces a hacer comentarios, se presentó una enfermera y comunicó al padre de la criatura que ya podía pasar a la habitación.

—Entre despacio. Ahora duerme. Traer al mundo a estos niños supone un duro esfuerzo, ¿sabe? Por la mañana estará como nueva.

Hizo lo que le dijeron, echó un vistazo apresurado al recién nacido y salió corriendo del hospital. Necesitaba un trago.

A esas horas, todo estaba cerrado. Incluso los VIPS, que clausuraban sus puertas a las tres de la mañana. Una opción era acercarse a casa y atacar con denuedo el botellero, pero desechó la idea. Precisaba una copa de verdad, de las que se engullen con el codo apoyado en la barra de un bar, en medio de gente y de humo.

Se acordó de un after-hours al que había ido alguna vez. Quedaba junto a la estación de Chamartín, no muy lejos de allí. Menudo día. Entró sin hacer caso de las alucinadas miradas de los borrachos que discutían en la puerta, pidió un whisky doble y se lo tomó de un trago. Ordenó otro, se sentó, respiró hondo y comprendió por fin que tenía un hijo. Antes de regresar al hospital bebió el tercer whisky. Ni siquiera eran las siete de la mañana.

¡Un hijo! ¡Su primogénito! Pensó en todas las cosas que iba a hacer con él algún día: en los viajes y juergas que armarían juntos. Jugarían al tenis, practicarían pesca de altura en el sur del Pacífico, viajarían y lo pasarían de maravilla. No incurriría en los mismos errores que su padre había cometido con él. Su hijo le querría, le adoraría.

Estaba radiante de felicidad. Antes de regresar al hospital, trató de encargar flores, pero todo estaba cerrado. Por el móvil llamó a Marta y pidió a la fiel y obediente secretaria que arreglase el envío a la clínica de suficientes ramos como para llenar la catedral de Burgos.

—Acabo de tener un hijo —anunció triunfal.

—Enhorabuena —le felicitó ella, sumisa y sin entusiasmo.

—No te olvides, ¿eh?

—No me olvidaré —aseguró Marta con una pizca de amargura.

Los padres de Adriana ya habían vuelto a casa. Don Emilio, porque tenía esa mañana un juicio importante. María Luisa para recomponerse, cambiarse de atuendo, coger un neceser con lo imprescindible y retornar al hospital con renovadas energías.

Francisco entró de puntillas en el cuarto de Adriana. La encontró adormilada. Ella abrió los ojos mirándolo como si no lo conociera al principio. El cabello rojizo formaba un halo alrededor de su pálido rostro.

—Hola... ¿Cómo es el niño? —preguntó ella, con un hilillo de voz mientras se le volvían a cerrar los ojos.

Lo sabía perfectamente. Había dado a luz con anestesia, pero ya le habían llevado la criatura al cuarto y hasta comunicado lo que pesaba. Preguntaba para darle a su marido el gusto de sentirse protagonista de la historia.

—Pero ¿es que aún no te lo han dicho?

Adriana negó con la cabeza.

—¡Un niño!

—¿De verdad?

—Sí y dicen que es precioso, aunque a mí me ha parecido que está algo arrugado y un poco rojo.

Ella sonrió levemente.

—¿A quién se parece?

—Espero que a mí —aseveró rotundo.

Estuvo media hora en la habitación y antes de marcharse a la oficina se acercó hasta los nidos para echar un último vistazo a su heredero. La enfermera de turno lo reconoció y señaló una de las cunas. Después, con suavidad, tomó al niño, lo levantó y lo acercó al cristal. Podía ser sugestión, pero a Francisco le dio la impresión de que efectivamente era grande y regordete. Hasta tenía mucho pelo.

Abandonó el hospital rebosante de orgullo y se encaminó a la consultora. Llamó por lo menos una docena de veces por teléfono y hasta volvió a la clínica en cuanto pudo, pero esa noche, después de cenar con Luis en El Frontón y atracarse de anchoas, foie, jamón y rape a la bilbaína, se acercó a Pachá.

En la afamada discoteca madrileña tropezó con algunos viejos amigos. Bebió mucho, brindó incontables veces y hasta bailó. Estaba exultante y quería celebrarlo. A eso de las tres, cuando salió del local, se llevó a rebufo, casi sin pretenderlo, a las dos chicas con las que había bailado más.

Las chicas, si se las podía llamar así porque eran ya talluditas, hicieron lo que tenían que hacer como buenas profesionales. Francisco pagó con su Visa Oro y al amanecer regresó a su casa de La Moraleja para cambiarse de ropa y hacer una breve visita a la clínica antes de ir a trabajar. Adriana había pasado la noche sin sobresaltos. Todavía dormía como un ángel. El niño seguía perfecto.

Adriana salió del hospital a los tres días. Se había recuperado con una velocidad pasmosa y se empeñó en amamantar a su hijo. Había leído en algún lado que la lactancia natural estimulaba el contacto maternofilial. Su drama fue que el niño no era capaz de tomar el pecho y tuvo que desistir. Para atenuar su frustración, Francisco recalcó que era casi mejor, porque el biberón le permitiría organizar mejor sus horarios y era esencial que durmiera mucho.

La mujer de Lourenço podía ocuparse. Tenía una larga experiencia personal en el tema. Francisco se opuso. Que fuera extranjera, tan humilde y con la piel color café con leche influyó en ello, aunque se cuidó de manifestarlo. Contrataron a una especialista, procedente de una empresa que se anunciaba en las Páginas Amarillas. La nueva niñera, disfrazada de *nurse* de película inglesa, se encargó de lo esencial.

Al cabo de unas dos semanas, Adriana estaba como un pimpollo, más guapa que nunca y pasaba el día con el niño en brazos y haciendo y deshaciendo por la casa. Hasta estuvo tentada de agarrar de nuevo los libros e intentar a la desesperada preparar alguno de los inminentes exámenes. Iba a perder el curso y le dolía. En el mejor de los casos tendría que pelear en septiembre y no estaba acostumbrada. Nunca la habían suspendido ni sufrido el menor revés escolar. No era culpa suya, pero eso no alivió su disgusto. Lo que le compensaba era el niño.

Le pusieron por nombre Javier. El bautizo se celebró en Los Jerónimos, donde se habían casado ellos, y estuvo rodeado de toda la pompa y circunstancia que requería el evento. A la criatura le endilgaron un faldón antiguo, aportado por la madrina, honor que recayó en Lorena, la hermana de Francisco.

En la ceremonia, concluida con elegante banquete en el club de golf, abundaron los collares de perlas, los diamantes talla esmeralda, los Rolex y las frases hechas.

El niño apenas lloró durante el breve acto de paso religioso y, una vez en casa, se despertó y no pareció molestarle ir de mano en mano. Todos querían verlo: los abuelos maternos y paternos, sus tíos y los numerosos amigos que se habían acercado.

Ese mismo día, para cerrar un par de semanas en las que no había cesado de darle vueltas a la cabeza, Adriana anunció que dejaba temporalmente la carrera universitaria. Posponía sus estudios de Filología Inglesa.

—He dudado mucho, pero creo que es lo mejor.

—¿Estás segura? —inquirió su padre, quien a pesar de tener una esposa dedicada al *dolce far niente* no concebía que una mujer no aspirase a la excelencia académica y máxime con el talento de su hija.

—Segura del todo, no. El problema es que la vida me obliga a elegir. No me veo pasando diez horas en la calle y dejando a Javier en manos de una niñera. Si existen prioridades, la mía es este niño y mi familia.

La decisión no era sólo suya. Había sido Francisco, con maquiavélica habilidad, quien había puesto la semilla de la duda en su corazón. Era él, tan calculador e interesado como siempre, el que expuso disimuladamente los pros y los contras. Quien había planteado el asunto de una manera que no quedaba opción. Y lo había logrado dando la impresión de que era Adriana quien tomaba esa crucial decisión. Fue el trabajo de un artista. Él era el inspirador, pero hasta se permitió manifestar en público que sentía terriblemente que su mujer renunciase a tener una profesión.

—Con lo brillante que es, no sé si acierta.

—Eso creo yo —corroboró don Emilio.

—Cuando Adriana decide algo, no hay quien la haga cambiar.

—Es así desde pequeña.

—Ya —concluyó Francisco poniendo cara de mártir.

En el fondo, le entusiasmaba la perspectiva de tenerla toda para él. Le excitaba saber que cada tarde, cuando llegara a casa, ella estaría esperándole, sumisa, obediente y dispuesta a satisfacer sus deseos.

Esa noche, despedidos los invitados y con el pequeño Javier ya acostado y bajo la vigilante mirada de la nana profesional, Francisco y Adriana salieron a cenar a un restaurante. Hacía meses que no trasnochaban de esa manera y al concluir, decidieron de mutuo acuerdo acercarse a El Cielo. Ella quería bailar. La joven madre había recuperado en seguida su antigua figura y se encontraba muy bien.

Era un poco temprano. El local se animaba de verdad alrededor de las dos de la madrugada. El riesgo estribaba en que estuviera desangelado.

—Es mejor que haya ambiente, pero lo que me importa es que estemos nosotros dos —aseguró Adriana—. Hoy tengo tanta marcha y estoy tan contenta, que me encargo de animar Pachá yo sola.

—¿También estás animada para otras cosas? —preguntó Francisco en tono burlón.

Había algo turbio en su mirada, que alertó a la muchacha.

—Para eso habrá que esperar un poco.

—¡No me fastidies! —protestó él sin mal humor.

—Todo se andará.

—También puedes darme un sucedáneo —masculló el hombre, bajando los ojos hacia su entrepierna.

—No empieces —cortó ella—. Estábamos hablando de bailar.

Francisco se dio cuenta de que había errado el camino y corrigió a toda prisa. Suavizó el tono, volvió al registro tierno y comentó que podría cogerse unos días de vacaciones para irse solos de viaje. A Javier podían dejarlo con su abuela.

—¿Has pensado en algún sitio?

—¿Qué tal Ibiza?

—Yo preferiría un lugar más romántico; Venecia, o un sitio así.

—Tampoco estaría mal Marraquech. Allí siempre hace buen tiempo y La Mamounia es un hotel impresionante.

Quedaron en el aire tanto el destino como las fechas, pero Adriana se levantó de la mesa pensando que la propuesta era de perlas. Esa noche bailaron hasta muy tarde. Adriana no creía que hubiera nadie en el planeta más afortunado que ella.

Dos meses después, cuando se hizo evidente que Javier sobreviviría sin necesidad de su presencia permanente, partieron de viaje. No al mar Adriático o a la linde del desierto del Sahara. Tampoco a Nepal o la India, sino a donde él se había empeñado en ir: Ibiza. Francisco siempre se salía con la suya.

Imponía su criterio y consideraba un desafío que ella discrepara, por lo que Adriana no expresó pega alguna. Lo pasaron bien. Fueron dos semanas estupendas en la isla, donde estuvieron la mayor parte del tiempo solos. Las únicas interrupciones provenían de las llamadas a la oficina y la perpetua obsesión de Francisco por saber cómo marchaban los negocios en curso.

Alquilaron un yate para pescar durante dos días en

Formentera. Hubieran pasado al recuerdo como vacaciones perfectas si Adriana no se hubiera sentido indispuesta en el transcurso de la última semana.

No imaginaba qué podía ser: tal vez el pescado, el sol o el calor. A la vuelta, Francisco insistió en que el doctor Quintero, el jefe de ginecología que la había atendido en el parto, la reconociera.

Adriana volvía a estar embarazada.

Tanto ella como Francisco se alegraron muchísimo de la noticia. Estaban muy contentos e hicieron el amor casi hasta el final de las advertencias del médico. El parto se produjo con cinco días de retraso y fue más fácil que el anterior. Una calurosa tarde de junio, Adriana reconoció inequívocamente los síntomas.

Llegó al hospital apretando los dientes porque los dolores eran muy intensos. La niña nació al cabo de unas dos horas. Francisco fue espléndido con los regalos, en especial un carísimo zafiro de Verny.

Bautizaron a la niña con el nombre de Silvia. Adriana se recuperó pronto, pero esta vez hizo el propósito de tomar ciertas precauciones, por lo menos durante algún tiempo.

El alegre ritual del primer hijo se repitió casi calcado con el segundo. Cuando la niña cumplió tres meses, hicieron un crucero por el Mediterráneo. Adriana se había resistido un poco, alegando que no le apetecía encerrarse en un cascarón de lujo. Prefería espacios abiertos, ruinas, monumentos y gente variopinta, más que el pasteurizado brillo de un paquebote, repleto de ricos, divorciadas y espectáculos programados. La sugerencia de que podrían combinar ambas cosas, porque si navegaban a cabotaje aprovecharían las escalas para conocer parajes cargados de historia, la convenció.

El buque, el famoso *Atlantis,* se parecía al mejor y al más caro de los hoteles europeos, con todo el confort moderno, con media docena de bares, servicio las veinticuatro horas, baños orientales, saunas, jacuzzis, discoteca y casino, además de un restaurante surtido por un plantel de cocineros digno del Maxim's parisino.

La vida a bordo podía ser agitada, pero también apacible. Todo dependía de dónde se pusiera el acento y Adriana, refugiada en una de las cómodas hamacas de proa, cubierta con una manta y envuelta en un jersey de cachemir, aprovechó muchas horas de navegación para leer.

El barco surcaba las aguas durante la noche y al llegar el día, con las primeras luces del alba, solía entrar en algún puerto y permanecía atracado hasta media tarde. Habían zarpado de Venecia y recalaron en Dubrovnik, que todavía mostraba en sus antiguos muros las huellas de la metralla lanzada durante la guerra de partición yugoslava, en Rodas, en Malta y en Estambul, para subir desde allí por el mar Negro hasta la desembocadura del Danubio y visitar Sebastopol, Yalta, ya en la costa rusa. Después, eludiendo los puertos georgianos porque la seguridad no estaba garantizada, entraron en el puerto libanés de Jounieh, tocaron Israel y también Egipto.

La pareja disfrutó. Vestidos de sport, subían a primera hora a cubierta para unirse a la saludable gimnasia matinal que organizaba uno de los instructores. Después llegaba la ducha, el desayuno y salían de excursión.

En las jornadas que no coincidían con una parada, correspondía pasear por cubierta, respirar con deleite la fresca brisa del océano o jugar al *shuffle-board,* tirar al plato o golpear bolas en el mini-golf.

Los surtidos bufets estaban siempre disponibles, pero era a partir de la una cuando comenzaba a operar el restaurante principal. Francisco prefería el almuerzo formal, los camareros con esmoquin, el buen vino y la larga conversación, a los tentempié acelerados por los que optaban británicos y norteamericanos.

La bodega del buque era espléndida, tanto como el nivel de los barman o el conocimiento del somelier. Había caldos franceses, españoles, italianos, alemanes, australianos, sudafricanos, chilenos, argentinos y hasta californianos. Una colección de vinos de Oporto, verdaderamente remarcable, de veinte años se alineaba en una barra improvisada entre jarrones de flores de Pascua.

Junto a la carta, variada, completa y exquisita, se ofrecía una especie de mesa nórdica, que incluía los consabidos ahumados y ensaladas, pero entre fuentes de langosta, bisques de ostras, tazones de caviar Beluga, cebollas a la crema y oca asada rellena de puré de castañas, *roast beef* con chalotas, vieiras, trufas, perdices...

Tras el festín culinario, raro era el día que no retornaban al camarote a retozar entre las sábanas. Nuevos paseos hasta las nueve, hora de vestirse de etiqueta para la cena. Quizá porque su aspecto los convertía en una de las parejas más atractivas del barco, fueron varias las ocasiones en que el capitán, un griego de cabellera blanca, grande y fornido como el mascarón de proa, los invitó a su mesa.

La estabilidad del *Atlantis* era perfecta y el funcionamiento de los motores tan silencioso que ni siquiera se percibían las vibraciones de las hélices, sofocadas por el armonioso sonido de las orquestas. El salón principal resplandecía repleto de señoras de vestidos escotados, cuajadas de brillantes; de señores de esmoquin, de elegantes mozos y de respetuosos maîtres, uno de los cuales, que sólo anotaba los pedidos de los vinos, llevaba una cadena al cuello, como si fuera algún lord mayor.

Francisco y Adriana compartían normalmente mesa con un embajador, un anciano enjuto y modesto; un millonario alto, afeitado, de edad incierta, parecido a un prelado, metido en un frac de antiguo corte; un famoso escritor italiano y una belleza mundial, ya algo ajada y de moral poco envidiable.

La cena duraba dos horas. Después, unos bajaban a las discotecas, otros se sentaban frente a los verdes tapetes de las mesas de black jack, había quien se enfrascaba en la ruleta y hasta quien se iba a dormir. Ellos acudían al salón de baile.

La mayor parte de los pasajeros eran ricachones sobrados de arrugas, canas, millones y kilos, pero también había gente joven. Casi todos recién casados, amantes secretos o novios en celo.

Adriana y Francisco hicieron buenas migas con una pareja más o menos de su edad. No aclararon si estaban casados o no. Parecían muy enamorados y daban la impresión de no disimular su, supuestamente, inconmensurable felicidad. El hombre, un tipo delgado, fibroso, con el pelo rubio y voz de intérprete de boleros, bailaba con maestría, cantaba con arte, contaba chistes divertidos y parecía haberse empapado de la *Enciclopedia Británica*, porque no había duda que no fuera capaz de resolver. Su acompañante era también un dechado de talento escénico y virtudes sociales.

Únicamente el comandante estaba al tanto de que la «pareja maravilla» estaba alquilada por la empresa marítima y cobraba un buen sueldo por entretener al pasaje y proyectar la imagen cupidiana que servía de gancho a la empresa para atraer clientes a sus múltiples cruceros. Una vez que concluían en el Mediterráneo, el bailarín y su novia saltaban al Caribe y desde allí al Índico, para pasar una temporada en el mar del Norte y volver nuevamente a aguas cálidas. Todo en el breve lapso de cuatro meses. Repetían el ciclo tres veces al año.

Al concluir la travesía, Adriana y Francisco deambularon unos días por Saint-Tropez. Francisco había visitado la mítica localidad turística francesa en un viaje de negocios relámpago, de sólo veinticuatro horas, y se había quedado con el deseo de regresar. Desde allí, enviaron a Luis y a los padres de cada uno postales curiosas. Lo mismo hicieron en Cannes.

Como broche del viaje, Francisco se empeñó en que pasaran un par de días en París y allí, en la central de Cartier, insistió en que se llevara una pulsera de brillantes.

—¡Pero si no la necesito, Francisco! —protestó Adriana sin convicción.

Había sido ella la que había sugerido que debían visitar la tienda para comprobar los precios con Madrid. Eran exactamente los mismos; tan exorbitantes como en cualquier otra capital y eso la echó un poco para atrás.

—Es mucho dinero.

—No importa.

—Ya hemos gastado demasiado en este viaje y prefiero que ahorres un poco.

—Hablas como mi madre.

—Ya tengo suficientes joyas. De verdad.

—No sé quién dijo que nunca se tienen suficientes millones ni suficientes diamantes.

Adriana no pudo contener la risa.

—La frase original es de la difunta duquesa de Windsor y no dijo eso.

—¿Y qué fue lo que dijo?

—Que nunca se es lo suficientemente rica o se está lo suficientemente delgada.

—Estoy casi de acuerdo, al menos con la primera parte.

Francisco hizo una seña a la empleada y en inglés, con su mejor acento oxoniense, le pidió que acercara otro muestrario.

—Nos llevaremos las dos. Esta de ahí y la que vimos antes.

Vivían una existencia irreal, de cuento de hadas. Todo parecía marchar rodado, tanto en la opulenta mansión de La Moraleja, como fuera. Ni siquiera las tenues enfermedades infantiles que aquejaron a los niños cuando llegó el momento fueron un contratiempo.

Jakobson, entusiasmado por la buena marcha de las operaciones sudamericanas, asignó también a Francisco la máxima responsabilidad en el sur de Europa. Bajo ese pretencioso título, le correspondía controlar los asuntos de la delegación de Madrid, supervisar las de Portugal e Italia y poner en marcha Marruecos y Grecia. También analizar posibilidades de penetración en Croacia, Eslovenia, Serbia y otras antiguas repúblicas yugoslavas, así como en la agitada Albania. Tendría que viajar mucho y de forma incesante.

Fue justo después de ese nombramiento, cuando Francisco inició su violenta y atormentada relación con Lara. Hasta unas semanas antes, siempre había tenido como secretaria a Marta, aquella jovencita de pecho prominente y eficacia germana, que lo había acompañado a Benavente el día del cumpleaños de su madre. Tras la boda, se había producido un notable enfriamiento y bastantes empezaban a pensar que el jefe y la subalterna habían cancelado su aventura. No era así. Marta estaba despechada, herida en lo más profundo, pero era débil de carácter y él se las arregló para enredarla de nuevo y usarla cuando le venía bien sin ofrecer nada a cambio. No la volvió a llevar a restaurantes ni al cine o lugar alguno. Se limitaba a mantener el tipo y de vez en cuando, si le apretaban las ganas, se dejaba caer por el piso de la chica, jugaba con ella al sadomasoquismo, y se marchaba a casa. Como le excitaba someterla, la ataba, le daba azotes y la humillaba un poco. Sin pasarse; por el puro placer de dominar.

Fue al acceder al cargo de jefe máximo de la delegación madrileña, cuando Luis se empeñó en que no podía seguir con una sola secretaria. Hicieron una selección, que se pareció más a un casting de modelos que a una prueba de eficacia burocrática, y seleccionaron a Lara. De mutuo acuerdo entre él y Luis, aunque fue Francisco el único que se lió con ella y muy pronto. A la semana escasa de contratarla. Al principio con derroche de cortesías y bellas palabras. Después, con toda la zafiedad y la dureza de que era capaz.

Hasta entonces Adriana sospechaba que su marido le había sido infiel en alguna ocasión. Especialmente en los viajes, pero no le había dado importancia. Esta vez se lo tomó muy mal. Se le metió en la cabeza que Luis tenía algo que ver en el asunto. Era un secreto a voces que el matrimonio de éste no funcionaba bien. Al parecer, la mujer de Luis se negaba a tener hijos porque afectarían negativamente a sus proyectos profesionales. A eso se sumaban sus devaneos y aficiones.

La gota que colmó el vaso, la prueba física de que algo se traía Francisco entre manos, fue encontrar una camisa con manchas de carmín. Adriana no realizaba tareas domésticas, labores que recaían en manos del fiel Lourenço y de su hacendosa esposa.

Entró en el cuarto de baño de su marido por casualidad. Se le había terminado la pasta dentífrica. La camisa, con la acusadora mácula impresa en la tela del cuello, estaba arrebujada en el suelo, destacando sobre las baldosas. Adriana apenas usaba barra de labios y nunca de un color tan chillón como aquél.

—¿Por qué? ¿Por qué me haces esto? —le preguntó airada por la noche.

Él tardó en comprender. Captó el sentido de la requisitoria cuando sus ojos se posaron en la camisa que Adriana sostenía entre sus manos.

—No te entiendo.

Fingía extrañeza. La experiencia le había enseñado que siempre era mejor negar. La negativa, por increíble que fuera, siempre dejaba al ofendido un resquicio, una sombra de duda.

—¿Qué es esa mancha? —preguntó Adriana con una irónica y amarga sonrisa—. ¿Vino?

—Pero... ¿qué dices?

—Yo no digo nada, porque si alguien debe dar una explicación eres tú.

Francisco hizo que se concentraba, dudando si le convenía mostrarse ofendido o tomárselo a broma.

—Te explico lo que quieras, pero sé más clara.

Ella lo perforó con sus intensas pupilas. No estaba enfadada, pero sentía frío en el corazón.

—¿Con quién estás liado esta vez?

—¿Con quién...?

—Sí —afirmó ella con agresividad—. ¿Es una secretaria? ¿Una colega? ¿O en esta ocasión te has buscado una fresca de la calle?

—No sé de dónde sacas esas ideas.

Ella exhaló aire con fuerza.

—No intentes confundirme. Sé de sobra lo que haces.

—Imaginas cosas.

—No imagino nada.

—Sí, Adriana. Siempre haces lo mismo cuando contrato a una nueva secretaria.

—Si te parece, me chupo el dedo...

Estuvo tentada de soltar que también sospechaba que había seducido a la canguro encargada del cuidado de los niños, pero eso era agua pasada y prefirió obviarlo. En aquella ocasión y por si acaso, se había limitado a comunicar a la nana profesional que ya no necesitaban sus servicios y a buscar como sustituta a una matrona gallega gorda, colorada, eficiente y encantadora.

Adriana salió del cuarto de baño de su marido dando un portazo y se volvió a su cuarto. Francisco dejó pasar un par de minutos y fue a buscarla. La encontró sentada frente al espejo de la coqueta, cepillándose el pelo. Sin encomendarse a nadie, se acercó por detrás y la abrazó.

—Te va fatal el papel de mujer celosa.

—No estoy celosa; lo que estoy es decepcionada.

Él la besó en el cuello. Como los dos miraban al frente, podían verse las caras reflejadas en el espejo.

—No tienes motivo —aseguró meloso.
—Al menos no insultes mi inteligencia. Te conozco muy bien.
—Eso no lo niego, pero creo que te equivocas.
—¡Vete a paseo! —exclamó ella, retorciéndose para que la soltara—. ¡No tienes vergüenza!
—Por favor, Adriana.
Ella volvió a agitarse y hasta le empujó con la mano libre.
—¡Déjame en paz!
—Si yo te quiero mucho. No me entristezcas.
Ella se volvió, le forzó a separarse y con la voz fría como el hielo y apuntándole con el dedo, le espetó:
—Eso de interpretar al príncipe azul cada vez que te pillo en un renuncio, ya no funciona. Sal de aquí.
Francisco se retiró arrastrando los pies, como si efectivamente se sintiera apenado. Más tarde, abajo en el salón y después de recapacitar sobre la táctica adecuada, reanudó la ofensiva.
—Lo que te ocurre a ti, Adriana, es que tienes demasiado tiempo para pensar, y a veces eso no es bueno.
Ella esbozó una sonrisa de satisfacción que descolocó al hombre.
—De eso quería hablarte.
—Dime...
—He pensado volver a la facultad y terminar la carrera.
Francisco no estaba en la mejor situación para abordar el tema. El momento no le permitía oponerse y tampoco abrir una discusión. Recibió la idea de Adriana como una bomba.
—¿Y qué necesidad tienes tú de volver a estudiar?
—Ninguna, pero quiero hacerlo —replicó ella y antes de que él articulara palabra, añadió—: Y voy a hacerlo.

Fue un proceso lento, pero devastador, similar al que sufren esas bellas casas veraniegas enclavadas en el borde de un acantilado, azotado por la tormenta. Al igual que el agua va agrietando la roca, arrancando pedazos y socavando los cimientos hasta provocar el derrumbe del edificio, así se fue desmoronando la seguridad de Adriana.

Las infidelidades de Francisco fueron el detonante, pero hubo más cosas, algunas más graves. Lo primero que le afectó fue saber que se acostaba con otras mujeres, probablemente más feas y peores que ella. ¿Y si no la quería realmente? ¿Por qué necesitaba buscar a otras si ella se lo daba todo? ¿Cuál era la razón por la que se volvía tan brutal a veces?

En cualquier caso, nada fue nítido o tajante. En las relaciones personales hay zonas grises, muchos matices y versiones. Adriana siguió pensando que el matrimonio merecía la pena, que los dos niños compensaban por todo. Incluso que Francisco era un buen marido y un excelente padre, que sólo reaccionaba así cuando bebía en exceso o apremiado por el estrés. Muchas veces incluso se sentía egoísta y que algo hacía ella para sacar de quicio a su marido.

El camino fue espinoso y estuvo salpicado de acuciantes dudas, de prolongadas angustias y de agotadoras reflexiones. En ocasiones, Francisco se mostraba hostil y amenazador al volver a casa.

Ella intentaba pasar por alto los malos modos, pero la agresividad fue acrecentándose, poco a poco, como la marea, como el síntoma de una enfermedad incurable.

La cocaína fue otro factor. También fue en el cuarto de baño de Francisco donde Adriana descubrió las papelinas. El resto, lo que su marido ocultaba en la hermosa caja de puros habanos guardada en el segundo cajón del buró de la biblioteca, lo localizó tras un profundo y paranoico registro.

Francisco llevaba tiempo colgado de la coca. Al principio había sido algo esporádico: sólo en grandes ocasiones. Él y Luis esnifaban unas rayas la noche de Fin de Año y, si se terciaba, repetían en alguna fiesta. Con prudencia y tratando de no hacerse notar.

Luego, sin aspavientos, las grandes ocasiones pasaron a ser habituales. La diferencia fue que Luis supo y pudo controlarse. Para él, la cocaína siguió siendo una excepción, la excitante guinda con la que rematar una juerga. Para Francisco fue diferente, porque la droga le ayudaba a mantenerse vivo y pletórico de energía. Tenía una ambición enfermiza, trabajaba quince horas al día, dormía muy poco y la coca estimulaba su cerebro y hasta sus músculos, además de hacerle disfrutar. Con la constancia suicida de un corredor de fondo, fue precipitándose paso a paso, pero con la cabeza por delante, en la piscina del vicio.

La consumación del hábito se vio favorecida por los viajes a Sudamérica. Los piratas como Edgar Zoe tenían la previsora costumbre de obligar a sus visitantes extranjeros a drogarse, por si eran policías. También los filmaban con sigilio. Un agente de la DEA quedaba en posición muy desairada y bastante desautorizado como testigo de la acusación, si durante el juicio quedaba en evidencia que se había echado al cuerpo unos gramos de cocaína, aunque fuera en *acto de servicio.* Con Francisco no hubo necesidad de ejercer presión alguna. Bastaron las invitaciones. Y lo que era un divertimento se convirtió en una costumbre.

Adriana desconocía la magnitud del problema de adicción de Francisco. Ella sólo había visto unos sobres y detectado ciertas proclividades. Siguió mucho tiempo en la inopia. Para su propio mal, necesitaba que su relación matrimonial no fracasara, precisaba creer en Francisco, y se autoconvenció de que continuaba locamente enamorada de él.

Incluso se lo repetía una y otra vez a Carlota. Si su amiga se inquietaba por ella o intentaba sonsacarla, Adriana repetía que seguía queriendo a Francisco y que si estuviera en su mano, sólo cambiaría de él un detalle: su descarada afición a las faldas. Nunca reconocería ante Carlota, ni siquiera ante ella misma, que si fracasaba en su matrimonio lo perdía todo; era lo único que tenía, su casa, sus hijos y su marido, había renunciado a su carrera, a sus amigos y Francisco se había encargado, con gran constancia, de que su mundo cada vez fuera más pequeño.

La irresistible ascensión de Francisco dentro de la compañía se detuvo en seco al final del quinto año. En parte por algún descuido suyo y en buena medida por la desfavorable coyuntura política, la oficina de Madrid perdió fuelle. Bajaron del segundo puesto de rentabilidad europeo al cuarto, por detrás de Londres, París y Berlín. Fue transitorio, pero esos datos sumieron a Francisco en una depresión y exacerbaron su agresividad. Empezó a alzar la voz en casa y hasta a exigir en plan tiránico. Incluso en el dormitorio.

Y estaba el asunto de Juana Luján, la presidenta de la compañía Investrack. Francisco se deshacía en elogios hacia esa mujer, una ex modelo mexicana que había triunfado en su país como diseñadora de ropa y quería lanzarse al mercado europeo. Habían entrado en contacto de forma profesional, cuando la bella mexicana solicitó a la consultora Jakobson & Lorenz que organizase sus campañas publicitarias en el Viejo Continente y la central de Nueva York responsabilizó del asunto al jefe de la oficina de Madrid. Francisco hablaba con delectación de la chica. Se había ofuscado con ella, estaba obsesionado y resultaban evidentes sus intenciones, incluso para la ingenua Adriana.

Francisco solía cenar fuera a menudo, por razones laborales, y regresaba tarde a casa, sobre las doce. Una noche retornó a las cinco de la madrugada, con la boca apestando a whisky y el pelo a perfume de mujer. Al día siguiente desapareció una semana alegando un viaje inesperado. Adriana se enteró más tarde de que se había ido con Juana Luján a Londres.

Fue a partir de ese instante cuando tomó cuerpo en el cerebro de Adriana que su matrimonio caminaba hacia el desastre. No tenía sentido seguir engañándose. Algo había cambiado y de forma irremediable. Pensó en hablar con Carlota, pero sentía vergüenza. Su amiga había tenido la lucidez de prever lo que se avecinaba y ella no le había hecho el menor caso. No quería reconocer ante ella su fracaso.

Necesitaba ayuda y el clavo ardiente del que intentó colgarse fue Luis. El amigo de su marido se extrañó cuando escuchó su voz al otro extremo de la línea telefónica. Francisco estaba de viaje.

—¡Qué sorpresa!

—Me imagino —comentó Adriana—, pero necesito hablar contigo.

—Tú dirás.

—No. Por teléfono no se pueden hablar estas cosas.

—¿Tan importante es?

Hubo una pausa, en la que Luis sólo oyó la respiración de la mujer.

—Sí... Para mí sí lo es.

El hombre se apresuró a ofrecerse.

—Estoy a tu disposición, así que quedamos cuando quieras.

—Antes de nada, quiero pedirte una cosa. Me tienes que prometer que no le dirás nada a Paco; ni siquiera que te he llamado.

—Prometido.

A instancias de él, quedaron para almorzar y a pesar de que Adriana se había jurado no decir nada antes de concluir el ágape, soltó casi todo lo que llevaba dentro apenas sentarse.

Luis cabeceó mucho. Él no era un dechado de virtudes ni un modelo para nadie, pero tenía verdadero cariño a la pareja y hacía tiempo que había llegado a la conclusión de que Francisco era un insensato de tomo y lomo. No lo dijo.

Tras escuchar las cuitas de Adriana, como haría un viejo tío o un pariente mayor, intentó darle ánimos.

—Todos tenemos problemas.

—Sí, pero a mí eso no me consuela.

—No te tomes las cosas tan a pecho y verás como todo pasa.

Ella negó con un gesto.

—Llevo mucho tiempo metiendo la cabeza debajo del ala, como las avestruces, y no ha funcionado.

—Tenéis dos hijos maravillosos y lo más importante es eso. Trata de calmarte.

—He querido con locura a ese hombre y hubo un tiempo en que hubiera renunciado a todo por él, pero empiezo a pensar que no merece la pena.

Luis tragó saliva. La vida no era justa. A él nunca nadie le había amado con la abrasadora pasión que reflejaban las palabras de Adriana. No era momento de lamentaciones, pero se acordó del ya lejano domingo de junio en que él y Francisco se habían topado con ella en el Retiro. Pensó que podía haber sido él, en lugar de su amigo, quien intentase ligar con la pelirroja. Su existencia y también la de ella serían diferentes. Le gustaba aquella mujer.

—Tampoco debes ver las cosas de una forma tan dramática. Yo conozco bien a Francisco y te aseguro que te quiere.

—Pues no se nota. Me está haciendo infeliz.

Luis pensó en su propia situación. Tampoco él era feliz. Ni lo pretendía, entre otras razones porque esa meta resultaba inalcanzable al lado de una pécora como Vanessa. Él no había necesitado varios años para llegar a la conclusión de que su pareja era un monstruo de egoísmo y ambición.

—Tampoco yo ando como unas castañuelas. Y fíjate que ni siquiera tengo la compensación de tener hijos.

No era inclinado a la envidia, pero le bastaba ver a Javier y Silvia cuando se acercaba a la casa de La Moraleja, para que se le aflojase algo en el estómago. El niño era moreno como su padre y tenía los ojos grandes y verdes de su madre. La niña era pelirroja y muy pecosa.

—¿Y por qué no los tienes? —preguntó Adriana, con una ingenuidad desarmante.

Luis se echó a reír. Vanessa sólo hacía lo que consideraba conveniente y los niños no entraban en su proyecto existencial.

—Eso me pregunto yo —musitó Luis con tristeza.

La amistad entre Luis y Francisco era sólida, pero no incondicional. Se había fraguado en la juventud y reforzado en la madurez, gracias a los negocios conjuntos y a las juergas compartidas, pero entre ambos hombres había profundas diferencias de criterio.

Superficialmente eran dos seres gemelos. Bajo la piel, palpitaban diferencias esenciales. Luis era más reflexivo, menos egoísta y más sentimental. A él, le disgustaba la prepotencia con que su amigo alardeaba de donjuán o el descaro con que alimentaba su imagen de macho conquistador. Lo curioso, lo más chocante, lo realmente contradictorio, era que Francisco estaba orgulloso de Adriana. Quizá tenía razón cuando afirmaba que la quería. A cada paso, viniera o no a cuento, subrayaba que una esposa despampanante le esperaba en casa.

Después de prestar oídos a las acongojadas palabras de Adriana, Luis estuvo unos días meditando sobre lo que podía y debía hacer. Cuando volvió Francisco de su *tourné*, todavía dejó pasar tiempo, buscando la ocasión adecuada. Ésta llegó un viernes, terminada la jornada, cuando ambos bajaron a tomar una copa y a hacer planes para el fin de semana.

—Eres un necio. Tienes todo a tu favor para ser feliz y lo vas a echar a perder.

—¿Por qué dices eso?

—Vas a terminar arruinando tu matrimonio. ¿No has pensado que tienes una mujer por la que cualquier hombre daría su brazo derecho?

—Sí...

—¿Y por qué andas perdiendo el culo por cualquier pendón?

A Francisco le costó contener la carcajada.

—No me digas que te has vuelto ahora moralista.

Luis encajó el golpe, pero iba preparado.

—Ya sé que yo no soy un buen ejemplo de nada, pero no estamos hablando de mí. Como sigas así, vas a perder a tu mujer y probablemente, muchas más cosas.

—Me vas a dar el día...

—No es mi intención, pero ya no somos unos chavalines y debemos pensar lo que hacemos. No se puede ir por la vida haciendo daño y en plan animal, como un elefante en una cacharrería.

—Me dejas de piedra.

—No lo tomes a mal, pero hay cosas que no se hacen.

—¿Por ejemplo?

—Pues... comprarle joyas a cualquier tía con la que te lías, correr tras cualquier falda que se cruza en tu camino o chutarse más de la cuenta.

Francisco frunció el ceño. No sospechaba que Luis y Adriana habían almorzado juntos y tampoco cayó en la cuenta de que habían vuelto a encontrarse, aprovechando otra de sus frecuentes salidas al extranjero.

En esta segunda ocasión, también fueron a un restaurante y la conversación, como la primera vez, fue monotemática: Francisco Carazo.

—Te veo más relajada hoy.

—Quizá —concedió Adriana—, pero no sé si has oído eso de que los seres humanos nos acostumbramos a todo. Dicen que la gente que vive bajo el bombardeo termina por adaptarse a las explosiones porque no se puede sobrevivir en permanente tensión.

—No se trata de resignarse, sino de poner ilusión. Todo se pasará. Confía en mí.

Adriana exhaló un suspiro y apuró su copa de Burdeaux.

—Ojalá tengas razón. Yo ya me he habituado a que cada vez que llega a la consultora una nueva empleada, Francisco pierda los papeles y que al cabo de unas semanas regrese manso como un cordero.

Se rieron juntos.

—Trabaja mucho y eso agota.

—Yo no me quejo de eso, ni de que pase tanto tiempo fuera. Me preocupan otras cosas.

Hubo un largo silencio, que cerró Luis con un consejo.

—Prueba a no tratarlo tan bien. Tu marido es un tipo mimado por el éxito, por las mujeres y por todos los que le rodean. Tú misma lo miras como si fuera un dios.

—Para mí lo ha sido.

Luis creyó ver el traicionero brillo de las lágrimas en los ojos de Adriana. Le acarició el antebrazo.

—Pues, entonces, resiste. Si hace idioteces, que tampoco sé si es verdad o no, será algo pasajero. Nada serio; un simple juego. No le des tanta importancia.

Ella asintió en silencio. Era una opinión razonable. Siempre estaba dispuesta a resistir. A veces sentía que no conservaba ni una pizca de amor por Francisco y en ocasiones, como en aquel momento, hubiera preferido morir antes que perderle.

Javier tenía ya tres años y a Silvia le faltaba sólo un mes para cumplir dos.

El tercer embarazo fue un poco más difícil. Desde el principio se encontró cansada. No le apetecía salir y Francisco observó que estaba bastante más gruesa que las veces anteriores. Por Navidad, el médico anunció sonriendo:

—Creo que Pascua le va a traer una sorpresa. Y de las gordas.

—¿Qué ocurre? —preguntó Adriana levemente asustada.

—Nada malo.

—¿Entonces?

—Tengo la sospecha de que serán gemelos.

Adriana lo miró asombrada. Semejante posibilidad jamás le había cruzado por la imaginación. Se sentía más cansada que en gestaciones anteriores, pero lo atribuía a la falta de sueño.

—¿Está seguro?

El ginecólogo arqueó a la vez los hombros y las cejas.

—De otras cosas no sabré, pero de esto...

Nacieron dos hermosas chiquillas con un intervalo de nueve minutos. Francisco se encontraba en Rumania tratando de encarrilar un negocio de importación de madera. Fue Luis quien acompañó a Adriana al hospital. Envió un fax urgente al hotel Intercontinental de Bucarest y llamó varias veces por teléfono. Le costó entender el farfullar de los empleados de la recepción. Luis sacó la conclusión de que su amigo se había marchado con sus socios rumanos a las montañas de Transilvania a cazar osos en una de las exclusivas reservas cinegéticas que el fallecido Nicolae Ceaucescu acaparó para su familia y amigos extranjeros. Optó por no revelar detalles a Adriana, limitándose a decirle que su marido estaba ilocalizable en el interior de Rumania.

En la clínica, nadie comentó la ausencia de Francisco. Don Emilio llegó en el AVE de Sevilla e intercambió reveladoras miradas con su mujer, pero no mencionó el tema.

María Luisa, como veces anteriores, se quedó a dormir con su hija. Gloria y Jaime, los dos hermanos de la parturienta, arribaron por separado, aunque ambos residían todavía en la casa familiar de Puerta de Hierro. Gloria, recién licenciada en Derecho, hacía la pasantía en un despacho de Madrid. Tan pronto como sus ingresos se lo permitieran ansiaba alquilar un estudio en un barrio céntrico. Deseaba distanciarse de las normas paternas sobre horarios y salidas. Jaime, alumno destacado de la Facultad de Económicas, también tenía sus planes para independizarse. Para disgusto de su progenitor, había abierto un bar en el barrio de Moncloa donde servían copas hasta bien entrada la madrugada. El muchacho aseguraba muy ufano que en el verano, cuando llegase el buen tiempo y montase la terraza, tendría suficiente para irse de casa. Su *pro-*

blema era que su padre no aprobaba sus inclinaciones sexuales.

Francisco telefoneó desde Bucarest pasados cuatro días, cuando Adriana estaba ya de vuelta en casa. Trató de justificarse alegando imprevistos y ocupaciones extenuantes. Regresó a Madrid a las dos semanas. Para Adriana, el aparente desinterés de su marido le hirió el alma como una puñalada. Entendía que estuviera de viaje mientras ella daba a luz, porque el parto se había adelantado, pero no comprendía la tardanza en el regreso. Por rentable que pudiera ser el negocio maderero, más importante eran su mujer y sus hijos. Fiel a su costumbre, Francisco apareció cargado de regalos caros y lujosamente envueltos. Adriana ignoró las cajas. Cuando se quedaron a solas, de sopetón, dejó caer su hartazgo señalando que quizá había llegado el momento de plantearse si tenía sentido seguir juntos.

—¿Pero por qué dices eso?

—Nunca imaginé que mi vida de casada fuera a ser así.

—No te falta de nada —replicó él con cierta torpeza y sin adivinar el volcán que comenzaba a bullir en el corazón de su esposa.

—Me falta lo más importante.

—No te entiendo.

—No me casé contigo para que me pagases las cuentas y me dejaras embarazada de vez en cuando. Me casé, quizá antes de lo que debía, porque creí haber encontrado el príncipe azul.

Francisco sonrió halagado.

—¿Y no es así?

—No. Más bien al contrario.

Él torció la boca contrariado. Con todo lo que había hecho por ella; si sería desagradecida.

—Tengo demasiado trabajo...

—Pues cuando quieres, bien que sabes desocuparte —le cortó Adriana sin alterar el tono y con la voz helada como el hielo.

—No sé a qué te refieres.

Ella apretó los dientes y soltó la rabia que la carcomía.

—Para tus *amiguitas* siempre encuentras tiempo, pero para mí o para tus hijos siempre estás ocupado.

—No es verdad —respondió Francisco con una sonrisa maquinal tras la que ocultaba un enfado creciente.

Adriana resopló con fuerza.

—No intentes tomarme el pelo. Estoy harta. Si crees que puedes tratarme así, vas listo.

—A mí qué me dices —porfió él, despectivo.

—¿Que qué te digo? —exclamó ella desafiante—. Que si piensas seguir así, mejor será que nos divorciemos.

Los niños dormían acostados en la primera planta. Ellos conversaban en la cocina.

—Tú estás loca.

—No. Sé perfectamente lo que digo.

Francisco agitó la cabeza y entrecerró los ojos.

—Todo eso son figuraciones tuyas. ¿Quién te ha calentado la cabeza?

—¿A mí? Nadie.

El diafragma del hombre subía y bajaba cada vez más rápido.

—Tu amiga Carlota me tiene hasta los cojones.

—No metas a Carlota en esto.

Su paciencia escaseaba y tuvo que hacer esfuerzos para contenerse. Arrugó los labios despectivo y enfiló hacia la puerta.

—Me voy a la cama.

Por la mañana, al levantarse, Adriana seguía rumiando las palabras de la noche anterior. Francisco, en cambio, no sentía remordimiento alguno. Se consideraba con pleno derecho a hacer lo que hacía. Sin darle importancia, pero habiendo meditado mucho la frase, ella comentó que le gustaría hacer un viaje cuando las gemelas crecieran un poco y pudieran quedarse al cuidado de una niñera.

—¿Algún lugar en especial?

—Al Tibet.

—No está mal, aunque yo preferiría Sydney o alguna isla del Pacífico.

Adriana dudó unos segundos.

—No había pensado ir contigo.

Francisco abatió el periódico que hasta entonces le había servido de barrera.

—¿Cómo?

—Que no tengo intención de que vengas conmigo.

—Ah, no. ¿Y con quién pensabas ir, si se puede saber? —inquirió achicando los ojos.

—Con Carlota.

Por primera vez, la miró directamente a los ojos.

—No me hagas reír.

—Te hablo totalmente en serio. Es una promesa que nos hicimos hace años y...

—Me importa una mierda. Tú no vas a ningún sitio.

—Yo soy ya mayorcita y no tengo que pedirte permiso.

—Eso crees tú... —De repente, como si hubiera resuelto un jeroglífico, asintió sonriente pero sin alegría—. Ahora entiendo por qué anoche saliste con esas tonterías.

—¿Con qué tonterías?

—Con eso del divorcio.

—Mira, Paco. La cosa ya dura demasiado. Te dedicas a jugar y estás tan satisfecho de ti mismo que te consideras con derecho a comportarte de esta manera. De acuerdo. Yo también tengo mis derechos. Tengo derecho a un marido que me quiera y que me sea fiel.

—Y tú, ¿qué? —replicó Francisco, tratando de acusarla, pese a constarle que jamás le había sido infiel—. ¿Qué me dices de todos tus malditos almuerzos con Luis?

—No tengo a nadie más con quien hablar, Francisco. Has conseguido que ninguna amiga mía nos visite. Nunca es el momento de que mi familia venga a vernos. Por lo menos puedo llorar en su hombro.

—Y él se aprovecha. Sois la pareja más patética que he visto en mi vida. Recuerda bien lo que te digo, Adriana. No vas al Tibet ni a ningún sitio sin mi permiso y no se te ocurra volver a mencionar la palabra divorcio. ¿Está claro?

—Yo haré lo que me dé la gana.

Era la primera vez que Adriana le desafiaba, al menos tan abiertamente.

No le dio tiempo a terminar la frase. La mano abierta de Francisco retumbó en su cara. Antes de que tuviera tiempo de cubrirse la mejilla, la estampó de un revés contra la pared.

—Espero que esto te ayude a entender mejor las cosas.

Francisco abandonó la casa dando un portazo. Cuando regresó, una semana más tarde, Adriana ya no sabía si estaba furiosa, arrepentida de lo que le había dicho o humillada. Pero sólo quería que volviera. Intuía que habría estado en el apartamento de alguna de sus amantes. Los celos la estaban matando.

Francisco estaba encandilado con las mellizas. No eran gemelas idénticas, lo que incrementaba su encanto a los ojos del padre. A la mayor, increíblemente parecida a Adriana, le pusieron por nombre Claudia. Tenía los mismos ojos verdes, el mismo cabello rojo, las mismas facciones perfectas que su madre. Era la más reposada de las dos. Cloete, la que se había asomado al mundo nueve minutos más tarde, era más inquieta. Tenía también los ojos verdes pero, a diferencia de su hermana, era rubia. Berreaba mucho, por lo que Francisco aseguraba que se parecía a él.

—Tiene temperamento, como yo.

Como estampa familiar resultaban envidiables. Francisco era un empresario de éxito que pasaba buena parte del tiempo encaramado en aviones, saltando de un hotel de cinco estrellas a otro, permanentemente colgado del teléfono y convirtiendo en dinero todo lo que tocaba. Adriana aparecía como una madre feliz, el prototipo de la esposa satisfecha, bella, elegante, joven y rodeada de lujos y glamour. Los niños, además de guapos y sanos, se portaban admirablemente bien.

Cada cual disfrutaba a su manera. Javier, el primogénito, era tranquilo, serio y observador. Estaba muy vinculado a su madre, como si adivinara que Adriana, tras su impecable fachada, necesitaba desesperadamente afecto masculino.

La precoz seriedad del muchacho sacaba a veces de sus casillas a Francisco, quien en su fuero interno había anhelado una pequeña copia de sí mismo, un varón que reprodujera embrionariamente sus peculiaridades, manías, ambiciones y actitudes. Para compensar, proclamaba en voz alta que su preferida era Silvia, la niña.

Tras el serio altercado ocurrido poco después del nacimiento de las gemelas, Adriana pensó que Francisco se había reformado. El espejismo apenas duró un año, porque en la práctica lo único que hizo fue poner más cuidado.

Consciente de que su mujer estaba al tanto de sus andanzas, adoptó precauciones, ajustó sus horarios y hasta fue parco en la bebida. En el fondo de su corazón, Adriana sabía que el deterioro de la relación no tenía remedio, pero se negaba a admitirlo. Ella necesitaba *creer* que su matrimonio funcionaba. Como romántica impenitente que era, no podía fracasar en la gran apuesta de su vida.

—¿Te ocurre algo? —le preguntó una noche, alertada por la reiteración con que él se pinzaba la nariz.

—No. ¿Qué coño me va a pasar?

—Tienes mala cara.

Francisco ahuecó el labio inferior y exhaló un chorro de aire hacia arriba.

—Yo estoy estupendamente, pero, como siempre, tú me ves fatal.

—No he dicho eso.

—¡Me importa una mierda lo que tú digas!

Adriana cerraba los ojos para negar que su matrimonio avanzaba hacia el abismo. Hacía tiempo que había descubierto la afición de Paco a la cocaína y empezaba a sospechar que lo que había comenzado muchos años antes como un entretenimiento excitante se estaba transformando en abyecta dependencia.

De puertas afuera, la gente los seguía considerando la pareja ideal. Cuando acudían a fiestas de trabajo o reuniones de familia, siempre eran los más elegantes. Francisco no había perdido un ápice de sus dotes de embaucador y seguía teniendo muy buena facha. Todos les envidiaban. O por lo menos, aparentaban hacerlo.

Adriana carecía del valor o la desesperación suficientes para abrir su corazón y confesar sus cuitas a otra persona. Ni siquiera a su madre o a Carlota. A la primera, porque estaba convencida de que no la entendería. A la segunda, por pudor y una pizca de orgullo.

Sólo Luis, con el que comía a menudo, estaba al tanto de que el matrimonio de sus amigos no era el plácido mar de una postal del barco del amor. Pero no imaginaba hasta qué punto se había deteriorado la relación de la pareja.

Adriana, tras un interludio de natural descreimiento que se prolongó desde el final de la adolescencia hasta las vísperas del primer alumbramiento, había vuelto a rezar.

A veces coincidía con Carlota en que la gente se aferraba a la religión porque necesitaba agarrarse a algo, pero en su caso había sido diferente. Ella no retornó, porque ya no podía hacerlo, a los ritos aprendidos en la infancia, a la misa dominical, la confesión semanal o la idea agobiante del pecado.

Pero sí volvió a la iglesia, quizá porque la belleza, el silencio y la penumbra del entorno la inspiraban. Con motivo del pomposo bautizo de las mellizas había tenido ocasión de hablar con Rubén, el párroco de San Agustín, que había sustituido la vacante dejada por la muerte de su antecesor. Joven, culto y extraordinariamente observador, el cura olía a la legua a Opus Dei. Como una concesión y después de que la abuela materna de las niñas insistiera mucho, el sacerdote aceptó asistir a la fiesta posterior y allí, entre copas de cava, Coca-Colas, canapés, medias lunas y trufas de chocolate habló largo rato con Adriana.

La conversación, insustancial al inicio y reveladora después, permitió al cura captar la ardiente insatisfacción de la joven madre. Humilde, Rubén desveló que había estudiado leyes en Comillas, realizado un doctorado en Derecho Romano en Florencia y cursado Teología en Roma, donde trabajó en la curia vaticana.

—¿Anulando matrimonios? —inquirió Adriana con una pizca de curiosidad.

—Además de otras cosas.

Adriana preguntó por los casos específicos de Carolina de Mónaco y Carmen Martínez Bordiu y el sacerdote le respondió con generalidades sobre la soledad, el desencuentro y la frustración. La sintonía contribuyó a que el cura incitase a Adriana para que pasase por su parroquia.

—El templo fue construido en el siglo XIV y es digno de ver.

Adriana le preguntó dónde quedaba.

—En una callecita muy pequeña que va a dar al Jardín Botánico, detrás del Museo del Prado.

La joven comentó que mensualmente acudía al Retiro a pasear y pensar en los difuntos. Obvió mencionar el castaño para no tener que dar explicaciones.

El fin de semana siguiente, aprovechando la ausencia de Francisco y tras cumplir con el ritual del abrazo al árbol, visitó al cura. Repitió al domingo siguiente y así, poco a poco, se estableció entre ellos una peculiar relación más parecida a la de un psiquiatra y su paciente que a la de un confesor y una beata o a la de un pastor de almas y un miembro de su grey.

Adriana dudó mucho, pero un día, ansiando desesperada un consejo, intentó explicar sus problemas al sacerdote. Rubén, fiel a su función, quitó hierro al asunto predicando paciencia y aplacando el ánimo con bellas palabras.

—No te voy a decir, como hacen algunos esgrimiendo la Sagrada Escritura, que Dios pone al solitario en una familia, y que la familia surge de los lazos de sangre, la obligación, la necesidad, el deseo y, a veces, si uno tiene mucha suerte, del amor. Pero sí te digo: debes ser paciente.

—Llevo muchos años siendo paciente.

—Tienes cuatro hijos; quizá ellos merecen el sacrificio.

—Un sacrificio, sí; pero yo no tengo vocación de mártir.

Se tuteaban. El presbítero, a pesar del obligado celibato y de su calculado distanciamiento, conocía las miserias humanas. Aun así prefirió ensalzar la institución del matrimonio leyéndole un texto con voz grave, en un tono ensayado en decenas de homilías.

—«La palabra familia implica fortaleza, sólidos cimientos, lugar al que poder regresar, en el que crecer y del que alejarse; un lugar que siempre se recuerda y al que uno permanece siempre aferrado y cuyos ecos nunca se borran del oído y del corazón de uno porque las memorias están como grabadas en el marfil de un solo colmillo y delicadamente pintadas en tonos brillantes y más suaves, a veces desteñidos y tan borrosos que apenas se pueden conjurar, pero que nunca se olvidan del todo ni se dejan atrás. Es el lugar en el que uno empieza y espera terminar, aquello que más se esfuerza uno en construir por sí mismo y cuyas piezas se van elevando hacia el cielo, unas encima de otras, como los bloques de construcción de un edificio. La familia... cuántas imágenes evoca, cuántos recuerdos, cuántos sueños.»

—Bellas palabras —admitía emocionada Adriana—, pero que apenas alivian mi sufrimiento. Sobre todo cuando la familia no evoca sueños, sino pesadillas.

Una noche de setiembre, Francisco regresó a casa de madrugada, con el pelo alborotado y los ojos encendidos por el alcohol. Adriana le esperaba despierta y discutieron a voz en grito. Silvia dormía al fondo del pasillo y no escuchó nada. Las gemelas apenas tenían año y medio, pero a Javier, de sueño ligero, el alboroto le despertó.

El pequeño de cinco años no captó la complejidad del lamentable espectáculo de su padre borracho insultando y zarandeando a su madre sollozante, pero las imágenes impresionaron de forma indeleble su cerebro infantil.

Javier escuchó el ruido sordo de los puños impactando el tronco y la cara de Adriana. Lloró en silencio hasta que el crujido de un hueso resquebrajado le hizo chillar. Francisco, fuera de sí, detuvo la paliza ante la presencia de su hijo. Cogió la chaqueta y abandonó la casa.

—Mamá, mamá... contéstame.

Javier acariciaba la cara ensangrentada de Adriana, atontada por los golpes.

—Mamá... ¿qué ocurre?

Adriana estiró débil la mano, tiró de él y lo abrazó. La sangre que caía de la nariz y del labio partido manchó el hombro del pijama de Javier.

—Nada, hijo.

—¿Por qué te pegaba papá?

No contestó. Notaba la cara hinchada y apenas tenía fuerzas.

—Javier, acércame el teléfono, ¿quieres?

El niño, que moqueaba nervioso, obedeció y descolgó el portátil de la base de la mesita de noche y lo acercó a su madre, acurrucada en una esquina de la habitación.

Con evidente esfuerzo, Adriana marcó un número tumbada en el suelo, con el auricular apoyado en la moqueta. Al quinto campanillazo descolgaron.

—¿Sí...? ¿Quién es?

—Luis, necesito que vengas...

—Adriana, ¿qué pasa? ¿Ocurre algo? —Luis tardó todavía unos segundos en situarse—. ¿Estás bien?

—Ven, por favor...

Luis insistió pero ya no obtuvo respuesta. La joven había perdido el conocimiento. Tardó media hora en llegar y entró por la piscina. Al verla, su rostro se tornó pálido como la cera.

Adriana, ya consciente, tenía tumefacto el labio inferior y un corte por el que manaba despacio la sangre. Sobre el ojo comenzaba a crecerle una mancha oscura. El lateral izquierdo del rostro, desde la mejilla hasta el pelo, estaba ligeramente hinchado y presentaba un tono rojizo.

Era imposible. Luis estaba al tanto de que la relación matrimonial de sus amigos era turbulenta, pero se resistía a aceptar que Francisco hubiera podido golpear salvajemente a Adriana.

Sabía que su amigo no era un santo y le había echado muchas veces en cara sus veleidades y golferías, pero llegar al extremo de maltratar a su mujer...

—¿Te ha pegado? —le preguntó sabiendo la respuesta mientras la ayudaba a tumbarse sobre la cama.

Ella asintió.

Por la mente de Luis, como fotogramas de una vieja película, pasaron algunas de las escenas de los años pasados. Se acordó del paseo en el Retiro, de la juvenil persecución por las calles, de la insistencia desbocada de Francisco y de la forma conmovida en que hablaba de Adriana, cuando ella era solamente la bella pelirroja que deseaba y no su mujer.

—Te ayudaré a vestirte. Tenemos que ir al hospital.

Adriana miraba a Javier, que entre sus pequeñas manos encerraba los dedos de su madre.

—Despertaré a Lourenço —prosiguió Luis— para que se quede con Javier hasta que volvamos.

Ella intentó decir algo, pero apenas consiguió balbucir una frase incompleta.

En el hospital, el médico de guardia, con las radiografías del cráneo y del tórax en la mano, no terminó de creerse la versión de que se había caído por la escalera. Adriana se cerró en banda y pese a que durante el trayecto en coche Luis le había aconsejado que presentara una denuncia, persistió en la ridícula excusa.

—Afortunadamente no hay huesos rotos, tan sólo una fisura en una de las costillas —comentó el médico—. Parece que ha tenido suerte.

El doctor buscó información en la mirada de Adriana,

pero la joven tenía los ojos fijos en el suelo. Su experiencia le decía que la joven mentía, pero también sabía que era mejor no insistir.

—Los cardenales tardarán un tiempo en desaparecer. Aún oscurecerán algo más, después irán amarilleando y en dos o tres semanas desaparecerán.

—¿Y el labio? —preguntó Luis, de pie junto a Adriana.

—Si no lo toca y procura moverlo poco al comer, cicatrizará bastante bien. Quedará una pequeña marca por los puntos, pero apenas se notará.

Camino de vuelta, Adriana se negó a hablar del incidente. En el fondo pensaba que la culpa había sido suya. Podría haber esperado a la mañana para recriminar a Francisco su comportamiento como otras veces. Sin saber la razón exacta, tendía a echar sobre sus frágiles hombros el peso de la responsabilidad.

Francisco tenía mucho trabajo y era su obligación ayudarle dentro de lo posible. Era insensato intentar cambiarlo o criticar su conducta. No tenía sentido empeñarse en discutir y enrabiarle con tonterías. A partir de ahora sería más cariñosa. Pobre Francisco, se pasaba todo el día en la oficina y de viaje y luego volvía a casa y no encontraba la paz que necesitaba.

9

—¡Dios mío! ¡Dios mío! Vamos a morir. ¡Ten misericordia de nosotros!

David reconoció la voz del misionero que rezaba, pero esa frase fue la última que se oyó a través del equipo de radio.

Tres horas antes, al anochecer sobre el campo de Nyamirangwe, un enloquecido campesino había irrumpido en la pequeña clínica de campaña donde estaba operando David. El aldeano, tan nervioso que era incapaz de explicar nada coherente, había visto llegar a los milicianos y huyó hacia el poblado.

—¡Interhawe! ¡Interhawe! —repetía una y otra vez, para subrayar que los hombres armados eran miembros de las tristemente célebres bandas hutus que dos años antes exterminaron a más de medio millón de tutsis.

La enfermera dejó las gasas, las pinzas y el alcohol para hacer de intérprete. El campesino aseguraba haber oído gritos en una lengua extraña. David dedujo que se trataba de los misioneros españoles colina arriba.

—Pregúntale cuántos eran.

El aldeano farfulló con dificultad, mirándose las manos.

—Dice que doce o quince. No está seguro —tradujo la enfermera.

El campesino repitió que había observado a los milicianos avanzar en columna hacia la casita donde residían los misioneros. Una vez arriba, derribaron a patadas la frágil puerta y comenzaron el saqueo.

—Dice que intentaron arrancar el jeep, pero que no lo consiguieron.

David marcó en las teclas de la radio la frecuencia de la misión y, con el micrófono en ambas manos, comenzó a lanzar llamadas.

—Campamento a colina... campamento a colina... ¿me copias?

Pensaba desistir cuando sonó una sofocada voz, como de alguien al borde de sus fuerzas.

—¡Dios mío! ¡Dios mío! Vamos a morir. ¡Ten misericordia de nosotros!

El joven doctor quedó paralizado. Hacía dos años que vivía en Ruanda afiliado a Médicos Sin Fronteras. Desde pequeño había considerado que su labor en el mundo era ayudar a los semejantes. Por eso eligió Medicina. Por eso se había apuntado voluntario a varias Organizaciones No Gubernamentales. Muchos no le entendían, incapaces de comprender que no optase a un buen puesto en un hospital de Madrid y aspirase a montar su propia consulta. Su hermana Carlota había sido la única integrante de su familia que le había animado a hacer las Áfricas.

—Si lo que te apetece es eso, pues hazlo. No se dónde he oído que quien no es de izquierdas y solidario a los veinte años es que no tiene corazón, de la misma manera que quien no se hace de derechas y ambicioso a los cuarenta, es que no tiene cabeza.

Era el momento de Ruanda, un país verde y lleno de colinas, con una extensión similar a la de Galicia, con una población de casi ocho millones de personas y turbulento como pocos. Desde su independencia de Bélgica en 1962, raro era el año en que no ocurría una masacre. La peor, la más espantosa, la iniciada en 1994, cuando el ejército, los milicianos de Interhawe y los extremistas hutus perpetraron su gran genocidio y exterminaron a machetazos a cientos de miles de tutsis.

Unos meses después, procedentes de Uganda, perfectamente entrenados, disciplinados y pertrechados habían irrumpido en el país los guerrilleros tutsis. Muchos eran hijos de los asesinados o muchachos crecidos en los campos de refugiados del extranjero. Iban con rabia en el corazón y avanzaron imparables hasta la capital, provocando el éxodo de dos millones de hutus.

David había sido destinado a Nyamirangwe, pero existía un rosario de campamentos como aquél a lo largo de la frontera que separaba los países de la región de los Grandes Lagos. La gran ventaja de Nyamirangwe residía en los cuatro misioneros españoles. Los religiosos llevaban muchos años en África, conocían las lenguas tribales y los lugareños los amaban y respetaban.

—No creo que se atrevan a hacerles nada —masculló David—. Los de Interhawe les robarán el generador, la radio, la comida y el coche y luego se marcharán.

La enfermera, una adolescente hutu que había contemplado con sus ojos alguno de los horrores del genocidio de 1994, disentía, pero le dio la razón para tranquilizarlo. Hablaban en francés, el idioma legado por los colonizadores.

—Probablemente, pero lo mejor para usted es que se oculte aquí.

En el campamento vivían familias a las que llevaban muchos meses ayudando, alimentando, curando y educando.

—Intentaré lanzar una llamada de auxilio por la radio.

Pegado al aparato, haciendo frenéticas conexiones con otros campamentos, su labor se vio interrumpida por la visita de una comitiva. El anciano al frente tardó en hablar con una voz que parecía salir de una caverna. En un maltrecho francés explicó que traía trágicas noticias.

El viejo se volvió y señaló con el brazo a dos muchachos de piernas esqueléticas y aspecto asustado. Los chicos habían ido a la colina a recoger el ganado y al volver, como otras veces, se acercaron a la misión. Ocultos en un árbol, desde lejos, habían observado a varios hombres armados conduciendo a cuatro personas de raza blanca hacia la parte posterior de la edificación. Allí, a sangre fría, mataron a machetazos a los blancos.

—¿Está seguro de eso? —inquirió David, haciendo esfuerzos para no romper a llorar.

—Es lo que cuentan ellos —ratificó el anciano, girando la cabeza para mirar a los dos pastores.

—¿Cómo saben que los han matado?

—Lo han visto.

—Pero está muy oscuro.

El viejo asintió.

—Ellos oyeron los gritos y conocen el lugar. Aseguran que han tirado los cadáveres al foso que hay detrás de la casa.

—¿Qué foso?

—El que usaban los misioneros para echar los excrementos.

La lógica le decía que huyera, pero David carecía de vehículo y de fuerzas para escapar. Se acordó de su mujer, sin saber por qué. En realidad sí lo sabía: Natasha estaba muerta. Eso había ocurrido poco antes de tomar la decisión de partir hacia África y dedicar su existencia a la solidaridad con otros seres humanos.

Había sido feliz con Natasha. Había amado locamente su perfección física y mental. De cuerpo firme regido por una disciplina de hierro, la conoció en casa de una amiga común aficionada al ballet.

Natasha era descendiente de unos emigrados rusos llegados a París en los años veinte huyendo de Lenin y de los bolcheviques. En realidad era francesa, pero se sentía orgullosa de sus raíces y quizá por ello, además de ir al Liceo y hacer como todas el preceptivo bachillerato, se había matriculado en la escuela del Ballet Ruso de París.

Cuando David se cruzó con ella por primera vez, Natasha llevaba el cabello rubio tan estirado hacia atrás que parecía pintado. Lo que más sedujo al médico fueron aquellos ojos eslavos, color caramelo y ligeramente oblicuos. Fue ella misma quien le contó que también había estado con el American Ballet Theater. En aquellos días pertenecía al plantel del Ballet Nacional y cuando se casaron todo indicaba que no tardaría en convertirse en la primera bailarina del grupo. Tenía una prometedora carrera por delante hasta...

La tenebrosa voz del anciano sacó a David de sus ensoñaciones.

—Quédese aquí dentro y no salga.

David preguntó qué ocurría y el octogenario respondió que los milicianos habían entrado en el poblado. El joven médico sintió cómo un escalofrío le recorría la columna vertebral. El miedo secó su lengua como yesca.

—¿Usted cree que vienen a matarme?

—No sé —confesó el anciano, incapaz de mentir.

David tragó saliva con dificultad. Hasta entonces desconocía que el terror se enrosca en las tripas cortando la respiración y hasta el pensamiento. En aquel instante, cuando se aproximaba la hora de la verdad, se daba cuenta de que la muerte no se iba a presentar arropada en gloria y dignidad. Antes de partir hacia África había sopesado la posibilidad de sufrir un destino trágico, pero jamás previó que pudiera tener un fin tan miserable, en medio del barro, solo y asustado y que su cuerpo terminaría junto a los misioneros en una zanja repleta de detritos.

Si los milicianos venían a pie, tardarían en llegar. Hizo un esfuerzo para sobreponerse y decidió que si había de morir, lo haría en su puesto, en pie, trabajando como médico. Ordenó a la enfermera que se preparara, se enfundó los guantes quirúrgicos, se puso la mascarilla y reanudó la operación.

Mientras suturaba el vientre al muchacho a quien había extirpado el apéndice, le dio vueltas a la cabeza. Se aferró a la idea de que había sobrevivido a otros peligros e intentó resistir la pesadumbre. Era inevitable la autoconmiseración y mientras cosía y daba pinceladas de tintura de yodo, se preguntó varias veces por qué.

Los bandidos de Interhawe aparecieron embutidos en las pertenencias de los misioneros. Uno de ellos, el que parecía el jefe, llevaba puestas las gafas de sol que David recordaba haber visto en alguna ocasión al padre cuya voz reconoció en la radio. Venían eufóricos, satisfechos del bestial crimen que acababan de cometer y sedientos de sangre, pero necesitaban a un médico.

—¡Musungu! Tú te vienes con nosotros.

El de las gafas de sol acompañó la orden con un expresivo movimiento de fusil. David escuchaba a menudo la palabra «musungu». Los niños del campo se referían siempre a él con ese término, que servía en la región de los Grandes Lagos para denominar a cualquier persona de raza blanca.

—Recoge tu equipo y todas las medicinas. Apresúrate.

Tenían miedo de que el ejército ruandés apareciera en cualquier instante y querían ponerse en camino antes de que clarease el día. En la selva, ya muy dentro del Congo, contaban con un campamento. Uno de sus camaradas, el hijo de un importante jefe tribal, había resultado herido en una escaramuza con los exploradores tutsis y querían que el médico blanco lo curase.

—La enfermera también viene —dijo el de las gafas de sol, sonriendo con fiereza—. Tu vida dependerá de la de nuestro amigo. Si él vive, tú vives; si muere, tú mueres.

Nyamirangwe, enclavado en una colina, distaba una veintena de kilómetros del puerto lacustre de Bukavu. Cuando David arribó allí, albergaba a unas diez mil familias y era un lugar casi apacible, sin armas de fuego, ni milicias o crímenes tribales.

Los religiosos, que habitaban en la comarca desde muchos años antes, ampliaron la escuela situada en la cima de una loma contigua y abrieron sus puertas a los niños refugiados. También habían instalado una clínica en el campo, pero ninguno de ellos era doctor y por eso pidieron a Médicos Sin Fronteras que enviara a uno de los suyos.

—¿Y los misioneros? —inquirió David, reuniendo en su pecho los últimos restos de coraje.

—Durmiendo —contestó el jefe de la banda, soltando una estruendosa carcajada coreada por sus acompañantes.

—¿Están bien? —insistió David.

—No —sentenció el miliciano, en un tono y con un ademán que no permitía seguir indagando.

El jefe de la cuadrilla se enfundó la cazadora de cuero de David y registró los cajones. Agitó satisfecho la cabeza cuando encontró la cámara fotográfica del médico y su transistor de onda corta.

Carlota detuvo el coche a la entrada del chalet de La Moraleja y sin preocuparse de quitar las llaves de contacto, saltó a tierra. Entró en la casa dando alaridos.

—¡Adriana! ¡Adriana!

Estaba tan excitada que no sabía si subir a la carrera al primer piso o correr hacia el jardín.

—¡Adriana! ¡Adriana!

Una cabellera pelirroja asomó en lo alto de la escalera.

—¿Qué ocurre, Carlota?

—¡Lo han liberado!

Hubo un momento de estupor, en el que ninguna de las dos amigas hizo nada.

—¡Lo han liberado! ¡Han soltado a David!

Adriana juntó ambas manos frente al pecho, como si rezara, y miró al techo.

—¡Gracias a Dios!

Inmediatamente, saltando de dos en dos los escalones, bajó al vestíbulo y se fundió en un abrazo con Carlota.

—¿Cuándo ha sido?

—No lo sé, pero no hace mucho.

Adriana se separó, para verla mejor.

—¿Cómo te has enterado? Dime.

Carlota sopló hacia el flequillo y se relajó. Llevaba tantas horas en tensión, implorando en silencio que no le ocurriera nada malo a su hermano...

—Hace un rato nos ha llamado el ministro de Exteriores para comunicárnoslo.

—¿El ministro?

Carlota asintió con la cabeza.

—Bueno, primero llamó un secretario para anunciar que el ministro tenía que decirnos algo muy importante y después se puso él. Es un tío educadísimo.

—¿Y qué os dijo?

—Que David estaba ya en libertad, que el embajador en Tanzania había ido personalmente a recogerlo a la frontera y que esta noche dormiría en el hotel Mil Colinas de Kigali.

—¿Está bien?

—¿El qué? ¿El hotel?

—No bromees, Carlota. ¿Cómo está David?

—Por lo visto ha perdido algo de peso, pero se encuentra perfectamente. Mañana mismo lo meterán en un avión y pasado lo tenemos aquí, vivito y coleando.

—¡Bravo! —chilló Adriana.

La pelirroja se volvió hacia el mayordomo, quien había seguido toda la escena plantado como una estatua de cera en una esquina y le ordenó que fuera a buscar champán.

—Hoy es un gran día y vamos a celebrarlo.

Unos minutos después, cuando ambas amigas estaban

en el salón y habían dado ya buena cuenta del contenido de la primera botella, Javier asomó su cabecita por el hueco de la puerta.

—¿De quién es el cumpleaños, mamá?

Adriana y Carlota se rieron al unísono.

—De nadie.

—¿Y entonces por qué brindáis?

Las dos amigas reanudaron la carcajada.

—Ven para acá, anda.

El niño se acercó despacio, contando cada paso y se paró a dos metros de distancia. Adriana estiró los brazos y le instó a aproximarse. Le sujetó la cara entre sus manos, le besó en la frente y le dijo:

—Han soltado a David, al hermano de Carlota.

—¿Estaba en la cárcel?

Carlota se atragantó de la risa, sintiendo cómo el champán le subía hacia la nariz.

—Más o menos.

—No le digas esas cosas al niño, que después las repite —le reconvino Adriana—. Estaba en África, curando gente y lo cogieron prisionero unos salvajes, unos hombres muy malos.

Lourenço irrumpió en la sala anunciando que el presentador del telediario había dicho que cerrarían el informativo con una entrevista con el médico español secuestrado en Ruanda.

Adriana soltó al niño y buscó afanosamente el mando a distancia.

—Como nunca vemos la televisión aquí, no sé ni dónde se guarda.

Al final lo encontró y cuando conectó el aparato, el locutor leía la entradilla que precedía a la entrevista.

«Tras un mes de incertidumbre sobre el paradero del médico español secuestrado en Ruanda por grupos paramilitares hutus, esta mañana ha sido liberado...»

Francisco regresó al final de la tarde, pero en lugar de quedarse, se cambió de ropa embutiéndose en un elegante traje azul, se puso sus mejores gemelos y anunció que salía a cenar. Le centelleaban los ojos y Adriana pensó que debía ser la cocaína, porque no olía a alcohol. Estaba alterado, rebosante de energía.

—No me esperes despierta.

—¿Vas a venir muy tarde?

—Creo que sí.

Ella cabeceó dudando si le convenía indagar más a fondo.

—¿Con quién es la cena?

—Un asunto de trabajo. Ya sabes.

Adriana lucía una blusa blanca y llevaba el cabello recogido hacia arriba, lo que destacaba el perfecto óvalo de su cara. Se sentía más guapa que otras veces, pero él no parecía darse cuenta. En realidad no le importaba.

—Por mí no te preocupes —musitó la mujer, intentando ocultar su disgusto—. Que lo pases bien.

Dormían desde hacía tiempo en habitaciones separadas pero Francisco sabía que había muchas posibilidades de que la lámpara de la mesilla de su mujer estuviera encendida y que ella permaneciera despierta cuando él regresara esa madrugada. Hasta era probable que la puerta estuviera entreabierta. Ella todavía no había perdido la esperanza.

En esos casos, si no retornaba muy colgado o saciado de sexo, se permitía el lujo de tocar con los nudillos en la hoja de madera y entraba a visitarla. Ya antes del nacimiento de las gemelas, alegando que llegaba muchas noches tarde y prefería no despertarla, Francisco había impuesto la costumbre de dormir en habitaciones separadas.

—Así descansas mejor y no te molesto.

—No me molestas —había argumentado ella.

—Es mejor —insistió el marido—. Incluso para mí. Últimamente me cuesta conciliar el sueño.

En el cuarto contiguo hizo instalar una cama a su medida. Al principio la utilizaba cuando trasnochaba y poco a poco pasó a hacerse cotidiano. A él le resultaba cómodo.

Adriana protestó tímidamente. No era una mujer clásica, condicionada por la experiencia de haber visto siempre a sus padres compartir el lecho matrimonial e incluso el cuarto de baño, pero no le parecía correcto. No sabía el porqué, pero tenía la sensación de que equivalía a admitir que ya no se querían como antes.

Porfió con dulzura pero, al comprobar que él no daba su brazo a torcer, claudicó. No era la primera vez que cedía y no sería la última. Llena de buena voluntad y aferrándose a un clavo ardiendo, perseveró en su papel de esposa fiel y dedicada. Trató incluso de engañarse: todo iba perfectamente y su marido seguía queriéndola. En algún lugar había leído que las parejas sufrían crisis cada siete años y ellos debían estar en una de esas fases. Le ocurría a todo el mundo.

Francisco se mostró inflexible. Al principio se justificó alegando que necesitaba tener su propio espacio y disfrutar de cierta intimidad. Después, ni se molestó en dar explicaciones. Verla embarazada la hacía poco atractiva y él imponía siempre su criterio. En casa y fuera de ella.

No era ese rasgo casi esquizoide el principal defecto de Francisco. Tenía muchas otras manías, aunque se tardase en descubrirlas. Adriana intentó hacer de tripas corazón y hasta se culpó, convencida de que su enorme panza, la gordura y sus molestias eran sólo algo pasajero y que él, cuando todo eso desapareciera, la volvería a mirar con los mismos ojos.

Los respectivos dormitorios se comunicaban por una puerta que ninguno de los dos cerraba con llave y que el hombre atravesaba con una frecuencia cada vez menor. Las raras veces que lo hacía, tomaba y dejaba a Adriana con rapidez, sin preámbulos ni romanticismo, despreocupado de los sentimientos de ella.

Había cambiado mucho en el sexo. Adriana tenía la impresión de que Francisco sólo se excitaba si había algo de violencia en la relación. Jamás decía su nombre o la miraba a la cara. Le gustaba jugar a amenazarla y provocar en ella un conato de resistencia. Esas maniobras estimulaban su corrompida libido. Después, actuaba con maneras de violador.

Hasta entonces, lo único que sabía es que había tenido aventuras. Durante el embarazo de las gemelas comenzó a cuajar en su cerebro la emponzoñada idea de que había otras mujeres en su existencia. Se lo decía el instinto.

Antes de casarse había alimentado ambiciones y soñado con un brillante futuro profesional. Ahora, la razón de su existencia, la compensación a todas las desdichas y la cortina de humo que lo tapaba todo, eran los niños. Vivía para Javier, Silvia, Claudia y Cloete, encerrada en su propia tragedia, consumida por sentimientos contradictorios.

Utilizaba a Luis como paño de lágrimas y hasta había confiado un poco en el padre Rubén, pero eso no era una solución. Ni siquiera se atrevía a confiar de verdad en Carlota. Su matrimonio se había tornado tan patético que le daba vergüenza que se supiera. Una vía de escape, insuficiente y ridícula, consistía en ir de compras y derrochar dinero a espuertas en las mejores tiendas de Madrid.

Algunos días, cuando se dejaba embargar por la tristeza, sentía que hasta el aire le quemaba los pulmones. Se asfixiaba en aquella casa, que él financiaba como si fuera una jaula de oro y en la que ella se sentía prisionera de sus propios miedos y fantasmas. Recordar su etapa de estudiante soltera le producía vértigo y pensar en el futuro la angustiaba.

Desde niña había dormido como una bendita, pero empezó a sufrir insomnio. Sola en su cuarto, sabiendo que él estaba en la calle y quizá con otras, se arrebujaba entre las sábanas. Cerraba los ojos e intentaba desesperadamente conciliar el sueño, pero su cerebro se negaba a dejarse engañar. Hubo muchas noches, antes y después de dar a luz a las mellizas, en que permaneció con los ojos abiertos escuchando los latidos de su corazón y el murmullo del viento o los motores de los coches hasta el amanecer.

Otras veces se dormía y despertaba de repente con la certidumbre de que se partiría en dos, segura de que el dolor se la comería de golpe. Y sin embargo, todas las mañanas se levantaba, hacía el supremo esfuerzo de arreglarse ante el espejo, intentaba parecer bella y feliz, y salía al encuentro de los demás con una sonrisa.

Cuando las gemelas ya tenían un año y viendo que su relación con Francisco se precipitaba cuesta abajo, comenzó a salir un poco. Nunca cuando su marido estaba en Madrid, sino aprovechando sus largas y continuas ausencias. En esas ocasiones, siempre por la tarde, acudía al bar de su hermano Jaime. Allí, en medio del bullicio, rodeada de estudiantes y con un par de copas, sentía la sensación de recuperar por unas horas parte de la adolescencia perdida la noche de bodas.

Jaime era el bohemio de la familia. Como un ritual, cada año se matriculaba en Económicas para satisfacer las demandas paternas, pero en realidad se dedicaba a la vida fácil y apenas dedicaba un minuto al estudio. Era un rebelde y se planteaba la vida con la algodonosa inconsciencia de quien sabe que su destino sólo le traerá parabienes.

Le fascinaba la noche y su mundo. Era un pájaro noctámbulo, lo que no dejaba de ser una incongruencia. De niño, a Jaime le daba miedo la oscuridad. Creían sus hermanas que porque en lo oscuro no se puede ver nada, pero la razón de su miedo era exactamente la contraria: él en lo oscuro lo veía todo. De lo oscuro salían arañas y vampiros gigantes, pesadillas extrañas y pensamientos impúdicos.

Fue Adriana quien descubrió la temprana homosexualidad de Jaime. Fue ella, como hermana mayor, quien le guió por el difícil camino de la aceptación de la familia y del entorno. Su madre, María Luisa, terminó por entenderlo, pero don Emilio evitaba el tema como si no aceptar algo lo hiciera desaparecer.

Sus inclinaciones sexuales contribuyeron a que Jaime abandonara temprano la casa familiar, antes incluso que Gloria. Las ganancias del bar de copas le permitían mantener un pequeño apartamento de soltero.

Tras unas cuantas experiencias tórridas, iniciadas durante sus estancias veraniegas en Gran Bretaña, conoció a su gran amor. Raúl, a diferencia de los ligues de verano, poseía la estabilidad y la calma que proporcionan la edad y la experiencia. Trabajaba como director de una sucursal de banco y le dio a Jaime la estabilidad que ansiaba.

De la misma forma que parecía el paradigma de la corrección y la templanza cuando se le veía en el banco, al salir, cuando se despojaba del traje, la corbata y los temores burgueses, se transformaba en un torbellino irresistible de pasión.

Mayor que Jaime, aportaba a la relación la madurez, la cordura y el peso que le faltaban al hermano de Adriana. Además se cuidaba físicamente en el gimnasio y en la alimentación. La naturaleza le había dotado de una sonrisa blanca y cautivadora. Una sonrisa que creaba hoyuelos en sus mejillas y daba la impresión de que te conocía de toda la vida.

Al principio, por la diferencia de edad, Adriana se opuso temiendo que Raúl hiciera sufrir a Jaime como Francisco le hacía sufrir a ella. Después, cuando lo fue conociendo y vio lo feliz que era su hermano, le cogió cariño. Algunas noches entre semana, cuando el bar de copas cerraba pronto, Adriana ayudaba a Raúl a hacer la caja mientras Jaime rellenaba las neveras y barría el suelo. Luego tomaban algo en un local cercano de música acogedora antes de volver a casa en coche.

Mientras rodaban despacio por la Ciudad Universitaria entablaban esas conversaciones que en el papel no tienen sentido, que es imposible reproducir y que ni siquiera recuerdan con nitidez sus protagonistas, pero en las que se desnuda el alma. No se decían nada aparentemente relevante, porque los sonidos, el timbre y la tonalidad, sustituían con perfección el contenido de las palabras. El sufrimiento de Jaime y Adriana, aunque cada uno por distintos motivos, había acercado sus almas como el imán atrae el hierro.

Fue en una de esas ocasiones cuando se lo confesó.

—Mi matrimonio es un infierno.

10

El secretario judicial, un hombre de perímetro generoso y cabello ralo, saludó cordial a Marisol Duarte.

—Buenos días, letrada.

—Buenos días, Sebastián —correspondió la mujer entregándole un vaso de plástico con chocolate caliente procedente de la máquina del pasillo.

—Muchas gracias.

—De nada. ¿Cómo está hoy su señoría?

Sebastián hojeó la planificación matutina del Juzgado de Instrucción número 43 de plaza Castilla.

—Repleto, pero te puedo hacer un hueco.

—No sabes cómo te lo agradezco. Tengo fuera un caso que requiere la máxima urgencia.

—¿De qué va?

—Violencia doméstica.

—Ya. ¿Y es grave?

Marisol bufó expresiva.

—Lo más terrible es la edad de ella e imaginar lo que debe haber sido su existencia.

Diez minutos más tarde, la juez, una joven recién casada, tomaba declaración a la mujer en presencia de Marisol, del secretario judicial y de una oficial del juzgado quien, sin levantar la cabeza ni mover otra cosa que los dedos, transcribía diligente en el ordenador las preguntas y respuestas.

La deposición se prolongó dos horas y los hechos de la querella quedaron finalmente como sigue:

«María García Molina, de 65 años y natural de Granollers, Barcelona, conoció al que sería su marido en un baile. Tenía entonces quince años y se había desplazado desde Badajoz, donde vivía con sus padres, a Cáceres, para pasar unos días con unos amigos de la familia. Él trabajaba en Barcelona desde hacía algún tiempo y había vuelto a su lugar de nacimiento para cumplir el servicio militar. Pasaron dos años entre que acabó la mili y volvió a su trabajo, durante los que casi no se vieron pero mantuvieron correspondencia. Cuando él se vio solo en Barcelona, pidió a María en matrimonio. Ella, con quince años de edad, aceptó a pesar de no estar enamorada de él. Era una buena oportunidad para alejarse de una madre que la reprimía y no la dejaba salir.

»El día de la boda, la madrina de María le explicó lo que pasaría esa noche. Ella era una niña ingenua que siempre había estado pegada a las faldas de su madre. Se asustó. Al llegar al hotel después de la ceremonia, se encerró en el cuarto de baño sin atreverse a salir. Asustada por los puñetazos que su marido daba a la puerta por fin abrió y se sentó en un sillón de la habitación. Le explicó que tuviera paciencia e intentó que comprendiera su pánico. Él la cogió con fuerza del brazo arrastrándola hasta la cama, le dio dos bofetadas y la violó siete veces seguidas.

»Al día siguiente entró en casa de sus padres llorando y con mucho dolor, pero no dijo nada, sólo que no se encontraba bien. Pasaron dos semanas en casa de los padres y llegado el momento de marchar a Barcelona, María se dio cuenta del lío en que se había metido. Cuando él la veía llorar la insultaba y le decía que no se quería ir porque estaba enamorada de su padre.

»Al llegar a Barcelona, María ya estaba embarazada. Su marido se iba a trabajar a las seis de la mañana y regresaba a las doce de la noche. Las doscientas pesetas que le dejaba por las mañanas apenas daban para comprar patatas y pan. Por si fuera poco, María tuvo un embarazo horroroso, vomitaba todo el día y no comía nada. Si le pedía que regresara pronto para no estar sola, le gritaba diciéndole que si no estaba contenta que cogiera la maleta y se marchara.

»La primera Navidad de casados, María arregló una bonita mesa con velas y preparó una buena cena. Su marido no llegaba y se quedó dormida en el sofá. Apareció a las dos de la madrugada y cuando le preguntó de dónde venía, la insultó y le dio una paliza. Luego, cenó tranquilamente y sin la mínima consideración por la paliza previa o por el embarazo, la violó.

»María, tímida y sumisa, apenas abría la boca para no ofenderle. En la casa se hacía lo que él quería. Una noche en la que estaba el hermano de María cenando en casa, ella preguntó si preferían arroz o patatas. El marido no contestó y entonces el hermano optó por el arroz. Después de cenar, el marido llevó a casa al hermano. Al regresar le dijo a María: "Con que arroz. Voy a matarte hija de la gran puta." Le dio una paliza brutal. La vecina oyó los golpes y llamó a la puerta, pero él no dejó que la abriera.

»María aguantó con él cuarenta años y tuvo cinco hijos. En muchas ocasiones pensó abandonarle, pero no lo hizo por su madre, una persona muy religiosa. Hace cuatro años, tras estar ingresada en cuidados intensivos a causa de otra paliza, María pidió la separación. "Estaba planchando y se me cayó la ropa. Al agacharme para recogerla, él vino por detrás y me atizó con la plancha en la cabeza. Caí desmayada y me pateó la cara hasta romperme todos los dientes. Luego me tiró escaleras abajo para que pareciera un accidente y se acostó. Una vecina y uno de los hijos me llevaron al hospital. Cuando conté a la policía lo que había pasado fueron a la casa y encontraron sangre en la plancha. Pedí la separación." La Guardia Civil le obligó a dejar la casa.

»Tras la separación todo pareció solucionarse. Pero desde hace unos meses, él ha vuelto a hacerle la vida imposible. Llama por las noches, la insulta y la amenaza de muerte. Ella lo ha soportado todo hasta que ayer por la mañana intentó matarla atropellándola. Afortunadamente pudo escudarse tras un autobús. Tiene miedo de que vuelva a intentarlo.»

—Lea esto despacio y, si está de acuerdo, firme aquí. Y no se preocupe, que lo peor ya ha pasado.

María García Molina, la esposa maltratada, firmó el escrito y abandonó el edificio agradecida por las palabras de consuelo de Sebastián. La abogada la acompañó hasta la salida y se despidió con un apretón de manos. Luego subió de nuevo al juzgado.

Al verla entrar, el secretario judicial la miró sonriente.

—¿Tienes tiempo para que tomemos algo por aquí cerca? —preguntó Marisol.

—¿Me estás hablando de picar algo o de comer?

Marisol miró el reloj de pulsera y bamboleó la cabeza un instante.

—Había pensado en una caña, pero si me dejas hacer una llamada te invito a comer.

El secretario le cedió el teléfono. Minutos después paseaban por Bravo Murillo hasta una tasca muy popular entre los funcionarios. Él escogió lentejas con chorizo y filete empanado con patatas del menú. Ella optó por una ensalada verde y trucha en escabeche.

En su estado natural, la piel del rostro de Sebastián era rojiza y en cuanto bebía un par de vasos de vino adquiría un tono bermellón exagerado. Para colmo, el secretario tenía unos rasgos que parecían dibujados a golpes de hacha. Detrás de esa tosca fachada se escondían un espíritu sensible, una notable inteligencia, un cerebro ágil y un sentido del humor envidiable.

—¿Qué tal te van las cosas? —preguntó el secretario judicial.

—Encantada y aterrada, a la vez.

—¿Y eso?

—Encantada porque estoy ayudando a muchas mujeres maltratadas y aterrada por la brutalidad de la violencia doméstica.

—Lo que me gustaría saber —preguntó Sebastián con genuina curiosidad— es si siempre ha habido malos tratos o se trata de un fenómeno nuevo.

Marisol bebió un sorbo del contenido de su vaso y rellenó el de su amigo antes de responder.

—Está en la naturaleza humana. La diferencia es que antes no se decía y las víctimas cargaban con el suplicio hasta la tumba.

—Es horrible que un marido pegue a su mujer.

—Te sorprendería lo extendido que está. Ahora por lo menos hay muchas mujeres que se atreven a denunciar los hechos. Aunque algunas —dijo, refiriéndose a la que acababa de presentar la querella— necesiten décadas.

El secretario alabó el papel que estaban desempeñando varias organizaciones altruistas en defensa de la mujer. El camarero recogió los platos y Sebastián escogió natillas. Ella optó por un café solo.

Marisol Duarte había entrado en el departamento jurídico de La Paz tras finalizar sus estudios de Derecho. Fue allí donde conoció a su marido, un traumatólogo divorciado con un hijo pequeño. Se casaron tras cuatro años de noviazgo y habían tenido una hija.

Eran un matrimonio feliz, «como todos», pensaba ella. Fue su esposo, impecable en la relación con ella, quien le abrió los ojos a la realidad de los malos tratos. El doctor atendía demasiadas *caídas* accidentales, demasiados accidentes domésticos y resbalones en escaleras de mujeres que, asustadas, no se atrevían a denunciar el verdadero origen de sus magulladuras, cardenales y huesos rotos.

La situación conmovió tanto a Marisol que dejó su trabajo en el hospital para unirse a una incipiente asociación vecinal que trataba de luchar contra la tortura física y psíquica ejercida en el secreto y supuestamente inaccesible marco del hogar.

En poco tiempo pasó a ser su presidenta y con mucho trabajo y dedicación había convertido la pequeña asociación en una ONG de ámbito nacional.

María García Molina era para ella un caso doloroso, pero sólo uno más de los muchos que pasaban por sus manos. El almuerzo con el secretario del juzgado le daba la ocasión de poner al día sus conocimientos y no dejó escapar la oportunidad. Antes de que les sirvieran los cafés, preguntó:

—¿Tienes datos de este año?

Sebastián se limpió la boca con la servilleta.

—Está habiendo menos muertes pero más denuncias.

—¿Cuántas?

—¿El qué? ¿Muertes o denuncias?

—Ambas.

—No recuerdo las cifras exactas, pero el año pasado hubo noventa y tantas y este año, a falta de tres meses para fin de año, vamos por veinticinco.

—Siguen siendo muchas.

—Demasiadas. Las denuncias, en cambio, se han disparado. Ya hemos superado las quince mil.

—¿En serio?

—Sí. Hay una conciencia social que está ayudando mucho. Los medios de comunicación se hacen eco de muchos casos. La televisión también está consiguiendo que las mujeres maltratadas hablen en voz alta.

Marisol se sirvió agua y bebió despacio, aprovechando el intervalo para elegir cuidadosamente las palabras.

—Hay una barrera psicológica que muchas son incapaces de salvar —explicó con tono profesoral, como si diera una conferencia a un auditorio numeroso en lugar de estar hablando con un único interlocutor, que para mayor inri no necesitaba ser convencido de tesis alguna—. He comprobado que muchas de estas mujeres se autoinculpan por lo que les ocurre. La desventurada María es un paradigma: aguantó cuarenta años al energúmeno de su marido que la había violado ¡siete veces! la misma noche de bodas. Ni siquiera llegó a disfrutar la luna de miel. Antes de empezar ya la zurraba. Y ahora el perturbado intenta matarla.

El secretario meneó su enorme cabezota con la pachorra y la parsimonia de un buey.

—A mí me duele decirlo, pero estamos luchando contra un machismo arraigado durante siglos.

—Eso explica algunas conductas, pero no puede servir de justificación ni de atenuante.

—Estoy de acuerdo contigo —admitió Sebastián.

Al ver que se acercaba el camarero con los cafés, guardó silencio. En seguida, mientras revolvía con esmero tres azucarillos en la taza, reanudó su disertación.

—Hasta la reforma del Código Penal de 1963, el hombre que pillaba a su mujer en la cama con otro y los mataba quedaba absuelto de homicidio. La ley consideraba que era lo menos que podía hacer.

—Sí, lo sé. Fue una de las cosas que más me impresionaron en la facultad.

—Y lo tremendo es que, cuando era el revés, si por una remota casualidad la mujer pillaba al marido en adulterio y lo envenenaba con matarratas o le cortaba el gaznate aprovechando que estaba bebido, a ella la metían treinta años a la sombra por homicidio.

—¡Qué país!

Sebastián alzó el brazo para llamar la atención del camarero y pidió un flan con nata.

—¿Tú no quieres nada? —preguntó a Marisol, con la mala conciencia que se apodera de los tragones cuando descubren que todos los demás han cesado de comer y ellos siguen devorando.

—Otro café.

Era un experto en el tema, había sido testigo de muchas cosas y le apasionaba hablar. Contó un par de chascarrillos y recordó que hasta 1982 ni la ley ni los jueces dispensaban especial atención a los delitos sexuales.

—A quien se le diga que hasta ese año no se consideraba violación la penetración anal o la bucal... —masculló Marisol.

—Eso está cambiando y bastante rápido.

—Será en tu juzgado, porque hay cada sentencia por ahí... No sé si te acuerdas de ese juez según el cual el que la víctima llevara minifalda casi equivalía a ir pidiendo que la violasen. Hay ocasiones en que este maldito mundo y sus habitantes me crispan los nervios.

—Bueno, cambiemos de tema —cortó el secretario—. ¿Cuándo vas a dejar a tu marido?

Marisol sonrió halagada. La envanecía que Sebastián flirteara con ella.

—Estoy esperando a que tú abandones a tu esposa para fugarnos a una isla desierta.

—Eso está hecho —aseveró Sebastián abriendo con desmesura los ojos y picando los labios.

Los dos rieron abiertamente.

11

Los fotógrafos dispararon a diestro y siniestro sus flashes tan pronto como David brotó de la puerta corredera del aeropuerto de Barajas. El enjambre de periodistas, unos grabadora en mano y otros cámara al hombro, rodeó a su presa. Se atropellaban unos a otros, soltando preguntas como ametralladoras y repartiendo codazos como fans en un concierto.

A Carlota le costó Dios y ayuda abrirse paso entre el tumulto, pero si algo le sobraba era decisión.

—¡David!

Los hermanos se abrazaron con lágrimas en los ojos. El portavoz de Médicos Sin Fronteras pidió a los informadores un poco de tranquilidad y les convocó a una rueda de prensa en la sede de la ONG a primera hora de la tarde.

No tuvo éxito y hasta que los reporteros no consideraron que habían sacado todo lo extraíble del médico secuestrado en Ruanda, no dejaron escapar a su presa. Adriana, que había llevado a Carlota al aeropuerto y asistido a la escena recluida en una esquina, no se hizo notar. Esperó a que concluyera el torbellino y sólo entonces, con discreción, se acercó al grupo.

—¿Te acuerdas de mí?

David abrió dos ojos como platos y extendió los brazos.

—¡Cómo no me voy a acordar de la chica más atractiva de la pandilla de mi hermana!

Se abrazaron un instante y ella le besó en las mejillas.

—Estás muy delgado.

—Y tú muy guapa. ¿Cómo te va?

Adriana encogió los hombros y estiró los labios en un intento de sonrisa, que apenas llegó a concretarse. Tenía uno de sus días bajos.

—Me casé...

—¿Y...?

Ella se sobrepuso, consciente de que había bastante gente alrededor y no era ni el momento ni el lugar de entonar lamentos.

—Bueno... tengo cuatro hijos preciosos.

—¿Cuatro? —David abrió la boca, exagerando su asombro.

—Sí.

—¡No es posible!

—Lo es. El tiempo pasa muy rápido y yo me casé muy joven.

Había cierta tristeza en su voz que no pasó desapercibida a David.

—Sigues muy joven —afirmó galante el hombre.

Ella hizo un floreo con la mano, como quien espanta una mosca.

—Basta ya de hablar de mí, que aquí la estrella eres tú. Has tenido que pasar un miedo horrible.

—Eso, eso —terció Carlota—, cuéntanos cómo ha sido...

—Ya tendrá tiempo —intervino la madre tomándole del brazo—; ahora lo que necesita es descansar y alimentarse bien. Vamos para casa.

¿Qué había pasado con los años? Navegaron veloces por su piel, como las aguas fluyen bajo el puente. Las vivencias de los últimos dieciocho años se habían evaporado sin que Adriana supiera cómo. Le faltaban unos meses para cumplir cuarenta años y se sentía como una vieja. El espejo le decía lo contrario, devolviéndole el reflejo de una mujer bella y sensual; pero su cerebro sentía lo contrario.

Sus hijos tenían esa edad en la que o se han despegado ya de los lazos maternales, como Javier que estaba estudiando COU en Estados Unidos, o empezaban a volar libres. Silvia, en plena adolescencia, prefería la compañía de sus amigas quinceañeras a la de su familia y no paraba en casa. Las gemelas, de once años, también iban a lo suyo y aprovechaban las fisuras familiares para sacar partido.

La familia, qué gracia, pensaba Adriana. Se acordó de las bellas palabras de un profesor de la facultad: «Pensar es luchar por el orden y a la vez por la comprensión. No debéis dejar de pensar demasiado pronto, o no llegaréis a saber todo lo que debierais; no debéis prolongarlo interminablemente, u os agotaréis. Éste es el dilema que hace de la reflexión, en los raros momentos en que se desenvuelve con más o menos éxito, el esfuerzo más apasionante de que es capaz el ser humano.»

Pensar, poner orden, comprender. Ojalá ella pudiera ordenar su vida. ¿Qué había ocurrido durante todo aquel tiempo? Francisco seguía maltratándola, pero aunque el abuso físico había decrecido, se había agudizado la presión psicológica. Frases como «estás loca», «deberías ir al psiquiatra», «eres una neurótica», «estás enferma», «eres una fracasada», «estás mal de la cabeza», «eres una mala madre» se colaban como afiladas agujas en toda conversación, por inocua, distante o superficial que fuera.

Francisco tenía ya 56 años pero, asombrosamente, se conservaba lozano y en plena forma. Con bastante humor negro y comparándose con algunos de sus compañeros de promoción, quienes a su lado parecían auténticos abueletes, Francisco atribuía su buen estado de conservación a la «mala leche» que llevaba dentro.

—Siempre se ha dicho que mala hierba nunca muere —afirmaba socarrón—, pero yo soy la prueba evidente de que hay que cambiar el refrán y empezar a decir que mala hierba no envejece.

Los hijos, por los que Adriana tanto se había sacrificado, que habían sido la excusa que justificaba todas las claudicaciones y renuncias, tampoco se perfilaban como una fuente futura de satisfacciones. Estaba orgullosa de ellos, pero a la hora de la verdad, aunque fueran sangre de su sangre y carne de su carne, también tenían mucho del padre. Hay edades en las que no existe sentimiento más movilizador que el egoísmo y Javier había llegado a una de ellas.

El muchacho, tan parecido física y psicológicamente a ella, había terminado aliándose con su padre. Era una cuestión de puro interés. Francisco le llenaba los bolsillos de dinero y la cabeza de fantasías.

Javier había expresado su deseo de estudiar la carrera en Estados Unidos, había conseguido que su padre pagara la factura sin reparar en su monto y procuraba mantenerse ajeno a los problemas, desavenencias y crisis de sus progenitores.

Adriana ignoraba que el cáncer de la depresión anidaba en sus entrañas. A edad muy temprana, las niñas aprendieron a atisbar entre sus estados de ánimo. Cuando la percibían neurótica o más triste de lo normal, procuraban evitarla. Al principio era algo ocasional. Después se hizo costumbre. Se apartaron de la madre y comenzaron a apoyarse entre ellas, creando un mundo cerrado a los mayores en el que vivían felices. Fue su sistema de autodefensa.

Quien acudió en su ayuda fue su hermano Jaime. Él si estaba en condiciones de comprender el problema y de vislumbrar soluciones. Le sugirió divorciarse. Lo hizo una noche en su bar, aprovechando que se habían quedado casi solos y se aproximaba la hora de cerrar.

—Siempre se ha dicho que es mejor ponerse una vez rojo que ciento amarillo.

—No sé. Es demasiado fuerte.

—Ya no. No dan premios por divorciarse, pero tampoco es algo que esté muy mal visto. Pasa hasta en las mejores familias.

Adriana asentía indecisa.

—Yo no puedo.

—Claro que puedes.

—¿Y papá y mamá?

—Es tu matrimonio. No tienen nada que opinar. Además, te apoyarían.

—No sé.

Ella esgrimía variados argumentos y concluía apelando al bienestar de los hijos o a los riesgos que entrañaba una decisión tan drástica.

—Francisco no me lo permitiría... Se pondría como una fiera.

—Él no tiene que permitir nada, depende sólo de ti.

Adriana resoplaba agobiada. Lo desconocido la atemorizaba.

—En teoría es así, pero en la práctica las cosas son muy distintas.

Jaime agitaba enervado las manos, como si la gesticulación pudiera borrar mágicamente las reticencias de su hermana.

—No puedes seguir así. ¡Divórciate!

Ella cerraba los ojos.

—Hace unos años hubiera tenido sentido, pero ahora, ¿dónde voy?

—Donde quieras.

—¿A mi edad?

El hermano sonreía cariñoso. Siempre la había querido mucho. La tenía en un pedestal.

—Estás estupenda. Eres todavía una niña.

—Una niña de cuarenta años.

—Compárate con tus amigas.

Añadía festivo que algunos de los clientes de su bar, estudiantes casi todos ellos, estaban locos por ella.

—En cuanto te pongas el cartel de libre habrá que apartarte a los pretendientes con matamoscas. Y si no quieres divorciarte, por lo menos échate un amante.

Adriana se reía, pero le bastaba imaginar la cara de su marido para experimentar un sabor amargo en el velo del paladar.

—Si Francisco se enterara de que he estado trasnochando en tu bar, me mataría. Es enfermizamente celoso y a veces reacciona de una manera que me asusta. Imagínate si me viera con otro.

Jaime se encogió de hombros.

—No le quedaría más remedio que aguantarse.

—No creo que Francisco se aguantara —replicó ella.

Él insistió. Le empezaba a hacer gracia la idea de que su hermana mayor, tan formal siempre, se echara un ligue y disfrutara de la vida.

—Tampoco es mala idea que te diviertas un poco y no tiene por qué enterarse de nada. Se pasa el día fuera y encima la mayor parte del tiempo está *colgao*.

Le irritaba la pasividad de Adriana, su resignación, y para enardecerla, casi con crueldad, le contó cómo y dónde conseguía su marido la cocaína.

—No es que esnife de vez en cuando... ya me entiendes: tiene auténtica adicción.

Ella le preguntaba que cómo sabía eso y Jaime le respondía que en el mundo de la noche, y especialmente si se regenta un bar de copas, hay *cosas* que se saben. Lo que no le dijo es que él también le había comprado en alguna rara ocasión papelinas al mismo camello.

—Hazme caso, disfruta de la vida. Cuando quieras darte cuenta, los años se te habrán escurrido entre los dedos. ¡Adriana! Échate un amante.

—O dos, si son bajitos —bromeaba ella.

—Candidatos sobran. ¿No hay nadie que te haga tilín?

Adriana fruncía los labios y negaba con la cabeza, como si la simple idea le pareciera un despropósito pero era consciente de que no todos los hombres que deambulaban por el planeta le eran indiferentes. Había uno, en concreto, que le gustaba y bastante: David.

Últimamente había coincidido con el aventurero hermano de Carlota más de media docena de veces. Y lo curioso era que el médico despertaba en ella sentimientos encontrados. El verlo tan distinto de Francisco, no sólo en lo físico sino sobre todo en las actitudes vitales, la entristecía y alegraba a la vez. A ella le hubiera gustado un hombre así, capaz de ser solidario con los demás, no cerrado en ese mundo mezquino de los beneficios económicos, los cálculos empresariales y el *export-import*. Además era muy guapo.

—La verdad es que sí hay una persona que me gusta —confesó con timidez.

—¿Quién es? —preguntó Jaime, azuzado por la curiosidad.

—No te lo voy a decir.

—¿Por qué?

—Porque eres un cotilla.

Jaime rezongó.

—Dímelo, por favor.

—Me prometes que guardas el secreto.

Jaime simuló disgustarse.

—¿Recuerdas alguna ocasión en que no lo haya hecho?

Adriana fingió pensar y le reconoció que tenía fe ciega en él.

—Pues dime quién es.

Adriana dejó transcurrir unos segundos para aumentar la expectación.

—David.

—¿David? ¿Qué David?

—El hermano de Carlota.

—¿El médico? ¿El de Ruanda?

Ella asintió y sus ojos brillaron.

Jaime juntó los labios en un silbido silencioso.

—A ése sí que le hacía yo un favor.

—¡No seas bruto!

La compañía de Jaime servía de medicina espiritual para Adriana, que tras aquellas sesiones de psicoterapia fraternal retornaba a casa con el ego restablecido.

El entusiasmo le duraba poco. En cuanto reaparecía su marido, al primer encontronazo doméstico, su autoestima volvía a derrumbarse. Francisco se regodeaba haciéndola sufrir. Entraba a media noche en su habitación y la forzaba; tan fuerte la sujetaba de los brazos que por la mañana le brotaban moratones.

La falta de atención de su marido le había hecho pensar que era una mujer sin ningún interés, que las incipientes patas de gallo y la aparición de las primeras canas eran un signo inequívoco de que estaba perdiendo todo el atractivo. No se sentía deseada y había llegado a la conclusión que frente a esa magnífica generación de chicas de piernas interminables y rubias melenas ya nadie se fijaría en ella.

Empezó a detestarse y tirar por el desagüe de la indiferencia los últimos gramos de autoestima que le quedaban. Incluso, cuando Francisco la denigraba ya no sentía más que indiferencia. Su docilidad había llegado a tal extremo que no hacía falta que su marido la castigase cuando no atendía a sus obligaciones conyugales. Estaba tan bloqueada que la primera vez que Francisco la dejó toda la noche a la intemperie por negarse a tener relaciones con él, se limitó a llorar y asumir que si no cumplía con su deber no estaba tan mal que él le infligiera una corrección. Francisco entró en el dormitorio y comenzó a besarla, Adriana no había tenido un buen día, las gemelas la tenían agotada. Le dijo que no le apetecía y Francisco con una tranquilidad pasmosa le dijo que o cumplía con su obligación o se iba fuera, hasta que cambiara de opinión. Adriana no sabía si estaba bromeando mientras la empujaba hasta la cristalera del jardín. Con la misma parsimonia cerró por dentro y la dejó en camisón al sereno. Durante una hora esperó en el porche confiando en que él terminaría con el desagradable juego; cuando empezó a tiritar y a oír el ruido de los animales nocturnos decidió buscar un refugio, encontró uno de los coches con la puerta abierta y lloró hasta que el agotamiento la venció.

A la mañana siguiente le encontró como si nada hubiese ocurrido y se pasó toda la semana sin aparecer hasta altas horas de la madrugada. Un mes después se volvió a repetir la escena, pero en esta ocasión no necesitó conducirla hasta el jardín, simplemente la miró y Adriana tras su negativa se dirigió sumisa al exterior, ya sabía cuál era la consecuencia de su rebeldía. Esta vez Francisco se aseguró de que la caseta del jardín, los vestuarios y los coches estuvieran bien cerrados.

Adriana ya no se autoinculpaba como al principio, pero tampoco sabía a qué atenerse. Quizá ella era la causante de sus desgracias, aunque no sabía por qué. ¿Qué es lo que hacía mal? Había sido una buena esposa y era una buena madre, aunque, a veces, dudara de ello. Vivía encerrada en su mundo, en la lujosa casa de La Moraleja, atendida por Lourenço y su mujer, observando cómo su hijo y las niñas aleteaban, decididos a emprender el vuelo.

El súbito fallecimiento de su padre fue un mazazo que devolvió a Adriana a la realidad. La muerte del catedrático la forzó a involucrarse otra vez con su familia, sus amigos y su entorno anterior. También en esta ocasión, Francisco resultó un fiasco. Le falló emotivamente cuando más necesitaba a alguien en quien apoyarse.

El hombre estaba de viaje en el momento del deceso y no regresó hasta cuatro días después del sepelio. Reaccionó con la olímpica indiferencia con que lo había hecho durante el parto de las gemelas. En su infinito egoísmo había decidido qué lugar ocuparían Adriana y la familia en su existencia y si no le convenía alterar su horario o sus planes, no lo hacía. No tenía por qué haber contratiempos.

La pérdida de la figura paterna y la insultante inhibición de Francisco fueron las chispas que encendieron el fuego en la seca pradera en que se había convertido el alma de Adriana. Se refugió en Carlota y, poco a poco, casi sin darse cuenta, estableció lazos con David.

El médico parecía entender su sufrimiento, parecía ser capaz de horadar sus pensamientos más íntimos detectando su amargura. Había tenido la gentileza de asistir al funeral y la elegancia de acompañarla al terminar. Hasta le ofreció sin aspavientos su fuerte y varonil hombro para que vertiera unas lágrimas.

Adriana tenía el corazón en carne viva y fue un gesto que recordaría siempre. Al igual que la ayuda que le prestó Jaime en los trámites administrativos. La ocurrencia de salir juntos a cenar unos días después, también partió de él.

Acostumbrado a lidiar con el dolor ajeno, David poseía una gran sensibilidad y parecía inclinado a consolar. Imaginó que ella necesitaba entretenerse, en lugar de pasar las horas rumiando su pena en la soledad de la casa. Adriana, en una confidencia mientras hablaban sobre los gigantescos bosques africanos, reveló la costumbre transmitida por su tía Maite de abrazar el castaño.

Creyó por un instante que él se burlaría, pero la escuchó atento. Al día siguiente le propuso de motu propio acompañarla hasta el Retiro a celebrar juntos el ritual del intercambio de energía con la naturaleza. Ahora entendía por qué la tía Maite, cuando se ponía poética, musitaba que ansiaba ser como uno de esos globos lleno de helio que los niños dejan escapar para llorar al verlos desaparecer cielo arriba. Era hermoso que alguien te desease, palpitara por ti, y Adriana hacía mucho que no experimentaba esa sensación.

Las conversaciones con David y sus relatos reavivaron en su pecho brasas que creía apagadas. Reverdeció en ella el deseo de viajar, de hacer pequeñas locuras, de perderse entre la multitud extraña y ajena de los zocos árabes o de sumergirse en el colorido de los mercados de México. Lo que él contaba, sus aventuras, sus amigos y todo lo que le rodeaba resultaba atractivo. El mundo no era sólo las tiendas de moda, los maridos pesados, problemas con el personal de servicio doméstico, inquinas de dormitorio y nimiedades. Allí fuera, había mujeres que se enamoraban de un aristócrata en Venecia, que se lanzaban a la aventura, cambiaban de hombre, escribían libros, tocaban el piano o se emocionaban con la ópera.

David había perdido a su mujer; Adriana a su padre. Los dos habían perdido un ser querido, pero ambos también tenían la sensación de que acababan de encontrar algo importante: el amor.

12

Adriana dejó el coche en el párking de El Corte Inglés, salió a Orense y tomó un taxi con destino a casa de David. El médico vivía en el barrio de Fuencarral, en el mismo piso antiguo donde había residido con Natasha. El edificio carecía de ascensor, pero disfrutaba de patio interior, paso de carruajes y muchos balcones de hierro. Los techos altos y la decoración somera conferían al inmueble un gusto refinado.

David tenía la mesa preparada. Aunque era mediodía, había cerrado las cortinas e iluminado el salón con velas de todas formas y tamaños. Proliferaban los objetos raros, recuerdo de viajes por los cinco continentes. De las paredes colgaban cuadros y varias fotografías.

—Ningún problema —contestó Adriana sacudiendo la cabeza cuando David le preguntó si había tenido algún contratiempo.

—¿De verdad?

—De verdad. Nada hubiera podido impedir que viniera.

David sonrió y arrancó una flor blanca del centro que adornaba la mesa para prendérsela en el cabello a Adriana.

—¿Te he dicho que me gustas?

—Creo recordar que... sí —bromeó Adriana—. ¿Y yo a ti?

—También.

—Pues te lo repito, por si había alguna duda.

Se la veía feliz. David le tiró un beso.

—Estás preciosa.

—Pero si apenas puedes verme —se burló ella—. Casi estamos a oscuras.

—Además de romántico es lo apropiado.

Explicó que adoraba la música suave y la luz de las velas, que hacía bella a cualquier mujer, pero que en su caso la volvía sublime. Además hacía que uno no se distrajera con detalles y disfrutara de las palabras y de la compañía.

—¿No has pensado en dejar a tu marido?

—Alguna vez —admitió ella.

—¿Y por qué no lo haces?

Adriana vaciló, dudando si le convenía decir la verdad.

—Me da miedo.

David, como si hubiera reflexionado mucho sobre el tema y tuviese preparado el discurso, hizo una larga disertación sobre la felicidad y concluyó afirmando que había decisiones que no se podían postergar.

—Sólo se vive una vez.

—¿Y qué me dices con eso?

—Que las oportunidades pasan y pueden no volver.

Sabía cómo tocar sus fibras sensibles.

—¿Y...?

—Déjalo y vente conmigo. Huyamos a África o donde sea. Los dos juntos.

—No seas cruel —ronroneó Adriana—. Tú sabes cómo me siento.

—Desconozco cómo te sientes, pero sé que te quiero y eso es lo único que me importa.

—Tengo un marido, hijos, una familia...

David rechazó sus argumentos con un ademán de la barbilla.

—No se puede vivir pendiente de los terceros, haciendo lo que otros consideran conveniente.

Hacía bastantes semanas que la decisión fermentaba en su interior, pero Adriana se resistía a admitirlo.

—Para... por favor.

Con la excusa de buscar algo para beber, salió hacia la cocina. David la persiguió, le dio alcance enlazándola por detrás y la besó en el cuello.

—Te voy a comer.

Ella dejó escapar una risita nerviosa.

—Pensé que me invitabas a comer y que habías preparado algo. En ningún momento imaginé que yo fuera el menú.

—El menú, no, pero sí quizá seas el postre.

David no podía apartar las manos ni los labios de ella. Juguetearon un rato antes de que Adriana se zafara y volviera al sofá del salón, donde habían dejado las copas de vino.

Adriana no quería cometer un error con David. Era peligroso jugar con los sentimientos.

Después de almorzar, David preparó café y encendió la chimenea. Se sentaron el uno al lado del otro y contemplaron las llamas.

—Francisco desea que tengamos otro hijo. Me lo ha dicho varias veces.

—¿Tú quieres?

David no parecía disgustado, sólo preguntaba. Adriana tardó en contestar.

—No lo sé. Desde que te he conocido no tengo nada claro o seguro. Me da la sensación de que existen otras posibilidades.

Nunca había sido tan sincera, ni siquiera con ella misma. Él no pareció impresionarse.

—¿Y eso es malo?

—¿El qué?

—No ver la vida y el mundo como algo cerrado, fijo e inamovible.

Torció el rostro para buscar con los labios el cuello de Adriana.

—No es malo, pero me produce inseguridad.

Él la acarició. Ella se dejó ir, sus bocas se juntaron y una pasión incontrolable estalló entre ellos. La falda de Adriana empezó a trepar lentamente por encima de sus rodillas y la mano de David le recorrió los muslos. De repente, ella se apartó casi sin resuello y lo miró angustiada.

—Va a ser mejor que me vaya.

—Yo no quiero que te vayas —susurró David con voz ronca de deseo.

Había algo turbio y magnífico, de animal salvaje, en la forma en que la miraba. En aquel instante, en unas décimas de segundo, ella tomó una decisión y se decidió el futuro de ambos.

David se levantó, la cogió en brazos como si fuera una pluma y la condujo en volandas hasta el dormitorio. Mientras hacían el amor por primera vez, ninguno de ellos se acordó de términos como prudencia o sensatez. Al final, con la laxitud que produce la pasión saciada, permanecieron mucho tiempo tumbados sobre las sábanas, quietos, con las manos enlazadas y las miradas perdidas en el techo. Estuvieron así hasta bien avanzada la tarde, hablando en murmullos del matrimonio de ella, de su relación con Francisco y de las razones por las que temía divorciarse. Cada poco la acariciaba con la delicadeza de un novio adolescente.

—Adriana, te quiero más que a mi propia vida.

—No digas eso...

La pasión de David la asustaba un poco. ¿Y si un día todo terminaba? ¿Y si se enteraba Francisco? No hubiera podido soportarlo, lo sabía.

—¿Por qué no? Es la pura verdad.

—Yo también te quiero.

Le miró con una sonrisa satisfecha y David empezó a besarla una vez más, asombrándose de que su cuerpo pudiera volver a desearla tan pronto mientras ella le abrazaba con avidez. Hicieron otra vez el amor como si quisieran compensar los pocos momentos que podían permanecer juntos.

—¿Y ahora qué? —preguntó David sentándose al borde de la cama—. ¿Qué tal un baño?

Adriana recordó algo y se cubrió la boca con una mano mirándole horrorizada.

—Santo cielo, me olvidé que tengo que estar a las ocho en casa. Francisco me va a llamar.

—Queda todavía una hora —protestó él atrayéndola de nuevo hacia sí—; y en el peor de los casos, te inventas una excusa.

—¿Como qué?

—Has estado comprando ropa con Carlota.

Adriana dudó un instante. Luego se incorporó y enfiló hacia el cuarto de baño. Él la siguió. Llenaron la bañera con agua jabonosa templada y se introdujeron juntos.

—¿Recuerdas lo que te dije antes?

—¿El qué?

—Que la vida se pasa en un suspiro.

—Si lo que pretendes es que salga de esta casa arrastrando el alma por las baldosas, sigue así.

David se puso serio.

—Sabes a qué me refiero. No quiero que lo nuestro sea una simple aventura.

Ella no dijo nada. Se limitó a mirarlo con fijeza, como si quisiera penetrar en su cerebro. David rompió el silencio y lo hizo con una voz empañada de emoción.

—¿Quiere usted casarse conmigo?

—No —contestó Adriana levantándose de repente.

David se quedó confuso ante la rapidez de la negativa.

—¿Adónde vas?

Adriana se volvió a mirarle desde el centro del cuarto de baño en todo el esplendor de su soberbia belleza desnuda.

—Si algún día tenemos hijos, no pienso decirles que su padre se me declaró en la bañera. ¿Cómo podría decirles semejante cosa? —añadió echándose a reír mientras él la miraba con expresión divertida.

—Eso lo resuelvo yo en un santiamén —dijo David saliendo de la bañera y tomándola en sus brazos para depositarla una vez más sobre la cama. Después, sin preocuparse de que estaban mojándolo todo, se arrodilló a su lado y la observó con arrobamiento.

—¿Quieres casarte conmigo? ¿Sí o no?

Adriana esbozó una sonrisa de felicidad, no exenta de cierto temor. Pero no tenía otra opción. No sólo por el hecho de haberse acostado con él, sino porque efectivamente lo deseaba. Era «el otro camino»: la vida con un buen hombre, una vejez tranquila. Con David tendría la valentía de enfrentarse a Francisco. No le importaba.

—Sí —contestó en un susurro.

David la besó y, cuando se separaron para respirar, se echaron a reír emocionados.

—¿Lo dices en serio, Adriana?

Tenía que estar seguro de ello antes de volverse loco de contento y poner todo el mundo a los pies de aquella mujer.

—Lo digo en serio... ¡Sí, sí, sí!

—Cuánto te quiero —exclamó él estrechándola con fuerza. Adriana no cabía en sí de gozo. De repente, él la miró sonriendo. Tenía el cabello rojizo alborotado y sus ojos asemejaban dos purísimas esmeraldas.

Tardaron una eternidad en volver a la bañera; y cuando lo hicieron tuvieron que añadir más agua caliente.

El primer bofetón la sorprendió desprevenida y le alcanzó de lleno la mejilla. Cuando llegaron el segundo y el tercero, ya se había encogido y empezaba a taparse con las manos. A pesar de eso notó que un oído le zumbaba y que algo caliente le resbalaba por el mentón. Se tocó y vio que era sangre. El impacto debía haberle roto el labio.

—¡Puta! ¿Dónde has estado?

Intentó escabullirse, pero él se lo impidió. La golpeó en la espalda con el puño cerrado y tanta fuerza, que la hizo caer al suelo.

—¿Me tomas por imbécil? ¡Eh!

Estaba cada vez más irritado, como excitado por la indefensión de la mujer y su acusador silencio.

—¿Crees que me chupo el dedo?

Con la mano abierta le pegaba en la cabeza, moviéndola como un pelele.

—¿Dónde has estado?

Hizo ademán de darle una patada en el costado, pero detuvo el zapato a unos centímetros del cuerpo.

—¿Vas a hablar o quieres seguir cobrando?

En posición fetal, Adriana encajaba la paliza en silencio, apretando los dientes y los párpados para no darle el gusto de verla llorar.

—¿No me has oído?

El hombre se estaba divirtiendo, sintiéndose poderoso, omnipotente.

—Te vas a enterar de quién manda aquí.

Adriana tragó dolor, lágrimas y palabras. Había aprendido en carne propia que era mejor no contestar. Cualquier respuesta, por humilde, asustada o claudicante que fuera, redoblaba la violencia. Cuando Francisco se ponía así, todo, desde una mirada a un quejido, suponía una afrenta.

—Estoy esperando —advirtió amenazador, alzando lentamente el brazo y estirando el cuello, como una fiera dispuesta a saltar sobre su presa.

Otras veces, se contentaba con una ristra de sopapos, pero hoy la zurra iba a ser fuerte.

—¿De dónde vienes?

Francisco, fuera de sí, escupía al hablar.

Adriana había salido de la casa de David a las siete y media de la tarde, radiante y feliz como una colegiala. Aunque se le echaba el tiempo encima, no le importaba. Francisco estaba en París, junto a Jakobson, Lorenz y los representantes de las oficinas mundiales. La consultora celebraba unas jornadas para estudiar la política comercial hacia Rusia y los países del Este. El fin del comunismo unido a la eclosión de la mafia y la venalidad de las autoridades locales convertían la zona de influencia de la antigua Unión Soviética en un terreno abonado para los grandes negocios. Colombia, en cambio, tras unos años boyantes se había vuelto demasiado arriesgada por el inconfesable maridaje entre la guerrilla marxista de las FARC y los grandes capos de la droga como Edgar Zoe. Además, la CIA y la DEA norteamericanas vigilaban permanentemente el país.

Lo que no sabía Adriana era que la noche anterior, Jakobson había retrasado la reunión dos días porque había conseguido una entrevista con un alto cargo del Kremlin en una *dacha* a las afueras de Moscú. Y Francisco no le dijo nada a su mujer.

A la entrada de La Moraleja, Adriana se había detenido unos minutos en el centro comercial, a comprar lenguas de gato. Le encantaba el chocolate. Aprovechó para alquilar una película de vídeo. Escogió *Shakespeare enamorado*. Ya la había visto pero quería regocijarse con las escenas de amor. Lourenço y su mujer estaban en Santiago de Compostela asistiendo a la boda de una prima, emigrante como ellos, con un gallego muy trabajador. No regresarían hasta el lunes. Lourenço, a pesar de su edad y aspecto respetable, era un bailón desaforado y Adriana lo imaginó *sambeando*, disfrutando de la música y hablando del pasado para impedir que el tiempo borrara los sabores de la tierra lejana.

Las niñas habían viajado a Sevilla con la abuela para pasar el fin de semana. Mientras abría la puerta del chalet se acordó de Carlota y pensó que no sería mala idea llamarla para ver juntas la película de vídeo. No le dio tiempo.

Francisco siguió golpeándola. Cuando le dolieron los

brazos, se sacó el cinturón con un seco movimiento, la correa hacía que la sangre se agolpara bajo la piel de la espalda y de las nalgas. El terror había enmudecido a Adriana y de su garganta sólo salía un mudo gemido, por puro instinto de conservación intentaba taparse la cabeza con las manos. Adriana permaneció desmadejada, incapaz de moverse, durante mucho rato. Cuando estuvo segura de que él se había marchado de la casa, se arrastró hasta el teléfono y llamó a su hermano Jaime.

Ni siquiera intentó recomponer la figura y restañar los cortes en el cuarto de baño, como en otras ocasiones. Esta vez no tenía sentido alguno: ningún maquillaje taparía semejante paliza. No podía moverse y el pecho le dolía terriblemente al respirar. Se limitó a esperar.

Jaime se presentó acompañado de Raúl, quien por prudencia y advertido por su amante, aguardó en la calle. Al ver la cara tumefacta y ensangrentada de Adriana, Jaime no pudo evitar que se le empañaran los ojos.

—¡Dios mío!

Todas las lágrimas que Adriana había retenido antes, afluyeron en tromba. Lloró como una niña pequeña, sin ruido, agitando convulsiva los hombros.

—¿Pero quién ha sido capaz de hacer esto? —preguntó retórico Jaime—. Voy a llamar a la policía.

Adriana tragó saliva, intentando deshacer el nudo de emoción alojado en su garganta y negó con la cabeza.

—No, no, no... No hagas nada, por favor —musitó con un hilo de voz—. Es mejor no montar ningún escándalo.

—Lo que no se puede admitir es algo así.

—¡Por favor! No quiero que se entere nadie. Piensa en mamá... y en los niños...

Jaime insistió, cada vez con menor énfasis, y al final se dejó convencer. Ya habría tiempo para denuncias; ahora lo importante era llevar a Adriana a un hospital.

—No voy a ningún sitio.

—Adriana puedes tener una lesión interna, confía en mí, ya se nos ocurrirá algo.

Mientras conducía Raúl, Jaime observó que su hermana se llevaba la mano al oído y decía que sentía un pitido muy fuerte. Aquel animal hasta podía haberle roto un tímpano. Quién sabe.

—Lo pagará, lo juro —se repetía para sí una y otra vez Jaime—. Juro que ese desgraciado se arrepentirá de esto.

13

Marisol Duarte introdujo los espaguetis en la aparatosa olla y con una cuchara de madera removió el agua hirviendo para evitar que los hilos de pasta pudieran pegarse. Mientras su marido terminaba de poner la mesa, troceó unas lonchas de tocino y frió los cuadraditos vertiendo luego nata líquida. Lo mezcló todo y lo llevó al salón en un gran cuenco de cristal. La ensalada de canónigos con pasas, queso, miel y mostaza ya estaba preparada. El hombre descorchó una botella de Vega Sicilia Único y llenó a medias una copa, pero no bebió. Primero agitó circularmente el recipiente de cristal, para airear el vino, lo acercó a la luz para comprobar el color, y aspiró su aroma. Después probó un sorbo, lo paladeó y se dio a sí mismo la aprobación.

—Estupendo. ¿Te sirvo?

—Vale —respondió Marisol, desatando el lazo y echando el pequeño delantal sobre una silla—. ¿Has tenido mucho trabajo hoy?

Él apuró su vino antes de responder.

—Bastante. Esta noche ha entrado un caso que te interesaría mucho.

—¿De qué se trata? —preguntó Marisol sirviendo una generosa cantidad de pasta a su marido.

—Un politraumatismo. La mujer ha dicho que se había caído montando a caballo, pero era evidente que mentía.

—¿Por qué?

—Si fuera flautista, podrías preguntarme eso, pero soy traumatólogo, ¿sabes? Y aunque se llevan mucho los tatuajes, nunca había visto ninguno con forma de hebilla.

—No seas tonto. Me refiero a qué es lo que te llamó la atención.

El hombre reflexionó un instante.

—El estilo de ella. Se notaba que era de buena familia. Muy educada...

—Ésas son las más difíciles —interrumpió Marisol—. Cuanto mayor es el nivel de educación, menos proclives son a denunciar malos tratos. ¿Casada?

—Sí, sí. Con cuatro hijos. Iba acompañada de su hermano y un amigo.

—Por lo menos tiene quien se preocupe por ella.

—Me da la impresión de que es una mujer bastante sola —discrepó él—. Bastaba mirarla a los ojos; preciosos por cierto.

Marisol sonrió mitad escéptica mitad comprensiva, como lo hubiera hecho ante un niño travieso.

—¿Qué lesiones tenía?

—Dos costillas volantes rotas... contusiones, hematomas... Por todos lados: en la cara, el pecho, la espalda y hasta en las manos.

—¿Y qué habéis hecho?

Marisol, con solidaridad femenina, quería saber si había habido denuncia, pero él siguió a lo suyo.

—La hemos dejado ingresada en observación porque tiene golpes en la cabeza y problemas de equilibrio. Quizá deberías pasarte mañana por el hospital.

David entró sigiloso en la habitación. Eran las siete de la madrugada pero hay personas que notan la presencia de un extraño aunque estén dormidas. Quizá fue el aire o el leve roce de la ropa lo que alertó a Jaime, quien abrió los ojos y se incorporó del sofá.

El hermano de Adriana se llevó el índice a los labios. Ella estaba sedada y dormía en la cama con una pesadez inconsciente. Hacía varias horas que Raúl se había marchado. El compañero sentimental de Jaime entraba a las ocho en el banco y había estado haciéndoles compañía hasta que la enfermera avisó por tercera vez que las visitas se marcharan. Tras intentar quedarse algo más de tiempo, tuvo que salir y se despidió hasta la mañana siguiente.

La condición de médico había permitido a David acceder a la planta. Él y Jaime salieron al pasillo.

—¿Cómo se encuentra?

—Sobrevivirá —respondió el hermano tratando de ser sarcástico. Iba a añadir que «hasta la próxima paliza», pero se contuvo.

David aspiró aire por la boca y lo soltó muy despacio por la nariz.

—¿Qué ocurrió?

—¿La verdad o lo que ella quiere que digamos a todo el mundo?

El joven médico abrió los brazos implorante.

Jaime hizo ademán de haber comprendido. Sabía lo que Adriana sentía por David y lo que éste, aparentemente, sentía por ella. No tenía prueba alguna, pero suponía que el asunto era mucho más serio y carnal de lo que nadie podía imaginar. En cierta manera, él había favorecido esa relación. También había sido él quien había llamado a David para comunicarle que Adriana estaba ingresada en el hospital.

—Ha vuelto a pegarle...

David permaneció impasible, sin alterar un ápice sus proporcionadas facciones. Sabía controlarse.

Descendieron por la escalera hasta la planta baja y se acomodaron en una mesa de la cafetería. A esa hora, los únicos clientes eran tres enfermeras y un jovial residente del servicio de urgencias, que charlaban y fumaban en una esquina. El camarero les trajo café.

Hablaron largo y tendido, desahogándose por turnos. Ambos adoraban a Adriana y consideraban aberrante su situación.

—Ella le disculpa —reiteró Jaime en el tono que podía haber utilizado para decir que estaba loca.

—Es lo que los psicólogos llaman «el síndrome del perro apaleado».

—¿Cómo?

—La persona víctima de la violencia justifica al agresor echándose a sí misma la culpa de la situación.

—Algo así como el síndrome de Estocolmo en los secuestros.

—Así es.

—¿Pero es que no se da cuenta de que Francisco es un sádico?

—Sorprendente, pero no.

—¿Y qué podemos hacer? Adriana no quiere que avisemos a la policía.

—Debemos conseguir que dé el paso, tiene que denunciarle...

—¿Y si por culpa de la denuncia, él se vuelve más agresivo? Ese tío es un anormal. Le creo capaz de matarla.

—Para eso estamos nosotros, para protegerla.

—No sé cómo —replicó escéptico el hermano.

David y Jaime subieron a la habitación, comprobaron que Adriana seguía dormida y volvieron a la cafetería. Jaime sentía curiosidad por saber los detalles de cómo había escapado a lo de Ruanda y David, aunque se resistió pudorosamente, terminó por narrarle la historia. La clave de su salvación había sido un estetoscopio. El aparato, que sus secuestradores confundieron con unos auriculares similares a los que utilizaban ellos para oír música, le había permitido adivinar que el corazón del jefe miliciano estaba a punto de pararse. El herido estaba entrando en una crisis cardíaca y él, con enorme decisión, le masajeó violentamente la caja torácica y le hizo la respiración boca a boca ante el asombro de los paramilitares. El resto fue un largo tira y afloja, cierto sentido de la gratitud tribal y las gestiones del embajador español, todo ello aderezado con algunos fajos de dólares.

Los dos hombres continuaban hablando en la cafetería cuando Marisol Duarte reconoció a una de las enfermeras acodadas en el mostrador del pasillo. Había hablado con ella alguna vez durante su etapa, ya lejana, en el departamento jurídico del hospital. Tras intercambiar saludos y contarle la razón de su visita, la mujer le presentó a la encargada de planta donde estaba la habitación de Adriana. La enfermera se ofreció gustosa a acompañarla.

—No hace falta que te molestes.

—Si no es molestia —contestó solícita la enfermera—. Le toca la medicación de las nueve de la mañana.

La asistente social aguardó a la entrada, achinando los

ojos para que las pupilas se le habituasen a la penumbra, mientras la enfermera avanzaba hacia el ventanal.

—Hola, bonita —comenzó la dinámica mujer, descorriendo las cortinas y dejando el paso libre a los rayos del sol—. Anímate que ya tienes mucho mejor aspecto.

Una mentira piadosa, porque lo que la noche anterior eran retazos de piel enrojecidos o levemente hinchados, se había ennegrecido y deformado. El personal médico tiene sus tradiciones y una de ellas consiste en mantener alta la moral de los pacientes.

Adriana tardó unos segundos en percatarse de dónde estaba y aun así no logró desentumecer el cerebro hasta pasados varios minutos. Imágenes confusas se agolpaban en su mente. Le dolía todo el cuerpo. Tragó la pastilla que la mujer introdujo en su boca y volvió a tumbarse. Preguntó por su hermano.

—¿Un joven delgado, moreno y muy guapo?

Adriana asintió sin conseguir que se le dibujara en el rostro la sonrisa que buscaba el comentario.

—Me ha parecido verlo antes en el bar con otro hombre.

—¿Con otro?

Sin hacerle caso, la enfermera señaló por encima de su hombro hacia la mujer que esperaba junto al umbral de la puerta.

—Está aquí Marisol Duarte, la asistente social. Creo que ha venido a hablar contigo.

Dicho esto, echó dos dedos más de agua en un vaso, ayudó a la dolorida paciente a incorporar el torso y le administró las restantes dos pastillas que habían recetado los médicos.

—Ahora os dejo solas. Vuelvo después. Y si necesitas cualquier cosa, ya sabes —y señaló hacia el pulsador que colgaba de la cabecera de la cama.

La puerta se cerró y Marisol dio unos pasos hasta colocarse a los pies del lecho. A través de los cristales se veía el despertar de la ciudad. Una ligera bruma se mecía sobre Madrid confiriendo a los edificios un melancólico halo. El inicio de la conversación era clave para lograr que el interlocutor no desconfiara cerrándose en su caparazón.

—La luz de invierno es muy bonita en Madrid.

—¿Perdón?

—¿Sabes?, en días como hoy, a mí me encanta pasear, sentir el viento frío en la cara, arropada en una larga bufanda y en un abrigo de esos forrados con pelo de borrego...

Silencio.

—...Así puedo pensar. No sé, me hace sentirme libre para expresarme, para mirar en mi interior y dejar que los sentimientos fluyan...

Silencio.

—...Es una liberación, necesito soltar todo lo que tengo dentro, toda la presión que me atenaza, porque si no acumulo demasiada tensión y me cambia el humor, y lo pagan los que me rodean...

—A mí me aterra el frío —habló Adriana palpándose la cara—. Yo soy de playa, de verano caluroso y ropa ligera. Sobre todo, calor, mucho calor.

14

El teléfono sonó tres veces antes de que Francisco descolgara.

—Son las siete de la mañana, señor —dijo el recepcionista—. Buenos días.

—Muchas gracias. ¿Podría decir que subieran café y los periódicos a mi habitación?

—¿Algún diario en particular?

—Los nacionales: *El País, El Mundo, ABC*... y los económicos.

—Muy bien, señor. ¿Quiere desayuno completo o sólo café?

Francisco dudó un instante.

—Completo, con tostadas y zumo de naranja. Para dos personas.

—En quince minutos lo tendrá en su habitación —afirmó el eficiente empleado—. ¿Necesita algo más, señor?

—Nada, nada.

—Que tenga un buen día.

—Muy bien.

Francisco dejó el auricular en la horquilla del teléfono y propinó un sonoro cachete en las nalgas de la joven que dormía a su lado.

—¡Arriba, monada!

No era capaz de recordar el nombre de la muchacha y tampoco le importaba mucho. Aunque seguía dándoselas de conquistador, hacía bastante que había optado por el sexo de pago. No el de tarjeta de crédito y precio fijo, sino el que se obtenía compensando con algún regalo, un restaurante opíparo y un hotel de cinco estrellas a cualquier joven proclive a deslumbrarse con el lujo. Estaba siempre tan atareado que no encontraba tiempo ni espacio para dedicarse al ligue. Cuando le apretaba el deseo, tiraba la red en uno de los elegantes antros frecuentados por ejecutivos y chicas a la busca de fortuna o marido. Eso requería un desembolso un poco mayor, pero le daba igual. Lo que no le dejaba indiferente era el final de la juerga. Despertarse acompañado le incomodaba y nunca sabía qué decir o cómo actuar, lo que le empujaba a ser más expeditivo, brutal y maleducado de lo razonable.

—¡Despabila!

La chica ronroneó lastimera.

—Déjame dormir.

Francisco estuvo en un tris de tirar de las sábanas y dejarla al descubierto, pero se apiadó en el último segundo. La morena se había esmerado por la noche intentando agradarle y daba igual que se quedase durmiendo cuando él se fuera.

—Vale —concedió—, pero si llaman a la puerta abres.

—¿Quién va a venir a estas horas? —inquirió atónita la chica.

—El camarero con el desayuno. ¡Boba!

Francisco le dio otro cachete, también en las nalgas, y se encerró en el cuarto de baño. Era un sujeto metódico y siempre solía tardar lo mismo en estar listo: unos dieciocho minutos. Cuando salió, el carrito con los desayunos esperaba en una esquina y la joven seguía tumbada en la cama, pero esta vez boca arriba, con los brazos bajo la cabeza y semidestapada.

—¿Ofreciendo la mercancía? —preguntó mordaz.

Cincuenta y seis años no pasan en balde, pensó Francisco. Hace tiempo se hubiera lanzado de nuevo al ruedo sin pensarlo, pero hoy tenía reunión en la oficina para tratar un asunto delicado.

La chica percibió el escaso aprecio a sus encantos y tiró del embozo cubriéndose el pecho. Optó por centrarse en la comida.

—Los croissants todavía están calientes. Parecen recién hechos —comentó admirada—. ¿Te preparo uno con mantequilla y mermelada?

Francisco respondió con un gruñido.

—A primera hora sólo tomo un café bebido.

A toda prisa, mientras daba pequeños sorbos de su taza, hojeó los periódicos. Al apoyarse en la mesita, se dio cuenta de que todavía quedaban restos de cocaína sobre el cristal. Arrancó una hojita del pequeño bloc de notas con el anagrama del hotel y la utilizó para apilar el polvo blanco. Después, con una sonrisa de predicador evangélico, hizo un canuto con el papel, se introdujo uno de los extremos en la nariz y esnifó la droga.

Era de una calidad excelente y, a pesar de la escasa cantidad, notó el efecto. La había comprado la tarde anterior, antes de encontrarse con la chica. Su sistema de aprovisionamiento, caro, pero fiable, le ahorraba la eventualidad de sustos, encontronazos con la policía o de toparse con un camello desesperado y ambicioso.

Llamaba por teléfono a un conocido *chef* francés que traficaba con gente de posición. El gabacho, quien se daba mejor maña con los estupefacientes que con las salsas, preparaba la mercancía y camuflaba el paquetito en una caja de cigarrillos. Francisco hacía la recogida acercándose en coche hasta la puerta trasera del establecimiento. No se bajaba del vehículo. Llamaba por el móvil para alertar al *chef* y se limitaba a avanzar muy despacio, pegado a la acera y con el cristal de la ventanilla del acompañante bajado. La transacción duraba tres segundos. Ambos se consideraban ciudadanos honorables y no se hacían trucos. El francés sabía que los billetes eran de curso legal y Francisco daba por supuesto que la cocaína no estaba más cortada de lo debido, ni mezclada con pelargonio o polvos de talco.

—Me voy al trabajo, rica —anunció sirviéndose un poco más de café.

—¿Y yo qué hago? —inquirió la chica, sorprendida.

Probablemente se la habían jugado más de una vez. Con aquellos caballeros tan *respetables* nunca se sabía y no quería ni imaginar la escena si al pasar ante recepción al mediodía la interceptaban para exigirle liquidar la cuenta.

—Te puedes quedar lo que quieras, pero no uses el teléfono ni empieces a comer chocolatinas del minibar —concedió Francisco—. Voy a cancelar la habitación ahora, al bajar.

La chica trabajaba de *universitaria* no profesional en una agencia de relaciones públicas, que en teoría se dedicaba a suministrar azafatas para congresos y modelos para castings publicitarios. Pertenecía al tipo de mujer que excitaba a Francisco. No por su belleza o su esbelta figura, sino porque una vez *colocada,* se abandonaba. Al llegar al cuarto, por la noche, se dejó hacer de todo y hasta participó sumisa en los juegos sadomasoquistas. Algunas mujeres, incluso de las que cobraban por adelantado, reaccionaban muy mal cuando notaban que a Francisco le excitaba el sexo violento.

—Ahí te quedas.

Tiró los diarios sobre la cama y diez minutos después salía del hotel camino de la oficina.

—¡Jamás vuelvas a llevarme la contraria en público!

Francisco trataba de mantener bajo el tono de voz pero la furia hacía que se le disparase hacia arriba. Estaban solos en su despacho con las puertas cerradas.

—Es una equivocación. Una cosa es buscar recovecos y triquiñuelas en la legislación y otra vulnerar la ley.

—¿A cuento de qué viene eso?

—Lo primero se denomina habilidad y lo segundo delito. Nada más y nada menos.

Luis trataba de explicar la situación a su jefe y amigo, hacerle comprender que se movían por terrenos fangosos donde quedarían fatalmente atrapados.

—No tenía que haber convocado esta reunión. Si llego a saber que me ibas a salir rana, me hubiera quedado en el hotel, donde tenía tarea por hacer y seguro que no me llevaban la contraria.

Pensó fugazmente en la chica y calculó que seguiría en la cama. Le gustaba ese hotel porque, además del lujo y discreción de sus empleados, quedaba cerca de la sede de su empresa. Caminando apenas tardaba diez minutos en llegar a su oficina. Desde la ventana de su despacho se veía la fachada del edificio de la Bolsa.

—No quiero que te enfades, pero no podemos hacer eso. Estoy absolutamente en contra y mantendré mi posición, aunque me cueste el puesto.

—Tampoco se trata de eso —le cortó Francisco, quien ya se había cansado de la discusión y en ese instante tenía la cabeza en otro sitio.

Hizo un cálculo aproximado y llegó a la conclusión de que en los últimos meses había dormido casi tantas noches en habitaciones de hotel como en su propia casa. Llevaba una temporada sin acostarse en su dormitorio. Desde la última vez que se le fue la mano con Adriana, ella lo evitaba y solía encerrarse en su cuarto en cuanto él aparecía en la casa. Apenas intercambiaban palabra. Tampoco había visto mucho a sus hijos, aunque el último jueves había esperado a las cinco de la tarde en la puerta del colegio para llevar a las gemelas a una hamburguesería.

Luis seguía hablando, poniendo peros y planteando matices. Aquello le sonaba a reproche y le enervaba que se discutieran sus órdenes.

—¡Empiezas a tocarme los cojones, Luis! El día que me canse...

—¿Qué? El día que te canses, ¡qué! Soy yo el que está harto de tus tonterías. Te crees Dios, haciendo y deshaciendo.

La reunión de aquella mañana había empezado puntual. Francisco, a imitación de Jakobson, tenía a gala ser inflexible con los horarios. Los consultores *senior* expusieron sus análisis de mercado y todo rodó según lo acostumbrado hasta que el experto fiscal explicó cómo, en su opinión, se podía eludir el pago de *ciertos* impuestos.

Luis levantó la mano para tomar la palabra. Por su lenguaje corporal era evidente que se iba a oponer y Francisco intentó acallarlo, aplicándole una de sus miradas de hielo. Siempre funcionaba con el resto de empleados, pero con Luis la relación era distinta. Habían estudiado juntos la carrera y compartido piso en Londres durante el máster; habían ligado con las mismas mujeres; cerrado negocios mano a mano; veraneado en Marbella y habían entrado juntos en Jakobson & Lorenz.

Luis ascendió peldaño a peldaño por la escalera, pero Francisco lo hizo piso a piso y en ascensor. Tras hacerse con la cuenta de Sudamérica, la escalada había sido imparable hasta lograr ser socio accionista de la consultora. Ahora, tras dirigir la oficina de Madrid, se había hecho cargo de todas las cuentas europeas menos la de Londres.

Tras la reunión, los dos amigos se habían encerrado en el despacho de Francisco.

—Luis, no te equivoques. —El tono era más didáctico—. No es que me crea Dios, es que en esta oficina ¡yo soy Dios!

Puso el énfasis en la palabra «esta» para recalcar que consideraba aquello suyo.

—Algo hemos contribuido también los demás —argumentó Luis, sin perder la compostura, pero un poco apocado.

—¿Algo? —inquirió brutal Francisco—. ¿Los demás? ¿Qué demás?

Sin esperar respuesta a sus propias preguntas, remató sin piedad ni educación:

—Aquí soy yo quien manda y si te ordeno que hagas algo, lo haces y punto. Luego, fuera de estas paredes, tan amigos.

—Ahí está el problema, Paco. Tu concepto de amistad hace mucho tiempo que dejó de coincidir con el mío. Hay veces que ni siquiera sé quién eres. No sé qué pudo ver en ti Adriana.

Francisco buscó en las facciones de su interlocutor el sentido de la frase.

—No metas a Adriana en esto.

—¿Por qué? ¿Me vas a pegar a mí también?

Francisco se levantó de la silla con los puños apretados. Luis no se movió y fue esa impasibilidad y la expresión de incredulidad de su rostro, lo que frenó el arrebato. Recuperado el control, Francisco volvió tras la mesa de despacho. Luis también se sentó. Jamás pudo imaginar que su amigo llegara a ponerle las manos encima. Y había estado a punto de hacerlo. Lo vio en sus ojos.

—Paco, ¿qué te ocurre? ¿Por qué has cambiado tanto?

Francisco forzó una falsa sonrisa.

—¿Cambiar? He evolucionado, que es distinto.

—No, has cambiado. Ya no te reconozco, ya no reconozco a mi amigo.

Hubo un silencio. Luis se sentía dolido y una palabra de consuelo de Francisco hubiera bastado.

—Quizá deberías hacer nuevos amigos.

—Quizá debería mandarte a la mierda.

—Quizá debería despedirte.

—Quizá debería irme de la empresa.

—De acuerdo, convirtamos el quizá en definitivo. Estás despedido.

—Tú no me despides; soy yo quien se va —afirmó Luis con gesto apenado, antes de añadir en tono críptico—: Y no seré el único.

Francisco ignoró el sombrío mensaje oculto tras aquella frase.

—Como quieras. El resultado es el mismo: te vas a la puta calle.

—No creas que esto va a quedar así.

Adriana sumergió la cabeza bajo el agua. Desde pequeña le encantaba dejar resbalar la espalda por el lomo de la bañera y mirar hacia arriba, a través de la espuma. Trataba de vocalizar y el sonido reverberaba en el líquido generando ecos en sus oídos. Volvió a la superficie y notó el cambio de temperatura. Seguía enjabonándose sumida en sus pensamientos cuando Silvia tocó en la puerta del baño antes de entrar.

—Mamá, es para ti —dijo mostrando el teléfono inalámbrico—. ¿Digo que te llamen más tarde?

—No, no. Pásamelo.

—Tarda poco, por favor; estoy esperando una llamada...

Adriana sonrió. Su hija Silvia había entrado con fuerza en la adolescencia y estaba unida a la línea telefónica como una vez lo estuvo umbilicalmente a ella. Catorce años, pensó; a los catorce años todo es posible.

—Diga.

—Hola.

La modulada y varonil voz de David la devolvió a la realidad. Desde que la semana anterior le dieron el alta en el hospital no había hablado con él.

—No me has llamado —pronunció David casi susurrando.

—He estado muy ocupada —se disculpó ella—; ya sabes, las niñas, la casa...

—Te echo de menos... —Hizo una pausa y aspiró con fuerza—. Parece que me evitas.

David tenía una forma deliciosa de expresarse, como gozando las palabras. Hablaba bajo, pero pronunciando despacio cada sílaba.

—¡No seas tonto! —rió Adriana—. Sólo es que estoy muy ocupada.

—Ni siquiera te pones al teléfono.

—Ya sabes que no me gusta que me llames a casa; podría cogerlo Paco.

La mención del nombre ensombreció la conversación. Adriana había reflexionado mucho durante los últimos días. No se sentía culpable por haber engañado a su marido, más bien al contrario. Francisco merecía eso y algo mucho peor, pero estaba jugando con fuego, arriesgando la estabilidad y el futuro de su familia.

Estaba convencida de que el único amor desinteresado que existía sobre la faz de la tierra era el que profesaban las madres a sus hijos. Por eso, el bienestar de la prole estaba por encima de los mezquinos intereses individuales. Ella no se había comportado mal, pero no debía olvidar lo esencial, aunque los golpes recibidos la estimulasen a hacerlo.

Además de en el agua tibia de la bañera, estaba sumergida en un mar de dudas. Ansiaba con pasión tocar a David, volver a estar con él, escapar a las profundidades del África negra o donde fuera, pero una voz en el fondo de su cerebro le dictaba con la machacona insistencia de una letanía: «No vuelvas a verlo, no vuelvas a verlo...»

Quizá debería alejarse de él y la única forma era cortando del todo. Pero ahora, escuchándole tan cerca, notando su amor y cariño que por otro lado le era negado, volvía a dudar.

—Creía que entre nosotros había... bueno, que existía... —se trabó, incapaz de terminar la frase.

—Entre nosotros ha habido lo que ha habido...

—Cómo que ha habido —interrumpió David—. ¿Por qué dices ha habido? ¿Es que ya no lo hay?

—Lo que quiero decir es que estoy casada...

—¡Adriana! No me vengas con ésas. ¿Se te ha olvidado ya lo que pasó? ¿Te has mirado la cara? ¿No ves los cardenales?

—No sé qué decirte...

—Pues no digas nada. ¿A qué hora nos vemos?

Ella rió suave y sintió un pinchazo en el costado. Aún no se habían soldado las costillas rotas.

—Estoy tratando de ser razonable. Tengo una familia, hijos y debemos intentar superar juntos los problemas.

—Cuando dices juntos, ¿a quiénes te refieres?

—A mí, a mis hijos... incluso a mi marido.

Adriana sabía que era más una utopía que una realidad, pero se sentía obligada a decirlo.

—¿Ése? No estarás hablando en serio. Lleva años maltratándote y te hace profundamente infeliz.

—No le estoy disculpando porque su conducta no tiene excusa, pero es un hombre muy especial, trabaja mucho, soporta mucha tensión... Creo que está enfermo y la única que puede ayudarle a salir de toda esa bazofia soy yo.

—Estoy alucinando —resopló David—. Adriana, escúchame un momento.

—Te escucho.

David aspiró aire con exageración, como si fuera a bucear al fondo del mar.

—Yo te quiero, ¿entiendes?

—David —protestó mimosa ella—. No me digas esas cosas, que me haces daño.

Él perseveró, sordo a las quejas de la mujer.

—Estoy enamorado de ti y creía que tú de mí.

—Lo estoy, pero no puedo.

—Sí puedes, claro que puedes.

—Tú no lo entiendes, David.

Él volvió a aspirar.

—Lo que no entiendo es cómo una mujer con tu inteligencia, con tu educación, puede aceptar con tal resignación una situación tan humillante, tan injusta, tan horrible. No entiendo cómo soportas que te pegue.

—Yo no soporto eso —protestó ella, un poco ofendida.

—Adriana, eres una mujer excepcional, maravillosa. Te mereces alguien que te quiera y te haga feliz. No arruines tu existencia.

—Ya está bastante arruinada.

—No seas pesimista. Tienes toda la vida por delante.

—También tengo cuatro hijos y no quiero darle a Francisco una excusa para que envenene mi relación con ellos. Sería un infierno.

—Ya es un infierno.

Adriana estuvo en un tris de darle la razón, pero argumentó en sentido contrario, para tratar de autoconvencerse.

—A lo mejor sólo es una mala racha.

—¿Llamas mala racha a veinte años? —preguntó mordaz David—. Por lo que me ha contado tu hermano Jaime, esto viene de muy lejos y va cada vez a peor.

Adriana se sintió un poco traicionada. No quería que la gente, ni siquiera David, se enterara de la amarga verdad.

—No sé qué te habrá contado Jaime, pero no puedo seguir hablando.

Él comprendió que no debía insistir. Las heridas en carne viva requieren un tiempo para cicatrizar.

—¿A qué hora quedamos?

—Yo te aprecio mucho David y te agradezco todo lo que haces por mí...

—Pero...

—Dame un poco de tiempo. Quizá sea mejor que no volvamos a vernos.

—¿No estarás hablando en serio?

Adriana no se atrevió a contestar.

—¿Te llamo después? —preguntó él.

—No sé —musitó ella—. Eres lo más maravilloso que me ha ocurrido nunca, pero no quiero hacerte daño. Todo esto me da miedo.

David rió quedo, sin separar los labios.

—Como sacrificio supremo, acepto no llamarte hoy —concedió—, porque doy por supuesto que pronto me llamarás tú. Un beso.

—Otro para ti.

—Cuídate mucho, Adriana.

—Lo haré.

Hacía tiempo que rehuía enfrentarse al espejo, pero hoy más que nunca no le gustaba lo que veía. Nada que ver con el paso del tiempo, o su aspecto físico. Buscaba una mirada que hace mucho tiempo que desapareció.

—Adriana no me gustas —se dijo a sí misma—. ¿A quién crees que engañas?

Era incapaz de mantenerse la mirada en el espejo. Algo le oprimía el estómago, una sensación de hastío, un vacío antiguo. Desde pequeña le había pasado, cada vez que tenía que enfrentarse a algo que no controlaba se le hacía un nudo en el estómago. Ella decía que eran nervios, su padre lo llamaba miedo. Cuántas veces le había explicado que lo peor no es equivocarse sino vivir con miedo.

Los ojos se le empezaron a empañar mientras por primera vez pensaba que antes o después tendría que mirarse cara a cara y rendirse cuentas.

15

El detective privado presionó el disparador de su cámara digital capturando en bytes la imagen de Francisco bajo el dintel del hotel. Con caligrafía escolar y un bolígrafo azul apuntó en su libreta la hora. Después se desplazó hacia la derecha, semioculto por los coches y procurando mantenerse en la zona de sombra, y volvió a filmar a su presa, que caminaba por la otra acera ajena a sus maniobras.

El detective, de espaldas inmensas, pelo corto y una cuidada barba canosa, mantuvo la distante persecución hasta que vio al ejecutivo desaparecer en el portal del edificio donde estaban las oficinas de J&L. Luego regresó al hotel.

El personal de los hoteles exclusivos es muy reservado y al igual que los médicos, suele guardar un estricto secreto sobre las idas y venidas de sus clientes. Acudir a pecho descubierto al mostrador de recepción, o manifestar abierto interés por los detalles de una cuenta, es pasaporte seguro al fracaso. La aproximación debe ser indirecta, sutil y sibilina. En eso, el detective poseía el grado de maestro.

Con la habilidad que confieren años de experiencia y la ventaja de haber sido policía en activo bastantes años, se las arregló para sacar unos retazos de información al portero. También consiguió algún dato halagando el ego de una de las limpiadoras. Fue ésta quien le filtró que la chica todavía no había abandonado la habitación. El resto consistió en unir retazos, extraer conclusiones y realizar cálculos.

Cuando la joven que había pasado la noche con Francisco apareció bajo la marquesina metálica del hotel, uno de los botones se limitó a hacer una seña con el mentón y el detective se puso en marcha. Ahora se trataba de hacerse el encontradizo.

No se puede abordar a una desconocida en la calle sin correr el riesgo de que surja la sospecha de malas intenciones, pero España es un país donde la gente todavía se para a facilitar una dirección y donde una luminosa sonrisa derriba bastantes muros. No sacó gran cosa en claro, porque todo se limitó al fugaz intercambio de un par de frases, pero el hombre aprovechó esos segundos para grabar en su retina las facciones y el aspecto de la muchacha. Localizarla en uno de sus bares habituales sería sencillo y allí, a la hora adecuada y con una copa de por medio, no le costaría entablar conversación.

Para aprovechar lo que restaba de la mañana, se dirigió hacia la zona de la Bolsa. Una de las cosas que le había enseñado la profesión era que la gente suele ser muy imprudente con el teléfono. No por lo que gasta en conferencias, sino por las cosas que dice sin recapacitar. Influido por los telefilmes norteamericanos, el público tiende a creer que los pinchazos telefónicos son una operación complicada que requiere inversiones costosas y material sofisticado. Eso es parcialmente cierto cuando se trata de barrer el éter en busca de los itinerantes servidores que dan cobertura a un teléfono móvil. Con los fijos la solución, desde tiempos inmemoriales y si se cuenta con permiso del juez, consiste en recurrir a los servicios de la compañía telefónica. Sin autorización legal, la alternativa pasa por acudir a un manitas necesitado de un sobresueldo.

Al detective, una faena de aliño le costaba alrededor de cien mil pesetas, además de tener que mantener una anodina furgoneta en las cercanías para, al menos una vez al día, recoger las cintas grabadas y sustituirlas por otras vírgenes.

El aparato se activaba automáticamente al recibir los impulsos enviados por un transmisor acoplado en paralelo a los cables de la línea del despacho de Francisco. El enganche había sido efectuado en el cajetín del garaje en menos de diez minutos sin que el portero o los vigilantes privados se percatasen de nada. Habría que retirar el material una vez concluida la vigilancia, pero era difícil que alguien diera con él. Estaba oculto en la trampilla de la ventilación, en el interior del cuarto donde guardaban los cubos de basura.

El detective sustituyó la cinta por otra nueva y repanchigado en el asiento del acompañante de la furgoneta blanca, con su sempiterna y desgastada libreta en una mano, el bolígrafo en la otra y un cigarrillo entre los labios, se dedicó a escuchar en el radiocasete la cosecha sonora de las últimas veinticuatro horas.

Hombre solitario que vivía vidas ajenas sin involucrarse en ellas, el canoso investigador lo anotaba todo, dejando constancia en cientos de líneas de los detalles que conforman la existencia del ser humano. No interpretaba lo que llegaba a sus tímpanos; lo ordenaba y clasificaba y hasta resumía para comodidad del cliente. No hacía suposiciones ni predicciones; recogía y anotaba datos como un autómata programado para una tarea fija.

Dos semanas de seguimiento permanente representan miles de reseñas listas para ser interpretadas. Ése fue el tiempo que estipuló con el cliente.

—Antes de quince días lo sabrá todo sobre él —había prometido.

Y lo cumplió.

Marisol Duarte alzó el brazo para captar la mirada de Adriana. El restaurante estaba lleno y temió que su nueva amiga no la localizara a menos que hiciera algún aspaviento.

Hasta verla entrar, la asistente social había estado con el alma en vilo, temiendo un plantón. No estaba segura de si vendría. Tras el matutino encuentro la semana anterior en el hospital, había habido varias citas. Los numerosos minutos de charla lograron romper el hielo. Adriana comenzaba a confiar en ella y Marisol había logrado que una vez dada de alta, cuando la mayor parte de la gente tendía a olvidarse de lo ocurrido e intentaba actuar como si hubiera sido una pesadilla, aceptara asistir a una sesión informativa sobre derechos de la mujer.

Sólo a una, porque a la segunda no se presentó. Tampoco a la tercera y entonces la telefoneó. Para Marisol, dramas como el de Adriana la impelían a involucrarse. Le resultaba imposible asistir como espectadora imparcial. Se implicaba hasta los tuétanos. Había visto muchos casos en su quehacer profesional y sabía que la víctima estaba condenada si no se la ayudaba.

Insistió con tozudez de mula, pero Adriana siempre tenía una excusa. Contestaba con evasivas y quizá llegó a creer que Marisol desistiría, sin saber que la abogada se crecía ante las dificultades. Finalmente, quizá asombrada por la insistencia, la mujer de Francisco aceptó la invitación a almorzar.

Resultaba raro que otra mujer la invitara, siendo como era mucho menos pudiente que ella. Pero le impactó más que Marisol comenzara la conversación preguntándole por sus hijos.

—¿Qué tal las gemelas?

—Acaban de cumplir once años y, ya sabes, se creen pequeñas mujercitas.

—Imagino que serán grandes amigas.

—No te creas; discuten mucho entre ellas y hay que darles todo por duplicado.

Formal y educada, Adriana correspondió inquiriendo por la familia de su acompañante.

—Mi marido se pasa el tiempo en el hospital. A veces tengo hasta celos: está enamorado de su profesión.

—Da la impresión de que tú también estás enamorada de la tuya.

Marisol esbozó una sonrisa, que igual podía significar satisfacción como pena.

—En cierta manera, sí.

—¿Y estás contenta?

No sabía la razón, pero Adriana se sentía forzada a preguntar y llevar la iniciativa, quizá para espantar el espinoso tema que la había llevado hasta allí.

—Sí —afirmó tajante Marisol—, pero no te voy a negar que el trabajo me absorbe demasiado tiempo y que apenas coincido con mi marido. Sólo por la noche y no muchas, porque él tiene guardias.

—¿Y os va bien?

—Por ahora sí. Como él dice: «Es mejor poco y bueno, que mucho y malo.»

Adriana bajó la vista.

La llegada del camarero con la carta tuvo la virtud de solventar un *impasse* que podía haber sido incómodo para ambas.

Marisol optó por el menú del día —macarrones con tomate y pollo asado— y Adriana pidió una ensalada y lenguado a la plancha. Bebieron lo mismo: agua sin gas.

Decidida a aprovechar el forzado intervalo que se abría hasta la llegada de los primeros platos, Marisol entró en materia.

—¿Qué tal Paco?

—Bien.

La mirada de la abogada lo dijo todo, pero Adriana no se dio por aludida.

—¿Y los niños?

Marisol lamentó haberse precipitado. Era consciente de que caminaba por la cuerda floja. Las mujeres como Adriana —ricas, educadas, de buena familia y obsesionadas con el qué dirán y los convencionalismos sociales— eran las más difíciles.

Adriana habló retrasando el momento de afrontar lo esencial. Javier, el mayor, estaba terminando COU en un pequeño pueblo de Pensilvania y pensaba quedarse en Estados Unidos a estudiar la carrera. Silvia, la mediana, no contaba nada, pero como sacaba buenas notas la dejaban tranquila. Con mantener a raya a las gemelas tenía suficiente.

Durante un buen rato, el diálogo osciló entre la familia, los vaivenes del clima y una serie de neutras y distantes cuestiones culturales. Ambas estaban al tanto de las últimas novedades literarias y eran aficionadas al cine.

—¿Cuál es tu autor favorito?

—No tengo uno muy claro —respondió Adriana a bote pronto—, pero sí hay una novela que me fascina especialmente.

—¿Cuál?

—*Madame Bovary.*

—¿Y por qué?

Adriana dejó suspendido el tenedor a mitad de camino entre el plato y su boca.

—Quizá por la forma en que Flaubert se adentra en el alma femenina.

La asistente social conocía la obra y vio una vía para entrar en el tema.

—Sí, pero es una visión triste... la infidelidad, el suicidio.

—No, no. El personaje de Emma valora las cosas según el primado de la existencia. Vivir es para ella un acontecimiento continuo, lleno de pasión, sin remordimiento, sin que la razón la importune.

A Adriana le encandilaba la conversación y hablaba con énfasis, aleteando con las manos. *Madame Bovary* era el paroxismo del amor romántico. Elevó los hombros ladeando algo el cuello.

—Tienes razón en que hay un suicidio final, pero lo importante es que Madame Bovary no se quita la vida porque esté arrepentida. —Hizo una pausa teatral y añadió—: Lo hace por desesperación.

—Pero tiene mala conciencia —alegó Marisol, por seguir el juego.

—Quizá —concedió Adriana con los ojos encendidos—, pero es una mala conciencia al estilo de la del banquero que prefiere morir antes que arrostrar una condena de cárcel. No se trata del honor, sino de la convicción profunda de ser víctimas de una injusticia social. Madame Bovary no tiene ningún sentimiento de culpa; se mata por desesperación, porque no entiende la razón de su persecución.

Marisol, más satisfecha que sorprendida por la vehemencia de su interlocutora, balbuceó una disculpa para quedar bien y ganar terreno.

—La verdad es que leí el libro hace años y no recuerdo los matices.

—Pues conoces muy bien la novela —se apresuró a decir Adriana, también dispuesta a agradar.

—Hay un ejemplar en casa y te prometo comenzar a releerlo esta misma noche. La próxima vez que nos veamos sabré mucho más y podré fundar mis opiniones.

Aunque Marisol se empeñó en que era ella quien había invitado, Adriana no le permitió hacerlo. Tras un breve paripé, pagaron la cuenta a escote.

—¿Te apetece dar un paseo?

Adriana aceptó. Su marido estaba, supuestamente, de viaje y no tenía prisa por volver a La Moraleja.

Caminaron despacio, cansinamente, por el casco antiguo de Madrid. Al principio hablaron de casas restauradas y de cuestiones insolubles como el tráfico en el centro de las grandes urbes, pero Marisol se las arregló para hacer derivar la conversación hacia los derechos de la mujer.

La novela de Flaubert ofrecía una inmejorable percha y la aprovechó, presintiendo que Adriana quizá no diera nuevos capotazos.

—Antes dijiste que Madame Bovary en realidad fue perseguida por querer ser como un hombre.

—No lo dije, pero es así. Pretendía librarse de las ataduras morales y sociales de la época.

—Pero hoy en día ya tenemos igualdad...

Marisol dejó la frase en el aire como el pescador experimentado lanza el anzuelo al interior de la corriente y espera a que el pez se lance a por el cebo.

—¿Igualdad? No me hagas reír.

—Las mujeres trabajamos, ganamos dinero, somos independientes.

—¿Y...?

—Pues que desde 1978 los anticonceptivos son legales, el divorcio desde 1981 y el aborto desde 1985... Ya no dependemos de los hombres.

Adriana detuvo el paso y giró sobre sus talones para encararse con su acompañante.

—¿Y me lo dices tú que estás todo el día viendo mujeres maltratadas?

—Pero no tienen la educación ni los recursos económicos necesarios para enfrentarse a sus maridos. Tú sí.

—No sabes de lo que hablas.

—Lo sé perfectamente —cortó tajante la asistente social—. Déjame que te enseñe algo.

El plan de Marisol estaba funcionando. Sin que Adriana se diera cuenta, la había conducido por angostas calles hasta el domicilio de María García Molina, la señora que meses antes había ido al juzgado para denunciar el largo, implacable, bestial y descarado acoso a que la había sometido su marido desde la noche de bodas.

—Espero que no te enfades —adelantó la abogada, parada frente al portal—, pero aquí vive una persona a la que tienes que conocer.

—¿Quién es?

Marisol hizo caso omiso del mohín de desconfianza pintado en el rostro de Adriana.

—Alguien que no se parece a ti, pero de cuya trágica vivencia puedes extraer una lección importante. Una experiencia que evite el que te hundas para siempre y arrastres en tu caída a tus hijos y a la gente que quieres.

Subieron al piso y Adriana habló con ella, pero sobre todo escuchó. Escuchó el relato de cuarenta años de maltratos, de vejaciones. Sintió un escalofrío cuando la añeja señora rememoró su noche de bodas, las violaciones, los golpes.

Dos horas después abandonó el pequeño apartamento con el corazón en un puño, un nudo en la garganta y una idea bullendo ardiente en el fondo de su cerebro.

—¿Qué me dices ahora? —preguntó Marisol, ya en la calle—. Esa señora se casó a los quince años, sin dinero, sin estudios, sin experiencia. Ella lo ha conseguido.

—¿Qué es lo que ha conseguido?

—Liberarse del tormento. Tener la posibilidad de vivir el resto de su vida como un ser humano normal. Ha conseguido comenzar a respetarse a sí misma. ¿Y tú?

—¿Yo?

—Sí, tú.

—En mi caso hay un problema.

—¿Cuál?

—Yo no soy Madame Bovary.

Marisol sintió que se le derretían las paredes del alma. Era estremecedor escuchar algo así y abrazó a Adriana tratando de infundirle fuerza. Ésta, sin saber por qué, se acordó del castaño del Retiro.

—¿Por qué haces esto?

—Tú eres mucho más que Madame Bovary —recalcó la abogada—, porque mientras que ella está hecha de palabras tú eres de carne y hueso.

Dos semanas de la vida de un hombre. El informe del detective privado comenzaba así:

«Descripción del sujeto: 56 años. Pelo castaño, abundante. Ojos color azul. 1,82 metros. Espaldas anchas. Talla 52 aprox. Ni barba ni bigote. Dentadura perfecta. Ropa elegante. Movimiento característico del cuello.»

El dossier recogía exhaustivamente el quehacer diario de un hombre que ocupa su tiempo en grandes negocios y en grandes placeres. Todo a lo grande. En apéndices numerados se transcribían las conversaciones telefónicas mantenidas desde el despacho; también información sonsacada a empleados de hotel, camareros, agencias de viajes, chicas de alterne e incluso al aparcacoches del restaurante donde oficiaba de distribuidor exclusivo el *chef* francés.

«Perfil psicológico: personalidad dominante. Cambios ciclotímicos de humor frecuentes: de máxima simpatía a accesos de ira en pocos segundos. Inseguro de sí mismo. Ansia de poder.»

El investigador incluía en el expediente un esbozo del entramado financiero montado por el sujeto bajo vigilancia. Aducía que la pista se perdía en las islas Caimán, situadas entre Jamaica y Cuba. Explicaba que en cualquiera de las tres islas del archipiélago (Gran Caimán, Pequeño Caimán y Caimán Brac) la constitución de una sociedad está libre de impuestos y bastan tres accionistas de cualquier nacionalidad que hayan suscrito al menos una acción. Añadía que las empresas no son sometidas a auditorías ni a controles de cuentas. No hay tasas, ni tributos ni retenciones. El gobierno se embolsa el 0,1 % del capital registrado para lubricar la frágil maquinara de la Administración local y las finanzas privadas de los gerifaltes, y santas pascuas.

En una adenda sobre medidas de seguridad, el informe concluía: «El sujeto carece de sistemas de protección activa y pasiva. Representa un objetivo fácil.»

16

Las luces de la discoteca parpadeaban al ritmo de la música produciendo curiosos fenómenos al reflectarse en los pequeños espejos de la bola giratoria del techo. David, acodado en la barra, observaba embobado la pista de baile. Qué lejos quedaban sus experiencias africanas, fundidas en su memoria como pasajes de una novela. Qué poco tiempo necesita el hombre para acostumbrarse a la comodidad, los lujos y las frivolidades que caracterizan la existencia en Occidente.

A veces sonaba raro y algunos discrepaban con acritud, pero los españoles tenían la inconmensurable fortuna de pertenecer al cinco por ciento privilegiado de la humanidad. Vivir en Europa, aun en el flanco sur, suponía beneficiarse de riquezas, beneficios sociales, organismos administrativos, infraestructuras, libertades, garantías jurídicas y entornos políticos inimaginables en otras latitudes. Eso, reflexionando sesudamente, porque muchos olvidan hechos tan simples pero vitales como que salga agua caliente del grifo, funcione siempre el suministro de electricidad, existan medios de transporte y la gente no se mate a tiros o a machetazos.

Él, que se había refugiado en el dolor de los negros de Ruanda para tapar su propio dolor por la muerte de su esposa, había regresado a España como un héroe. Después, tras unas semanas complicadas, había logrado adaptarse al ajetreo diario del hospital y a la rutina del trabajo cotidiano como médico de una sociedad desarrollada. Fue incapaz, sin embargo, de preparar su corazón para recibir el torbellino de Adriana.

Se había enamorado como un quinceañero, perdidamente y sin concesiones. El contacto con Adriana, la ilusión que la mujer había despertado en su pecho, le retrotrajo a un estado de ingravidez emocional que creía olvidado. Siempre había sido un optimista, un ser bastante feliz, pero la historia con Adriana estimuló esas cualidades. Eso, al principio, porque después el destino y los miedos de ella se confabularon para chafar el sueño de volver a amar y ser amado, ¿por qué la vida te da cuerda al corazón para volver a arrancártelo?

No entendía a Adriana; no entendía por qué defendía lo indefendible; por qué Francisco conservaba tanto poder, tanto ascendiente y control sobre ella.

Sonaba a soberbia, pero bastaba analizar someramente los elementos en juego para llegar a la conclusión de que él representaba el paraíso y el marido el infierno. Al menos así tenía que aparecer ante ella, pero Adriana no se daba cuenta, no quería hacerlo o no se atrevía a asumirlo.

No estaba acostumbrado a aquel ambiente tan trepidante. Había ido hasta la discoteca empujado por varios compañeros del hospital, empeñados en celebrar con unas copas y un poco de música la noticia de que uno de sus colegas se casaba al día siguiente.

Tanto él como sus amigos estaban eufóricos tras horas bebiendo. Brindaban chocando los vasos y jaleaban al novio, quien, atolondrado, sólo conseguía levantar la copa y sonreír como un lelo aguantando las ironías a veces subidas de tono.

David, pendiente de la jarana, tardó en reparar en el personaje sentado en la mesa del rincón situado a su izquierda.

El tipo lucía una sonrisa impoluta, no paraba de hablar y se reía a carcajadas de lo que debían ser sus propios chistes. Le coreaban las gracias varias chicas con aspecto de modelos en paro y tres sujetos encorbatados con aire de ejecutivos de multinacional extranjera.

David pidió otra copa, se la bebió de un golpe de codo y se incorporó.

—¡Eh, cabrón!

El insulto sonó como un estallido, por encima del ronroneo de los motores de los vehículos que entraban y salían del aparcamiento.

—¡Sí! ¡Tú! —repitió David—. ¡Cabronazo!

Francisco giró la cabeza. Tenía un brazo en torno al talle de una chica rubia. En la izquierda sujetaba la ficha del párking.

Observó un instante y se volvió hacia el aparcacoches. En un sitio chic como aquél no deberían permitir esos espectáculos. Aquel jovenzuelo borracho con aspecto de deportista estaba incordiando con sus gritos.

—¡Eh! ¡Francisco! —se oyó más cerca—. Te hablo a ti.

Creyó haber entendido mal. Por un instante pensó que se trataba de uno de los pesados que se dedicaban a mendigar expeditivamente a la puerta de los lugares de moda e introdujo la mano en el bolsillo de la americana. Cambió de opinión al descubrir que llevaba sólo tres monedas de cien pesetas. Las tenía reservadas para la propina del aparcacoches, que se acercaba solícito.

—El mío es un Lexus negro. Debe de estar allí al fondo —explicó entregándole el número de plástico.

—En seguida caballero.

La muchacha le hacía carantoñas y susurraba frases en su oreja. Ambos habían bebido bastante. También habían dado cuenta de unas rayas de cocaína.

—¡Eh, cerdo!

Esta vez, Francisco giró en redondo y buscó con la mirada el rostro del que había gritado. La luz de una farola incidía sobre la nuca del individuo, lo que dejaba en sombra los rasgos de su rostro. Francisco pensó que ni siquiera le resultaba conocido. Un camión de bomberos cruzó centelleante el asfalto haciendo ulular la sirena.

Francisco tuvo la impresión de que el hombre avanzaba hacia él, porque vio crecer su silueta. Lo siguiente que notó fue un tremendo puñetazo en el mentón. El golpe, tan sorpresivo como preciso, le despidió hacia atrás lanzándole entre dos coches. La chica, demasiado estupefacta para gritar, se echó las manos a la boca.

—Te gusta pegar a las mujeres, ¿verdad? —silabeó David, aproximándose despacio.

Francisco, hincado de rodillas y con la boca desmesuradamente abierta, se apoyó en el guardabarros de un vehículo intentando incorporarse.

—Lo pasas bien dando palizas, ¿no?

Francisco iba a decir algo e incluso inhaló aire, pero no le dio tiempo. David le atizó un tremendo patadón en las costillas, que lo hizo rodar por el suelo.

—¿Qué se siente?

Se aproximó otra vez inclinándose sobre él y le soltó un bofetón. Francisco comenzó a sangrar por el labio.

—Como vuelvas a pegar a tu mujer, te mato. ¡Hijo de puta!

David acompañó la amenaza con un nuevo guantazo. Hubiera seguido pero en ese instante llegaron a la carrera los porteros del local. Uno de ellos, un jamaicano enorme como un armario ropero, sujetó a David y tiró de él llevándoselo hacia la acera de enfrente. Francisco tardó en recuperarse y exigió airado que llamaran a la policía para que detuvieran al que le había pegado, pero terminó calmándose y tras lavarse la cara con agua fría y discutir a voces con la chica, desapareció en su coche.

Adriana se quedó atónita a la hora del desayuno, al ver el lastimoso estado de Francisco. No hizo preguntas y como su soliviantado marido obvió las explicaciones, no descubrió la causa de las contusiones hasta la tarde.

Había quedado con Carlota para comprar juntas los regalos de Navidad. Su amiga le había adelantado por teléfono que tenía una cosa muy divertida que contarle. A pesar del aviso, al llegar a los grandes almacenes Carlota comenzó haciendo preguntas capciosas.

—¿Le ha pasado algo a Francisco?

Adriana se puso alerta.

—¿Qué le puede haber pasado?

Carlota simuló un gesto preocupado.

—No sé... he oído que ha tenido un accidente.

—Esta mañana tenía un aspecto lamentable, pero ya sabes que desde hace un tiempo no nos hablamos.

—¿Con moratones?

Adriana agitó la mano haciendo castañetear los dedos.

—¡Cardenales! Tiene la cara como un mapamundi.

Carlota rió tan de golpe que estuvo a punto de atragantarse.

—¿Y no te contó nada?

—Nada de nada. Te lo prometo.

—Pues le han dado una paliza y lo mejor de todo no es eso, sino quién se la ha dado.

—¿Quién?

—Adivina.

Adriana adelantó impaciente la barbilla.

—No tengo ganas de jugar a las adivinanzas. Dime.

—David. Ha sido David quien le sacudió.

Aderezando el relato con coloristas adjetivos, comentarios hilarantes y consideraciones de su cosecha, Carlota repitió lo que le había contado su hermano.

—Él se justifica diciendo que había bebido unas copas y que no se pudo controlar, pero no le he visto arrepentido. Esta mañana se ha ido a trabajar un poco preocupado. Teme que Francisco ponga una denuncia o algo así.

Adriana escuchaba en silencio, recorriendo con la vista los surtidos estantes de El Corte Inglés. Su hijo Javier llegaría a la semana siguiente de Estados Unidos para pasar la Nochebuena y quería sorprenderle con algo especial. Las niñas le habían entregado una lista interminable de sugerencias. También contaban con la esplendidez de su padre, que aprovechaba las fechas para dejar patente su liberalidad. Hacía ya tiempo que ella y Francisco compraban los regalos de los hijos por separado.

—¿Has hablado con David?

Adriana arrugó la nariz y Carlota meneó el dedo índice y la cabeza, como haría una maestra reconviniendo a una alumna.

—Estás siendo muy injusta con él.

—¿Por qué dices eso?

—A mí no me cuenta casi nada, porque sabe que somos amigas y que no tenemos secretos la una para la otra, pero me da la impresión de que lo está pasando mal y por tu culpa.

—¿Por mi culpa?

—Bueno... por tu causa —matizó Carlota—. Está colado por ti y no sabe qué hacer. Parece una alma en pena.

La Navidad era una época del año muy especial para Adriana. En su casa familiar existía un precioso belén de grandes figuras de terracota, que había ido pasando de generación en generación, y que Lourenço montaba todos los años a la entrada del salón. Esa imagen, compuesta de caminos de papel de plata, musgo, pastores y hasta un molino con agua, estaba grabada en su memoria desde pequeña. Todavía evocaba con ternura la alegría que experimentaban ella y sus hermanos cuando después de la cena y desde mediados de diciembre hasta el 5 de enero, se acercaban ceremoniosamente al nacimiento, autorizados a mover hacia delante las figuras de los Reyes Magos. Cada uno tenía adjudicado el suyo y podía avanzarlo solamente una cuarta.

—Se hace el fuerte, pero me ha dicho que no te pones al teléfono y no lo entiende.

Adriana ya no disfrutaba de la Navidad como en otros tiempos, pero seguía profesando auténtica devoción a casi todo lo que la rodeaba. Los ritos de esas fechas, las luces, las comilonas y las costumbres creaban en ella la sensación de contar todavía con una familia digna de ese nombre. Francisco era el tirano de siempre pero exteriormente, de cara a la galería y a los hijos, se transformaba por unas horas en un modélico anfitrión y en un padre de familia solícito.

Hasta disimulaba su intemperancia cuando acudían en bloque a la casa de su madre para compartir la cena de Nochebuena con el resto de la parentela. Muerto el catedrático, era María Luisa quien ejercía de mater familia. En época de don Emilio hubiera sido impensable que Jaime acudiera a una de aquellas reuniones acompañado por Raúl y mostrando sin tapujos su condición homosexual, pero la viudez había vuelto más tolerante a María Luisa. Su aspiración consistía en que todos lo pasaran bien.

Gloria, que ayudaba a su madre en la cocina, se había casado en segundas nupcias con un abogado laboralista al que conoció en los pasillos de los Juzgados de la calle Hernani. Jaime llegaba siempre en el último momento con algún manjar sorpresa y con el cauto Raúl, que lenta pero inexorablemente iba siendo aceptado por la familia. También acudían los Carazo: Cecilio y Agustina, que se presentaban con su hija Lorena y seguían convencidos de que su hijo Francisco era un dechado de virtudes y el mejor hombre del planeta.

En todas esas cosas, y en el triste derrotero que había tomado su existencia, pensaba Adriana mientras paseaba con Carlota de planta en planta, contagiadas de la fiebre compradora que aqueja a media humanidad en las fechas navideñas.

—Yo sé que es difícil, pero tienes que detenerte un momento y reflexionar sobre tu vida... —iba diciendo Carlota.

Había salido de casa decidida a allanar el camino a su hermano David y a solventar los escollos que pudieran existir entre él y su amiga.

—Lo importante no es el pasado, sino el futuro —recalcó Carlota.

El futuro. Adriana empezaba a tener muy claro su porvenir. Había cumplido cuarenta años, de los cuales la mitad había estado casada. Sí, su matrimonio podía considerarse en muchos aspectos un fracaso, aunque muy pocos supieran la verdad y la gran mayoría pensara que eran la pareja ideal. Pero también había obtenido ventajas. Una posición económica envidiable que le permitía tener lo que quisiera, una vida social que había sido atractiva hasta unos años antes y que ahora parecía distinguida aunque no lo fuera, cuatro hijos maravillosos...

Tras conocer a Marisol Duarte se había dado cuenta de que su caso no era único: muchas mujeres sufren malos tratos. La abogada le había demostrado que algunas, las más fuertes y decididas, lograban superarlo y que ella, si de verdad lo quería, también podía hacerlo.

—Adriana, ¿me estás escuchando?

17

Cuando Francisco entró el lunes en su oficina junto al edificio de la Bolsa, uno de los consultores de la empresa aguardaba apostado junto a la puerta del despacho. El hombre estiraba el cuello nervioso y se rastrillaba constantemente el pelo con los dedos. La cara olivácea del tipo y su evidente nerviosismo no presagiaban nada bueno.

—Tenemos un serio problema —acertó a decir el economista, colocándose a la vera del gran jefe y adoptando un tono de disculpa.

Antes de responderle, Francisco colgó la gabardina en el perchero y pulsó el botón del intercomunicador para ordenar a la secretaria que llevara café.

—¿Tú quieres uno?

—No gracias, ya he tomado.

—¿Cuál es ese problema que tan preocupado te tiene?

—La Fiscalía nos está investigando.

—¿La Fiscalía? ¿Por qué?

Aturullado, el hombrecillo procedió a explicar que la noche anterior había recibido una llamada de un compañero de promoción, quien además era «amigo personal», anunciándole que en sus oficinas existía un voluminoso dossier contra ellos. En los documentos, parte de una investigación en toda regla, se constataban varias operaciones bursátiles irregulares en las que lo menos grave era el uso de información privilegiada en la compra de paquetes de acciones.

La secretaria tocó con los nudillos en la puerta y, sin esperar a recibir permiso, entró con una bandeja. Traía dos tazas y Francisco, empeñado en mostrarse tranquilo, preguntó de nuevo al economista si no le apetecía.

—El café me quita el sueño.

—A esta hora de la mañana no creo que importe mucho.

—Bueno —se justificó el hombre—. La verdad es que me pone nervioso.

—Pues entonces que te traigan una tila.

La secretaria dudó por unos instantes, pero en seguida concluyó que se trataba de una broma.

—¿Desean algo más?

—No, gracias —contestó Francisco—. Cierra la puerta y no me pases llamadas.

En cuanto salió la muchacha, instó al economista a que se explicara con mayor exactitud.

—Muchas de las operaciones internacionales que hacemos se basan en informes confidenciales realizados por expertos en dichos temas, que algunas veces son ex trabajadores de las empresas objeto de compra.

—Todo eso ya lo sé. ¿Cuál es el problema?

—Hasta ahora digamos que la Comisión del Mercado Nacional de Valores hacía la *vista gorda* sobre pequeñas operaciones, según el sistema que tenía montado Luis...

—¿Y...?

—Pues que desde la marcha de Luis hemos tenido que realizar ciertos *ajustes* y parece ser que hemos llamado la atención de la Comisión y ésta le ha dado el soplo a la Fiscalía para que investigue si hemos cometido algún tipo de delito societario.

—¿Estás de broma?

—No, señor. Este amigo estudió conmigo antes de opositar y me ha dicho que una vez que la Fiscalía coge un caso sigue con él hasta el final, sólo que...

—¿Sólo qué?

—Que, según él, todavía tenemos unos días para intentar tapar el mayor número de agujeros posibles.

Francisco calló un momento. Ordenó al economista que le trajera toda la documentación de los casos que estuvieran investigando los fiscales y mandó a la secretaria convocar una reunión urgente de los jefes de área.

Tras reflexionar unos minutos descolgó la línea personal y marcó de memoria un número de teléfono.

—¿Luis?

A pesar de estar a mediados de enero, hacía un tiempo siberiano. El día había amanecido diáfano y frío. El sol relucía, pero no calentaba.

Francisco, enfundado en su gabardina con las manos enguantadas sumergidas en los bolsillos, esperaba nervioso al pie de la escalinata del edificio de la Bolsa. Atisbó el coche de Luis doblando la esquina y bajó hasta el borde de la acera. Aunque suponía que su ex socio ya le había visto, levantó el brazo.

Luis se inclinó hacia la derecha y tiró de la manilla, abriendo la puerta del acompañante.

—¿Cómo va todo?

—Hemos tenido momentos mejores —rezongó Francisco, a la vez que se instalaba en el sillón de cuero.

Intercambiaron las corteses frases de rigor y Francisco propuso ir a comer a algún sitio discreto.

—Tenemos que hablar.

—Yo creí que ya no teníamos nada de qué hablar.

—Si no fuera así, no te habría llamado.

—Supongo que se trata de algo que te interesa a ti.

—A mí y a ti —subrayó Francisco, sin estar muy seguro de lo que decía.

Luis sugirió ir hasta El Pardo. Eso les daba la oportunidad de charlar un rato en el coche y además ahorraba el engorro de buscar restaurante en el centro de Madrid. No habían reservado pero ya encontrarían mesa en algún restaurante de la plaza. Apenas hablaron durante el trayecto. Se palpaba la tensión entre ellos y el noticiero de la radio cubría el silencio con informaciones sobre lugares lejanos.

Se metieron en un asador y Francisco ordenó sin molestarse en hojear la carta: jamón de bellota y pulpo, de aperitivo; cordero asado con ensalada, de segundo. Luis, tras consultar con el camarero, optó por un chuletón poco hecho con pimientos y patatas-hilo. Vino tinto, de Borgoña: un Sabigny-Marconnets de 1985. Los dos tenían buen diente y ninguno pertenecía a la modalidad de los que pierden el apetito debido a los disgustos. En seguida entraron en materia.

—¿Qué se te ocurre que pueda hacer? —preguntó Francisco tras narrar con detalle los problemas con la Fiscalía.

—Te lo advertí, ¿recuerdas?

Francisco no era de los que admiten haberse equivocado, pero en esta ocasión tragó quina. Nunca había sido proclive a la humildad, pero necesitaba a Luis y para ganar su voluntad, esbozó una especie de disculpa.

—Ya sabes que soy muy cabezón.

—Si sólo fuera eso —masculló Luis—, pero en esta ocasión ha habido además falta de sentido común.

—Si tú lo dices.

Francisco no pensaba revelar que aquella misma mañana había mantenido una reunión con los directivos de su empresa y que la situación era todavía más comprometedora de lo que parecía en un principio.

—Ayúdame, Luis... aunque sea por los viejos tiempos.

—Eres increíble, Paco. ¿Hace cuántos años que nos conocemos?

Era una pregunta retórica, que no necesitaba respuesta. Aun así Francisco se apresuró a contestar que desde hacía treinta y cinco años.

—Alguno más, desde el colegio.

—¿Y eso no te hace pensar en nada? ¿No te hace sentir mal?

—No te entiendo.

—Pues deberías hacerlo. Maldita la gracia que tiene el que me vengas ahora con apelaciones a los *viejos tiempos* y que hace unos meses, cuando discutimos en tu despacho y decidiste ponerme de patitas en la calle, no te acordaras.

Francisco dejó de comer. Apoyó los cubiertos en el plato y se frotó los ojos. Todavía confiaba en sus cualidades de encantador de serpientes.

—No creo que sea bueno para ninguno el seguir con rencores y reproches. Lo pasado, pasado está.

Luis negó con los dientes apretados.

—No es así y carece de sentido engañarse. Hace meses que no hablamos, que no nos vemos y si hoy me llamas es porque estás ahogándote y necesitas que te saque del agua.

En otras circunstancias se hubiera ofendido, pero el fino instinto de Francisco le indicaba que no debía darse por enterado.

—Luis, te lo pido de corazón. Si no lo quieres hacer por mí, hazlo por Adriana y por los niños.

La mención de Adriana era un golpe bajo. A pesar de su desprecio por los sentimentalismos, Francisco estaba al tanto del cariño que su ex socio profesaba a su mujer e intentaba aprovecharse de ello. Siempre había albergado la sospecha de que Luis, muy en el fondo, había estado algo enamorado de ella.

—Preferiría que hablásemos de negocios y que no mezclaras lo que no se debe mezclar —advirtió Luis con cara de piedra.

—Como quieras.

—Vale —zanjó Luis—. Dicho esto y puestos los puntos sobre las íes, ¿qué sabe la Fiscalía?

Francisco contó lo principal omitiendo algunos detalles que consideraba que su amigo no necesitaba saber.

—Lo primero de todo, si no quieres arriesgarte a que tú y toda tu familia acabéis un día en la calle con una mano delante y otra detrás, son las capitulaciones matrimoniales. Tienes que hacer separación de bienes y poner a nombre de tu mujer las cuentas corrientes, el resto lo tenéis en gananciales y es más fácil de defender.

—¿Estás hablando en serio?

—Tan en serio como si fuera tu médico de cabecera y hubiera descubierto que tienes cáncer de colon. Supongo que conservas la cuenta secreta de las islas Caimán, ¿no?

Francisco se atragantó con un trozo de cordero. Morado como una berenjena, tosió y tragó vino.

—¿Cómo sabes tú eso?

Luis esbozó una enigmática sonrisa.

—Hemos estado mucho tiempo juntos y si existe alguien que conoce las entretelas de la compañía, soy yo.

—Pero de eso no le había hablado a nadie.

—Es igual —cortó Luis, para no dar explicaciones—. Tienes que tener presente que la entrada de España en la Unión Europea, que tantas cosas buenas nos ha traído, implica también acuerdos internacionales en materia fiscal. El que las Caimán sigan bajo soberanía de la Corona Británica puede suponer que se acabe su condición de paraíso fiscal intocable. No se descarta que las autoridades de la isla se vean obligadas a facilitar información sobre las cuentas, fondos y dineros de gente como tú.

—¿Y eso?

—Bastaría que cualquier país comunitario abriera un procedimiento judicial y reclamara en debida forma esos datos.

Durante el resto del almuerzo, Francisco continuó emponzoñado por la duda. Nunca había confiado en nadie, ni siquiera en su socio. ¿Cómo sabría Luis tantas cosas de sus finanzas privadas?

—No me hace gracia lo de las capitulaciones.

—No tienes alternativa. Es inevitable que procedan contra ti y tus empresas y ésa es la única manera de que no te quiten todo, si el fallo es desfavorable. No puedes esperar, porque una vez que el asunto esté en marcha te podrían acusar de alzamiento de bienes.

—Ya. ¿Podrías encargarte del papeleo?

—En el despacho tienes muchos que pueden hacerlo —se excusó Luis.

—No quiero que trasciendan detalles. No me fío de la gente.

—¿Y de mí sí?

Francisco asintió con su mejor sonrisa.

—Aunque te parezca mentira, de ti me fío.

No era verdad, pero necesitaba a Luis y era capaz de mentir sin rubor.

Bajo ningún concepto podía arriesgarse a que los economistas, abogados y chupatintas de su empresa supieran que estaba maniobrando para salvar los trastos de la quema. Ya se enterarían el día que llegaran los embargos. Las cuentas de Caimán gozaban de una salud impúdica y contaba con bienes personales suficientes para vivir como un rajá el resto de su vida e incluso para reiniciar la escalada financiera una vez superada la tormenta.

18

La oficina bancaria estaba siendo remodelada por la reciente fusión con otra entidad y tenía la fachada cubierta de andamios y el interior atestado de obreros blanqueados por el yeso. El tesorero pidió disculpas a los visitantes mientras los acompañaba al despacho del director.

Luis obvió las presentaciones. Raúl había tenido el «placer» de conocer a Francisco hacía menos de un mes, cuando asistió a la cena de Nochebuena organizada por doña María Luisa en su mansión de Puerta de Hierro. El director del banco había acudido en su calidad de «compañero» y amigo de Jaime. Con su habitual prudencia, trató de dar la impresión de que era también la primera vez que coincidía con Adriana, aunque la había visto numerosas veces en el bar de Jaime y pasado por el penoso trance de llevarla hasta el hospital después de aquella memorable paliza conyugal.

El matrimonio llegaba de la mano de Luis para solventar un trámite comercial y tras el intercambio obligado de frases halagüeñas, Raúl entró en materia.

—En primer lugar, tenéis que saber que esto es poco habitual.

Estaban en su despacho a puerta cerrada.

—Bueno, pero prácticamente estamos en familia —ironizó Francisco, sin que Adriana ni Luis sonrieran siquiera.

—Como sabéis —continuó Raúl—, las oficinas bancarias enviamos cada tres meses al Banco de España un extracto de los movimientos en las cuentas corrientes de alta fidelidad. Ahora nos toca mandar la del último trimestre del año pasado, que con las fiestas navideñas se retrasa un poco.

Raúl continuó explicando de manera didáctica cómo a nivel interno podían manipular la información para que en caso de que el Juzgado pidiera información sobre las cuentas corrientes de Francisco apareciera todo a nombre de Adriana. Dejó caer que no era algo de lo que debiera vanagloriarse un empleado en su posición, pero que el sistema permitía eludir los rigores de un embargo.

—No se puede descartar que alguno de los acreedores, y en este caso Hacienda, plantee una demanda por alzamiento de bienes, pero esto es algo viejo como el mundo y suele funcionar.

Francisco y Adriana firmaron los impresos que había preparado Raúl. En menos de una hora liquidaron el engorroso papeleo. Desde el banco fueron a la notaría, donde también formalizaron las capitulaciones matrimoniales y el cambio de propiedad de varios inmuebles. Finalmente se acercaron al registro para entregar los documentos.

A la hora del almuerzo habían concluido satisfactoriamente todas las gestiones. Francisco estaba eufórico. Se veía a salvo y se empeñó en que fueran los tres juntos a comer.

—Al mal tiempo, buena cara —proclamó—. Vamos a celebrarlo...

—No hay mucho que celebrar —advirtió Luis—, pero hubiera podido salir peor. Así al menos salvas buena parte de tu patrimonio.

—Que es el realmente importante —aclaró Francisco—. No está bien que lo diga, pero la verdad es que siempre me he preocupado de trasvasar dinero de las cuentas de la sociedad a las mías personales.

Hacía años que Adriana no recordaba haber visto tan amable a su marido. Galante, le acercó la silla, se preocupó de que su copa estuviera siempre llena y habló con cariño de sus hijos.

Javier había pasado la Nochevieja en Sierra Nevada, esquiando con su pandilla. Después de Reyes había regresado a Estados Unidos y todo parecía marcharle viento en popa. Hablaba un inglés perfecto, era un deportista consumado y había conseguido ser admitido en la Universidad de Harvard, el sanctasanctórum de la élite norteamericana.

Silvia y las gemelas, Claudia y Cloete, eran un encanto aunque resultaba cada día más difícil controlarlas. Francisco recordó que aquellas Navidades había obsequiado a Silvia una yegua y preguntó dónde estaba el animal. Era uno de sus defectos. Podía mover Roma con Santiago un día, iniciar lo que fuera, y a la mañana siguiente, pasada la novedad y la excitación del estreno, olvidaba el asunto. Le pasaba con todo, incluidas las mujeres como muy bien sabía Adriana.

—¿Dónde está el caballo ahora?

—Es una yegua y no un caballo y lo tenemos en el picadero que hay al otro lado del golf.

—¿Sale muy caro?

—Bastante, pero a Silvia le hace ilusión. Además monta muy bien.

—Uno de estos fines de semana tengo que ir a verla.

En los días posteriores Francisco dio la impresión de haberse reformado. Entre ellos se había roto definitivamente el lazo amoroso, pero se restablecieron las relaciones diplomáticas. En el caso de Adriana consideraba que lo mejor para sus hijos era evitar nuevos espectáculos y crear en casa un ambiente distendido. Lo que no hizo fue volver a acostarse con él y eso que el hombre, con una torpeza notable, propuso un par de veces que durmieran juntos «para recordar viejos tiempos».

Fueron unos meses de transición, en los que Adriana permaneció en una especie de limbo vital. Contribuyó a ello que David, harto de la rutina hospitalaria, optase por reiniciar su actividad como doctor solidario.

El joven, dolorido por la falta de correspondencia de Adriana, volvió a ponerse a disposición de Médicos Sin Fronteras y se desplazó al Cáucaso con un contingente humanitario. No se trataba de un viaje largo, como los que había protagonizado a África, pero le permitía refrescarse, huir de la pena y sentirse vivo. De quien no podía escapar era de sí mismo y de su corazón.

Antes de irse, se despidió de Adriana. Fue un encuentro

tierno, cargado de miradas, suspiros y sonrisas, pero triste en el fondo. Él aparentó una entereza sentimental que estaba lejos de sentir. Ella no pronunció más que palabras de aliento. Algunos de los días más maravillosos de su vida se los había regalado él. Había sido su tabla de salvación en la inmensidad del océano, su bote salvavidas en la tormenta, pero al llegar a tierra, al pisar suelo firme, debía dejarlo atrás y continuar con su vida.

Hubo también un remedo de vuelta al pasado, no protagonizado por Francisco sino por Luis. El ex socio de su marido llevaba alejado mucho tiempo pero aprovechó todas las gestiones, las reuniones y el papeleo aparejado a la separación de bienes para volver a establecer lazos con ella.

Era cierto que siempre le había gustado Adriana. La diferencia fue que ahora, a diferencia de lo que pasaba unos años antes, no trató de ocultarlo. Luis había sido temporalmente amigo y confidente. No era el macho deslumbrante que pretendía ser Francisco, pero tenía la virtud de ser fiel, en lo bueno y en lo malo.

A Adriana no dejaba de hacerle gracia un comentario que le dijo una vez su amiga Carlota sobre el extraordinario parecido que tenían las gemelas con Luis. Adriana se rió entonces y seguía riéndose ahora.

19

Las puertas metálicas de la cárcel de Soto del Real se cerraron automáticamente a su espalda. Francisco notó erizarse el vello de la nuca mientras escuchaba el ronco zumbido del motor que activaba las esclusas. Su impecable traje de Armani llamaba la atención en el módulo de ingresos y dos internos que hacían labores de limpieza silbaron admirados dándose codazos uno a otro.

El cabo primero de la Guardia Civil entregó la orden de prisión del juez al funcionario encargado y, tras firmar éste, le quitó las esposas a Francisco.

—Ahora es todo vuestro.

Francisco se acarició maquinalmente las muñecas.

Primero le hicieron pasar a una salita para proceder a la identificación. Con la espalda pegada en una pared con una escala métrica le hicieron una única foto de frente de la que instantáneamente salieron siete copias por una impresora. Luego le tomaron las huellas dactilares de todos los dedos. Sería la única vez. En el futuro, cada vez que abandonara la cárcel para unas diligencias en el Juzgado tendría que entintarse los pulgares para, tras comprobar que coincidían con las del archivo, regresar al interior de la prisión.

Tras la identificación vino el cacheo. Se vació los bolsillos y pasó bajo un arco electrónico como el de los aeropuertos. Luego otro funcionario le revisó a conciencia con una raqueta electrónica en busca de cualquier objeto metálico por pequeño que fuera.

Le acompañaron a otra salita donde le ordenaron desnudarse por completo. Bajo las indicaciones de los dos presos de confianza, uno yugoslavo y otro polaco, estuvo duchándose a conciencia durante quince minutos.

—Dale bien detrás de las orejas —le decía el polaco, quien no podía evitar sonreír ante la cara de desamparo de Francisco.

Después de secarse, el yugoslavo le despiojó cabeza y cuerpo con una buena ración de polvos azules y le entregó un mono blanco de pintor, conocido en lenguaje carcelario como «buzo». Su traje nuevo fue directo a la lavandería.

Le asignaron una celda en la segunda planta y hasta la tarde, cuando descorrieron el cerrojo y le dijeron que podía salir al patio, estuvo estudiando su nuevo domicilio. La prisión era moderna pero los anteriores inquilinos habían dejado su huella. Midió el espacio: aproximadamente tres metros y medio de largo por dos y medio de ancho. Todo soldado, firme y sólido. El retrete, un artefacto metálico, estaba en una esquina, al lado del lavabo. El calabozo estaba limpio, pero en el aire se percibía un ligero olor a orines.

Al poco de estar en la celda llegó el médico para reconocerle y media hora después el psicólogo para determinar si el interno necesitaba un PPS (programa de prevención de suicidios).

Se tumbó, clavó la vista en el techo y recordó el horror de las últimas horas. La policía había aparecido intempestivamente en su oficina. A primera hora del día. Le sacaron esposado, delante de todos, como a un vulgar delincuente.

El juez le tomó declaración en la sexta planta de los Juzgados de plaza Castilla, con una secretaria tecleando veloz en el ordenador y montones de papeles en la mesa. Le asesoró que no tenía por qué contestar a sus preguntas, pero cómo no iba a hacerlo cuando lo apabulló con detalles. Se quedó anonadado. Aquella gente había realizado un trabajo concienzudo. No sabía cómo se las habían arreglado, pero tenían grabaciones de conversaciones telefónicas y hasta declaraciones juradas de algunos de sus empleados que le incriminaban. Los documentos comprometedores revelaban desde comisiones ilegales a operaciones delictivas de ingeniería financiera. Pusieron sobre la mesa un sinnúmero de pruebas indiciarias.

Francisco habló y habló y habló. Y siguió hablando. Era algo que siempre había hecho muy bien, pero resultó inútil. A cada palabra ahondaba en su enfangamiento. No había marcha atrás ni camino de salida. Los dedos de la teclista transformaron su voz en escritura. Era kafkiano y en ocasiones pensó estar soñando. El drama fue comprobar que no había un despertar tranquilizador.

Lo bajaron a los calabozos del sótano, junto a la humanidad que arrojaba cotidianamente el submundo madrileño: putas, proxenetas, camellos de baja estofa, ladronzuelos. Miradas fijas y recochineo.

Después lo subieron y, esposado, lo transportaron en una diminuta celda individual en un furgón de la Guardia Civil conocido como «el canguro» hasta Soto del Real, a 36 kilómetros de Madrid por la carretera de Colmenar Viejo. Iba a iniciar lo que el juez había calificado piadosamente de «prisión preventiva».

Por primera vez en su vida adulta, Francisco Carazo lloró implorando a un Dios en quien no creía, pidiéndole que le despertara, que le devolviera a la realidad. Y Dios, en los años siguientes, le concedió su deseo: convirtió su sueño en realidad.

Adriana introdujo un pequeño tronco en la chimenea y se recostó en el sofá. Lourenço le sirvió el café y le entregó la prensa del día. La noticia aparecía como sumario en primera página y remitía a la sección de Economía.

Encontró la foto de su marido hacia al final del periódico, entre Cultura y Televisión. Los periodistas habían utilizado la misma copia que la policía había colocado en la ficha. Habían tenido la amabilidad de elegir la instantánea en que aparecía de frente. La imagen no le hacía justicia: ojeroso y sin el atractivo que poseía en persona. Quizá lo habían hecho a propósito; así indudablemente parecía culpable.

El cuerpo de la noticia hacía constantes comparaciones y recogía declaraciones diversas hablando sobre él, hasta ayer, brillante hombre de negocios y empresario de éxito.

Apartó el diario y se arrellanó entre los mullidos cojines. Buscó mentalmente una palabra que definiera su estado emocional actual. No sentía odio, ni tenía ningún remordimiento. Volvió a mirar la foto de Francisco, tenía la impresión de que ese hombre nunca había tenido nada que ver con ella. Cerró el periódico. Libre, se dijo. Ésa es la palabra.

Libre al fin y, Dios mediante, por muchos años. Al menos diez, le había dicho el detective privado cuando le entregó los resultados de sus investigaciones.

—Con este material puede mandar a su marido una larga temporada a la sombra.

No sentía piedad alguna. Sólo alivio. Y a la hora de buscar nombres a los que agradecer su despertar, acudió a sus labios el de Marisol Duarte. Había sido la abogada, con su apasionada intensidad y su feminismo militante, quien había fomentado en su alma el deseo de enfrentarse a la injusticia. Desde la noche de bodas, constreñida por el peso de la familia y por los convencionalismos sociales, había permanecido bajo la férula de la personalidad fuerte, posesiva y luego despiadada de Francisco. Ni el desinterés, ni el desprecio ni las palizas o el maltrato posterior habían conseguido minar su dependencia de él.

Fue la abogada, apoyada en su dura y larga experiencia como trabajadora social, quien le mostró el ejemplo de otras mujeres. Y Adriana aprendió de ellas. Pero no quería ser una estadística más en las listas de esposas maltratadas. Tampoco quería venganza, aunque percibía la humillante desgracia de él como una postrera compensación.

El terrible individuo que había sido su sempiterno verdugo, aparecía ahora a sus ojos como un pobre hombre. Perdido el miedo y recuperada la paz, imaginaba a Francisco en parte enfermo, en parte heredero de una sociedad machista y misógina que relega a la mujer a la cocina y a la alcoba. El representante de una casta que considera a su mujer como una propiedad más.

Adriana quería una recompensa por su sufrimiento. Y esa recompensa era un futuro esperanzador, un futuro de infinitas posibilidades. En los ardientes brazos de David vislumbró el horizonte, dejó que el sol calentara su piel y voló hasta las estrellas. Pero David no llenaba el insondable hueco de su alma. Supuso una cataplasma medicinal que alivió los dolores, pero no el revulsivo a su mal. No podía amar a nadie si no se amaba a sí misma.

Luis, a su manera, podía ser el antídoto. Leal como el Cid, había sido él, en silencio, discretamente sin dejar traslucir sus sinuosas intenciones, quien había preparado el camino. No había preguntado, ni buscado hombros ajenos sobre los que depositar parte de la carga. Y eso que asumía enormes riesgos y se jugaba su prestigio en el empeño.

Fiel y devoto a su misión, aguardaba como único premio el agradecimiento de la mujer que siempre amó. Entre ellos, sólo había habido una noche de pasión. Una vez y hacía ya doce años. Había sido una sola noche que ninguno de ellos volvió a mencionar y que ambos sepultaron en el silencio, como si no hubiera existido.

Después de aquel tórrido encuentro, que dejó en los dos un poso de vergüenza y duda mezclado con dosis de nostalgia y de felicidad truncada, Luis jamás volvió a insinuarse. Ni siquiera buscó sus labios con la ansiedad con que los amantes tratan de obtener un breve contacto.

Antes de irse de la empresa de Francisco, en la jornada que le concedió su soberbio socio para empaquetar sus pertenencias personales, volcó los archivos del ordenador en disquetes e hizo acopio de material sensible. Luego, tras hablar largo y tendido con Adriana la convenció de que era la única salida, y filtró fotocopias de los documentos a la Fiscalía. De forma anónima, recurriendo a sus contactos universitarios, sus viejas amistades y sus mañas.

La primera llamada había partido de Francisco, no le costó demasiado que su nombre surgiera como la panacea, pero desde el primer instante, en cuanto habían puesto los pies en el restaurante de El Pardo, había sido él quien había guiado a su ex socio. Fue Luis quien planteó la necesidad de hacer capitulaciones matrimoniales. También quien impuso el cambio de titularidad de las cuentas secretas.

Adriana no había estado totalmente sola durante la agitada travesía. Jaime, su amado y sensible hermano, también permaneció a su lado. Y tuvo la grandeza de no hacer preguntas cuando se le pidió que involucrara a Raúl en la mascarada. Desde el principio, Adriana había aceptado la sexualidad de su hermano, animándolo y acompañándolo en los años difíciles, y siendo su cómplice frente a todos; le hizo confidente de la verdadera naturaleza de su matrimonio y aceptó a Raúl sin condiciones.

Por lo que respecta a Francisco, bien podía pudrirse en la cárcel. Ni se le pasaba por la imaginación ir a visitarlo. Sus hijos lo harían y era posible que hasta le reprocharan su conducta, pero ya entenderían. Había aprendido que todo es cuestión de tiempo. Sobre todo las crías, cuando fueran mayores y percibieran en su piel y en sus espíritus lo complicada que puede resultar la condición femenina.

La gran ventaja que permitía solventar bastantes escollos residía en el dinero y ella lo tenía a raudales.

Un ruido seco sacó a Adriana de su ensimismamiento. Abrió los ojos y observó cómo Lourenço introducía un nuevo tronco en la chimenea. El anciano mayordomo le sonrió.

Adriana se incorporó y cruzó el vestíbulo hasta la biblioteca. Cogió *Madame Bovary* de la repisa y abrió el libro al azar. Leyó en voz alta un párrafo: «Denigrar a los que amamos es cosa que siempre nos aparta un poquitín de ellos. No hay que tocar a los ídolos: algo de su dorada capa se queda entre los dedos.»

Lo cerró, devolviéndolo a su lugar. Descolgó el teléfono y marcó los números despacio, dejando un corto espacio entre tono y tono.

—¿Diga?

—Carlota, ¿estás ocupada?

—No... ¿por qué?

—Haz las maletas. Nos vamos al Tíbet.

Impreso en Talleres Gráficos
HUROPE, S. L.
Lima, 3 bis
08030 Barcelona